오싱

OSHIN by SUGAKO HASHIDA
Copyright ⓒ 1984 by SUGAKO HASHIDA
Original Japanese edition published by NHK Publishing
(Japan Broadcast Publishing Co., Ltd.)
Korean translating for novelization rights arranged with
NHK Publishing(Japan Broadcast Publishing Co., Ltd.)
through Shin Won Agency Co., Seoul.
Korean translating rights ⓒ 2013 by CHUNGJOSA Publishing Co.,

하시다 스가코 원작 김 균 옮김

혼성 2

청조사

국립중앙도서관 출판시도서목록(CIP)

```
오싱 2 / 원작 : 하시다 스가코 / 옮긴이 : 김 균 -- 개정 4판 --        서울 : 청조사 2013
   p. ;   cm

원표제: おしん
원저자명: 橋田壽賀子
ISBN 978-89-7322-341-1 04830 : ₩12000
ISBN 978-89-7322-346-6(세트) 04830

일본 문학[日本文學]
833.6-KDC5
895.636-DDC21                                              CIP2013020929
```

원작 | 하시다 스가코(橋田壽賀子)
1929년 한국에서 태어난 일본인으로서 일본여자대학, 와세다대학 문학부를 졸업했다. 1950년 일본 송죽영화사에 입사해 TV시나리오 작가로 활약했다. 대표작으로 〈대가족〉 〈오싱의 딸〉 〈이혼〉 〈부부〉 등이 있다.

옮긴이 | 김 균
1933년 서울에서 태어나 서울신문·신아일보 사회부 기자, 조선일보 미주 논설위원을 지냈다. 옮긴 책으로 〈대통령과 임금님〉 〈대가족〉 〈오싱의 딸〉 등이 있다.

(2)

개정 4판 2013년 11월 15일

원작 | 하시다 스가코
옮긴이 | 김 균

펴낸이 | 최혜숙
펴낸곳 | 청조사
주소 | 04206 서울시 마포구 마포대로 204 마포SK허브블루 2007호
등록 | 1976년 9월 27일 (제 1-419호)

전화 | 02-922-3931
팩스 | 02-926-7264
메일 | chungjosapress@naver.com

* 잘못 만들어진 책은 구입한 서점에서 바꾸어 드립니다.
* 이 책은 국제 저작권법에 의해 보호받으므로 어떤 형태로든 전재 · 복제 · 표절할 수 없습니다.

차례

작은 행복·7   이상한 만남·24   할머니의 죽음·43

열여섯 살의 오싱·68   첫사랑·91   질투·124   갈등·149

제2의 가출·163   괴로운 귀향·177   가난의 한·201

언니의 유언·215   낯선 도쿄로·228   다시 고생길로·243

푸른 꿈·264   어머니 전 상서·27   해후·288

멋쟁이 도련님·307   독립된 생활·331   돈벌이·348

우정·359

작은 행복

여덟 살이 된 오싱은, 두 번째로 더부살이를 간 쌀 도매집 가가야 큰방마님의 배려로 비록 학교에는 가지 못하지만 여러 가지 공부를 할 수 있는 행운을 잡게 되었다.

어린 오싱은 막연하게나마 공부를 하고 싶다는 마음은 간절했으나 그런 행운이 자신의 인생에 있어서 얼마나 중요한 것인가는 알 길이 없었다. 다만 큰방마님의 분부에 의하여 먹을 갈라 하면 먹을 갈고, 글씨를 쓰라 하면 글씨를 쓰며 그저 시키는 대로 따를 뿐이었다.

큰방마님의 계획은 제대로 적중하였다. 친손녀인 가요는 워낙 제멋대로여서 시키는 공부에는 딴전이었다. 그러나 동갑내기인 오싱에게 붓글씨를 가르치자 저도 모르게 경쟁심을 느껴 나중에는 오히려 더 열심이었다.

그러한 모습을 지켜보는 구니는 할머니로서 매우 만족스럽고 흐뭇한 기분이었으나 좀처럼 그런 내색은 하지 않았다.

이날 밤에도 구니는 오싱과 가요를 나란히 앉혀놓고 공부를 시키다가,

"오싱, 너 셈을 할 수 있느냐?"

하고 불쑥 물었다.

"네."

오싱이 주저하며 작은 목소리로 대답을 마치기도 전에 가요는 몹시 신이 난 목소리로 으스대며 오싱의 말꼬리를 가로챘다.

"나는 덧셈도 뺄셈도 할 수 있어요."

"오싱, 너는?"

"할 수 있습니다."

오싱은 여전히 조심스럽게 대답했다.

그러자 가요는 또다시 어떤 기대에 찬 표정으로 오싱에게 물었다. 분명 그 얼굴은 이번에는 너도 모를 것이야, 하고 말하는 듯했다.

"오싱, 너 구구단이 뭔지 알아?"

오싱은 아무런 대답도 하지 않았다.

"구구단이라고 했니?"

오싱 대신 말을 꺼낸 사람은 구니였다. 오싱은 여전히 움

츠러든 모습으로 입을 다물고 있었다.

"오싱, 할 줄 알면 해 봐라."

그제야 오싱은 가요를 한번 바라보더니 몹시 미안한 표정을 지었다. 잠시 머뭇거리던 오싱은 작은 소리로 중얼거리듯 구구단을 외기 시작했다.

"이이는 사, 이삼은 육, 이사 팔……"

"난 그런 거 안 배웠는데…… 오싱, 넌 그거 어디서 배웠니?"

가요는 약이 올라 발갛게 된 표정으로 물었다.

"쥰사쿠 오빠에게서요."

"쥰사쿠 오빠가 누군데?"

그 말에 오싱이 고개를 떨구며 아무 말도 못하고 있을 때 구니가 얼른 말머리를 돌려,

"알았다. 그 정도 알면 주산은 금방 배울 수 있겠다."

하며 오싱과 가요의 앞에 주판을 하나씩 놓아 주었다.

"학교에서는 숫자를 가르쳐 그것으로 계산하지만 장사꾼은 주판이라는 게 생명이다. 주판만 쓸 줄 알면 어딜 가든 무슨 일을 하든 막힐 게 없는 거야. 그러니까 잘 배우거라."

오싱은 난생 처음 보는 주판이 하도 신기해서 주판에서 시선을 옮길 줄 몰랐다.

"하나 더하기 하나는 이렇게 하는 거다."

구니는 주판알을 하나씩 퉁겨 보였다.

"그럼, 둘 더하기 둘은?"

오싱과 가요는 누가 먼저랄 것도 없이 얼른 주판알을 퉁겨 셈을 했다.

"얼마냐?"

"넷."

"그래, 그리고 위 칸의 알은 다섯이다. 다섯 더하기 넷은?"

오싱과 가요는 또다시 주판알을 놓았다.

"아홉이요."

"응, 맞았다. 여기가 다 차면 왼쪽 칸의 하나가 올라간다. 즉 이거 하나가 열이다. 다섯 더하기 일곱은 이렇게 한다. 그럼 넷 더하기 여덟은 얼마?"

"그렇게 어려운 걸 어떻게 해?"

가요가 엄두도 못 내고 있는 동안 오싱은 열심히 생각을 굴리며 주판알을 놓았다. 그러자 가요도 금방 새초롬한 표정을 지으며 잔뜩 약이 오른 모습으로 다시 주판을 놓기 시작했다.

"그까짓 거 나도 할 수 있어."

열심히 셈을 하는 가요의 모습을 바라보며 구니는 만족한 웃음을 머금으며 고개를 끄덕였다.

그날부터 오싱은 붓글씨 이외에도 주판을 배우기 시작했고, 가요 역시 이전보다 더욱 공부에 열을 올리게 되었다.

다음 날 아침, 가요는 학교 갈 채비를 해 주는 엄마에게 야무진 목소리로 말했다.

"어젯밤 나 오싱에게 졌지만 이번에는 안 질 거야. 연습 많이 해서 꼭 이겨야지."

그런 가요의 말을 미노는 대수롭지 않게 받아넘겼다.

"주산 같은 건 아무래도 괜찮다. 가요 너는 학교 공부를 잘해야지. 안 그러면 여학교에 못 간다."

"엄마, 학교 공부보다 할머니한테 배우는 게 더 재미있어. 오싱하고도 같이 하고……"

"그만해 둬! 너하고 오싱은 달라. 오싱이 배우는 것을 따라해서 뭐하겠니? 안되겠다. 내가 할머니께 말씀드려야겠다. 이젠 그만해라, 알았지?"

미노는 못마땅해서 속이 끓었다.

"싫어. 난 오싱하고 같이 배울 거야. 오싱에게 지기 싫어!"

막무가내인 가요를 바라보며 미노는 난감하기만 했다.

가요를 학교에 보낸 뒤, 미노는 구니와 오싱에게 묘한 거부감이 느껴지는 것을 어쩔 수 없었다.

부엌으로 돌아온 미노는 오싱에게 사요를 업혀 주며 차갑게 말했다.

"오싱, 큰방마님이 널 귀여워하신다고 으쓱해 하는 것 같다만 그렇다고 네가 가요와 똑같다고 생각하면 큰 잘못이다. 일꾼은 일꾼으로서 지킬 도리가 있는 거다. 그걸 잊으면 못 쓰는 거야."

"네."

"가요는 네 상전이다. 친구가 아냐."

미노는 그대로 안채로 들어가 버렸다. 오싱은 그토록 냉정한 미노의 모습을 처음 보았다. 왠지 슬픈 마음이 들어 멀뚱히 서 있는 오싱을 기쿠가 불렀다.

"오싱, 아무리 큰방마님이 널 감싸 주시려 해도 네가 알아서 사양할 줄 알아야지. 더부살이의 분수라는 게 있지 않니? 작은마님께 거슬려 가며 할 일이 아니야."

오싱은 기쿠의 말을 심각하게 듣고 있었다.

"너 아까 같은 소리 들으면 가슴이 아프지? 그럼 알아서 해라."

기쿠의 그 말은 오싱의 여린 가슴에 큰 파문을 남겼다. 오싱은 골똘히 깊은 생각에 잠긴 듯하더니 한숨처럼 길게 숨을 내쉬었다.

하루의 일과가 거의 끝나갈 무렵, 오싱은 다른 날보다 조금 일찍 구니의 방으로 갔다. 그리고 별다른 거리낌없이 구니에게 자신의 생각을 얘기했다.

묵묵히 오싱의 말을 듣고 있던 구니가 무겁게 입을 떼었다.

"허어, 그래? 이제는 붓글씨도 주산 공부도 안 하겠단 말이지?"

"네……"

"너 그렇게 의욕이 없는 아이였느냐?"

오싱은 고개를 숙인 채 아무 말도 하지 않았다.

"보나마나 가요 어멈에게 싫은 소리 몇 마디 들었겠지. 그쯤으로 꺾여 버릴 뱃심이라면 아무것도 못한다. 나는 말이다, 네가 여자지만 장차 독립해서 혼자 힘으로 살아갈 사람으로 널 키우려 했던 거다. 넌 가난이 얼마나 뼈저린가를 알고 있지? 그렇다면 다시는 그런 비참한 꼴을 안 겪게 앞일을 생각하고 어떤 고생이나 어려움도 마다 않고 자신의 처지를 바꾸어 가도록 힘을 써야지. 쓰기 읽기와 주판 정도는 배워 둬야 어려운 세상살이를 해 나갈 수 있는 게야."

"........."

"좀 더 너 자신을 소중하게 여겨라. 시시한 일로 풀이 죽어 늘어지지 말고, 앞날의 너를 만드는 데 욕심을 내야 한다. 알았느냐? 오늘은 붓글씨다."

그러나 오싱은 벼루와 붓을 뚫어지게 바라볼 뿐 선뜻 잡을 수가 없었다. 참고 참았던 눈물이 흘러내려 감당할 수 없었.

구니의 말은 오싱의 폐부를 깊숙이 찌르고 들어왔다. 가난은 돌이켜보기도 지긋지긋하다. 혼자서도 꿋꿋하게 살아갈 수 있는 사람이 되자. 이런 생각을 뼈에 새기며 오싱은 다시 한번 굳게 마음먹었다.

그 후로 미노의 쌀쌀한 눈길을 받으면서도 오싱은 공부를 계속했다.

그러던 어느 날의 일이었다.

사요를 내려놓은 오싱이 우물가에서 기저귀 빨래를 하고 있었다. 그때 학교에서 돌아오는 가요를 발견하고 오싱은 반가운 얼굴로 얼른 일어나 인사를 했다.

"잘 다녀오셨어요."

"오싱, 이리 와 봐. 지금 전신주라는 걸 세우고 있어."

"전신주요?"

"전기가 온대. 전기를 나르는 기둥이래! 무지무지하게 높더라. 빨리 와 봐!"

가요는 헐레벌떡 그쪽으로 뛰어갔고 그 모습을 바라보던 오싱도 잠시 주저하다가 호기심 어린 얼굴이 되어 빨래를 팽개쳐 두고 가요의 뒤를 따라 뛰어갔다.

오싱과 가요가 큰길 바깥까지 나와 보니 인부들이 구멍을 파 놓고 그곳에 전신주를 세우는 중이었다.

언제 왔는지 많은 사람들이 둘러서서 신기한 듯 구경하고 있었다. 남달리 호기심이 많은 가요는 사람들을 제치고 인부에게로 가더니,

"이 기둥이 어떻게 전기라는 걸 날라요?"

하고 다짜고짜 물었다.

"얘, 위험하다. 저리 가!"

인부는 가요를 귀찮은 듯이 힐끗 쳐다보더니 퉁명스럽게 대꾸했다.

"전기라는 거 어디서 오는 거예요?"

가요는 못 들은 척하고 또다시 물었다.

"위험하다고 하지 않니? 저리 가!"

신경질적인 인부의 말에도 가요는 막무가내였다.

인부들은 가요를 거들떠보지도 않고 끙끙거리며 기둥을 세우느라 여념이 없었다. 그때 갑자기 기둥이 기우뚱했고 구경꾼들 틈에 섞여 있던 오싱이 놀라 소리를 질렀다.

"아가씨, 위험해요!"

그러나 가요는 움직이지 않았다.

바깥이 소란스러워 가게에서 밖으로 나오던 미노가 이런 광경을 보고,

"가요야!"

하며 질린 표정으로 달려왔다.

그러나 가요는 여전히 태연했다.

"엄마, 이 기둥이 전기라는 걸 나른대."

"가요야, 이리 와!"

그때까지도 몇 걸음 물러서 있던 오싱이 보다 못해 가요가 있는 쪽으로 걸어와 팔을 붙잡아 끌어가려고 했다.

바로 그때였다.

전신주를 세우던 인부들이 그동안 지탱하던 힘이 모두 빠져 버린 듯 기울어진 전신주를 놓고 도망가듯 빠져나왔다. 그러자 순식간에 전신주는 가요 쪽으로 쓰러졌다.

"위험해! 물러서라!"

비명처럼 들리는 인부의 말이 채 끝나기도 전에 오싱은 순간적으로 가요에게 달려들어 저만치 밀어내고 자신은 가요 위에 몸을 덮쳤다.

어마어마한 소리를 내며 전신주는 가요가 서 있던 바로 그 자리에 쓰러졌다. 그리고 몇 바퀴 구르던 전신주는 오싱을 세게 때리고 지나갔다.

사람들의 아우성을 멀리한 채, 미노는 그만 정신을 잃고 그 자리에 쓰러졌다.

눈 깜짝할 사이에 벌어진 엄청난 사태로 인해 정신없던 인부들이 쓰러져 있는 오싱에게로 달려와 안아 일으켰다.

"얘, 괜찮니?"

오싱은 아무 표정이 없는 얼굴로 사람들의 부축도 마다한 채 일어나더니 가요를 안아 일으켰다. 짧은 순간 자신을 엄습했던 공포와 긴장이 풀리며 가요는 큰소리로 울음을 터뜨렸다. 오싱은 그런 가요의 옷에 묻은 흙과 먼지를 털어 주며 걱정스런 눈빛으로 바라보았다.

그러고 나서 오싱과 가요는 인부들에게 들려가는 미노를 발견하고 급히 그들의 뒤를 따라 집으로 들어갔다.

미노를 부축하고 인부들이 집안으로 들어서자 뜻밖의 광경에 모두들 놀라서 어쩔 줄 몰라 우왕좌왕할 뿐이었다. 마침 구니가 들어와 그 모습을 보고,

"기쿠, 술 좀 가져오너라. 소주로!"

하고 다급하게 말했다.

부엌으로 달려갔던 기쿠가 곧 돌아오자 구니는 그것을 낚아채듯 받아들고 한 모금 가득 입에 담았다. 그러고는 그것을 조금씩 미노의 입에 흘리듯 부어 넣었다.

막 집안으로 들어선 가요와 오싱은 미노의 모습을 보고 또다시 울음을 터뜨릴 듯한 표정이 되었다.

"작은마님!"

"엄마……"

"이 말썽꾼아, 네가 위험한 짓을 하니까 그렇지!"

기요타로의 꾸지람에 가요는 또다시 울음을 터뜨렸다.

"기요타로, 할 수 없는 일 아니냐. 아이들이 어디 그런 구경거리를 놓치려고 하니? 어멈이 심장이 약해 그렇지."

구니는 이렇게 말하고 나서 또 한번 술을 조금씩 미노에게 먹였다. 그러자 미노의 얼굴에 작은 움직임이 나타나더니 곧이어 정신을 차리기 시작했다.

"가요! 가요야!"

"엄마!"

가요는 미노의 품에 뛰어들어 안겼다.

"큰일 날 뻔했구나. 간이 떨어지는 줄만 알았다. 어디 다친 곳은 없니?"

가요는 고개를 끄덕이면서도 울음을 그치지 않았다. 모두의 시선이 그들 모녀에게로 쏠려 있을 때 구니는 오싱을 돌

아보며,

"너는 다치지 않았니?"

하고 근심스런 표정을 지었다.

"전 아무렇지도 않아요."

"네가 가요를 구했다며?"

구니의 말에 오싱이 고개를 떨구고 아무 대답도 못하고 있을 때 우메가 얼른 그 말을 받았다.

"오싱이 아니었으면 가요 아가씨는 전신주 밑에 깔렸을 거라고 다들 그러던데요? 똑똑하고 재빠른 아이라고 인부들이 아주 감탄을 하고 있어요."

우메의 설명이 끝나기도 전에 곁에 있던 미노가 갑자기 격해진 감정을 누르며 말했다.

"오싱, 고맙구나. 난 처음부터 다 봤다. 전신주가 자기 쪽으로 쓰러지는데 가요는 오금이 안 떨어진 모양이더라. 만일 오싱 네가 손을 쓰지 않았다면 지금쯤 가요는……"

이렇게 말하며 미노는 다시금 좀 전의 광경이 떠올랐는지 온몸을 떨었다.

오싱은 어쩔 줄 몰라하며 고개를 들지 못했다.

"오싱, 네가 가요의 목숨을 건져 주었어. 너와 가요는 그런 인연이 있었던 거로구나. 오싱, 앞으로도 가요를 도와주거라."

오싱은 얼굴이 달아올랐고 그 자리에서 무슨 말도 할 수 없을 정도로 당혹스러웠다.

그 일이 있고 난 후로 미노가 오싱을 대하는 태도는 생각할 수 없을 만큼 변했다. 마치 진심으로 친딸에게 하듯이 오싱을 따뜻하게 대했던 것이다.

그 사건 이후, 가가야에도 얼마 있지 않아 전기가 들어왔다. 처음 보는 전선과 전구를 신기한 눈으로 들여다보고 있던 오싱과 가요는 기요타로가 스위치를 켜기만을 기다렸다.

이윽고 기요타로가 스위치를 켜자 가요는,

"야아! 들어왔다."

하고 탄성을 질렀다. 난생 처음 보는 전깃불에 가요는 신기함을 감추지 못하고 눈이 부신 듯 깜박거렸다.

"밝기도 해라."

오싱도 놀라움이 섞인 목소리로 중얼거렸다.

세상에 나서 처음 보는 전깃불은 눈이 부시도록 밝았다. 그런데 오싱은 그 전깃불보다도 더 기쁘고 밝은 마음이었다. 처음으로 많은 사람들에게서 받아 보는 따뜻한 사랑으로 요즘의 오싱은 혼자 봄날을 만나고 있는 그런 기분이었다.

그러기에 사카다에 처음 전기가 들어왔던 날 밤을 오싱은 평생 잊지 못하리라고 생각했다.

가가야에 와서 처음 맞는 설이 다가왔다.

가가야의 가게 문 옆에는 장식점 일꾼들이 가도마쓰(새해를 축하하기 위해 설날에 매화나무와 대나무, 소나무로 장식을 세우는 옛 일본의 풍습)를 세우고 있었다.

또한 안채의 뒷마당에서는 점포의 일꾼들이 신이 나서 찰떡을 치고 있었고 기쿠와 우메도 바쁘게 움직였다.

비로소 설이 다가온 것을 실감하며 오싱은 사요를 업은 채 일꾼들이 떡치는 모습을 구경하고 있었다.

그때 안채에서 가요가 나와,

"오싱, 엄마가 부르셔."

하고 생긋 웃어 보였다.

"네."

오싱이 가요를 뒤따라 안채로 들어가 보니, 거실에는 구니와 미노가 앉아 있었다.

"자아, 사요를 잠깐 내리거라."

미노는 오싱의 등에서 아기를 받아 안으며,

"오싱, 그걸 열어 봐라."

하며 옆에 놓여 있는 상자를 눈으로 가리켰다.

이번에는 구니가 부드럽게 말했다.

"작은마님이 네게 주는 거다."

오싱은 조심스레 상자 뚜껑을 열었다. 그 안에서 나온 것은 첫눈에도 값비싼 것임을 알 수 있는 나들이옷이었다. 오싱이 놀란 표정을 지으며 그대로 굳어져 버린 듯이 있을 때, 예쁘게 기모노를 차려입은 가요가 들어왔다. 오싱의 상자 속에 있던 것과 똑같은 옷이었다.

가요가 들뜬 목소리로,

"오싱, 자 봐! 예쁘지?"

하고 말했으나 여전히 오싱은 넋이 나간 사람 같았다.

"지난번 가요의 목숨을 구해 준 데 대한 답례다. 설날에 가요와 함께 입어라."

미노의 말에도 오싱은 아무 대답을 할 수 없을 정도로 마음속이 혼란했다.

"오비는 내가 사 주마. 그것도 가요와 같은 것으로 사 줄게."

오싱은 도저히 믿을 수가 없었다. 지금 일어나고 있는 일들이 단지 꿈이 아니기를 간절히 바라는 그런 기분이었다.

"이거 입고 함께 절에 가자(일본에서는 설날에 절에 가서 일 년의 무사와 행운을 빈다). 오싱, 알았지?"

오싱은 도저히 꿈만 같은 눈앞의 사실을 믿을 수가 없었다. 이렇게 행복해도 되는 것일까. 이제까지 행복이라는 것과는 조금도 인연이 없던 오싱으로서는 기쁨보다 왠지 불안이 앞섰다.

설을 하루 앞둔 그믐날, 가가야에서 처음 맞는 설날이 하루 앞으로 다가왔다. 오싱에게 있어 아홉 살이 되는 이 설날은 생전 처음으로 꿈같이 좋은 일만 있는 날이었다.

저녁이 다 될 무렵 가가야에 찾아온 미용사는 오싱의 머리를 매만져 주었다. 곁에서 가요는 그런 광경을 재미있어 하며 바라보고 있었다.

"어머, 그렇게 머릴 하니까 오싱 같지 않다."

"부끄러워요. 그래서 싫다고 그랬는데."

"오싱, 설날이 되면 누구든지 예쁘게 꾸미는 거야."

미노가 눈을 가늘게 뜨고 이리저리 뜯어보자 부끄러워진 오싱은 어깨를 잔뜩 움츠리며 미노의 시선을 피했다.

이윽고 설날 아침. 오싱은 구니와 미노에게 받은 기모노를 가요와 똑같이 곱게 차려입고 여러 사람들 틈에 끼여 맛있는 음식들이 가득 차려진 상 앞에 앉았다.

오싱은 상 위에 차려진 음식을 보며 다시금 놀라움을 금치 못했다.

"정말 음식이 많구나!"

"떡국도 먹구 떡도 먹어."

한껏 멋을 낸 점포의 일꾼과 하녀들까지 모두 모여 차려진 음식을 배불리 먹고 나자,

"오싱, 이젠 절에 가자."

하고 가요가 서둘렀다.

"아니에요, 전 사요 아가씨를 봐 드려야지요."

미노는 얼굴 가득 웃음을 띠며 오싱에게 말했다.

"무슨 소리냐. 일하는 사람들도 정초 3일간은 노는 것이란다. 오싱도 애보는 일은 걱정할 것 없다. 그러니 천천히 놀아라. 설하고 백중(일본에서는 백중을 우리의 추석만큼 친다)은 쉬는 날

이야."

　놀라운 일은 그것뿐만이 아니었다. 조금 후면 뜻하지 않은 일이 자신에게 닥치리라고는 꿈에도 모르고 오싱은 설 연휴의 첫 아침을 행복감에 젖어 맞았다.

이상한 만남

 정월 초하루의 참배객들 틈에 끼여 가요와 오싱이 우메의 안내를 받으며 신사(神寺)의 경내로 들어섰다.
 많은 인파에 어리둥절했지만 가요는 신기한 듯 지나가는 사람들을 두리번거리며,
 "모두가 우릴 본다. 아마 자매로 아나 봐."
 하며 활짝 웃었다.
 그런 가요를 보며 오싱은 왠지 쑥스러움을 감출 수가 없었다.
 그때 뒤에서 요란한 웃음소리와 함께 떠들썩한 말소리가 들려왔다. 주위의 시선은 전혀 아랑곳하지 않고 크게 웃고 떠들며 지나가는 세 사람의 남자는 얼른 보기에도 시골에서

행세깨나 해 보이는 사람들이었다.

가요와 오싱은 호기심 어린 눈초리로 그들을 바라보았다. 그런데 그 남자들 틈에 요란하게 차려입은 한 여자가 섞여 있었다. 그녀는 일행인 남자들에게 애교를 떨며 그들 못지않게 떠들어 대고 있었다.

무심코 그 여자를 쏘아보던 오싱은 순간 가슴이 철렁 내려앉는 것을 느꼈다. 그 여자는 어머니 후지를 많이 닮아 있었다.

오싱은 그 여자를 뚫어지게 보며 시선을 돌리지 못했다.

그런 오싱이 이상스러워 가요가,

"뭘 보고 있는 거야?"

하고 물었을 때에야 비로소 오싱은 당황해 하며 얼른 눈길을 다른 곳으로 옮겼다.

가요는 오싱의 시선이 오랫동안 머물렀던 여자를 힐끗 쳐다보더니 대수롭지 않게 말했다.

"참 별난 여자네."

오싱은 화끈 달아오른 얼굴을 돌릴 틈도 없이 자신에게 쏠리는 후지의 시선을 받았다.

쌍둥이처럼 똑같이 차려입은 가요와 오싱을 바라보던 후지가 움찔 놀라는 기색을 오싱은 분명히 느낄 수 있었다.

"오싱, 저 여자도 우릴 보는데?"

오싱은 엉겁결에 다시 후지의 모습을 살폈다.

"저 사람도 우릴 자매로 아나 봐."

가요가 까르르 웃는 동안 오싱과 후지의 얼굴에 경악의 빛이 스쳐 지나갔다. 그러나 이내 고개를 돌려 버린 후지는 남자들과 함께 서둘러 그 자리를 떠났다.

오싱은 한동안 멍하니 서 있기만 했다.

"오싱, 왜 그래?"

가요가 자신을 부르는 소리에 오싱은 필요 이상으로 깜짝 놀라며 정신을 차렸다.

"너 아는 여자니?"

오싱은 당혹한 표정을 감추며 얼른 고개를 저었다.

"에잇, 신성한 장소에서 남자들에게 매달려 저게 무슨 짓이람!"

우메의 말이 오싱의 마음을 아프게 저며 왔다.

오싱이 멀어져 가는 후지의 뒷모습을 넋을 잃고 바라볼 동안에도 후지는 한 번도 뒤를 돌아보지 않았다.

가요와 우메가 다시 발걸음을 옮기자 건성으로 쫓아가는 오싱의 마음속에는 복잡한 생각들이 수없이 일었다. 아니야. 엄마가 아닐 거야. 엄마를 닮은 여자일 거야. 오싱은 애써 생각의 방향을 한곳으로 몰고 갔지만 조금 전에 보았던 후지의 모습이 머릿속에서 떠나지를 않았다.

엄마가 사카다에 있을 리가 없다. 그런 남자들과 함께 그런 차림으로…… 그렇게 생각하려 애쓰며 오싱은 뇌리에 박힌 후지의 모습을 지워 버리려는 듯 세차게 고갯짓을 해 댔다.

그날 밤, 거실에서는 가요와 오싱과 우메, 그리고 기쿠가 카드뺏기 놀이를 하고 있었다. 사요를 안은 미노와 구니는 옆에서 그것을 구경만 했다. 오싱은 다른 곳에 정신이 팔린 듯 한 장의 카드도 따지 못했다.

신이 난 목소리로 가요가,

"자, 또 땄다. 오싱! 왜 그래? 넌 한 장도 못 땄잖아?"

라고 말했을 때에야 비로소 오싱은 퍼뜩 정신이 들었.

그동안 무심코 있었던 미노가 그 말에 오싱의 안색을 살피며 물었다.

"오싱, 어디가 불편하니?"

"절에 다녀오느라고 피곤한가 보구나."

구니의 말에 오싱은 얼른 말을 얼버무렸다.

"전 카드뺏기 놀이를 처음 하니까요."

"아냐, 오싱. 금방 배울 거야."

가요의 말에 오싱은 쓴웃음을 지으며,

"저는 일을 하는 편이 더 좋아요."

하고 엉뚱하게 말을 돌렸다.

그러자 기쿠와 우메는 깔깔거리고 웃었다.

"역시 오싱다운 소리야."

그들이 한참을 더 웃고 있을 때, 기요타로가 들어오자 그들은 얼른 일어나 고개를 숙였다.

"안녕히 다녀오셨습니까."

이상한 만남

오싱과 미노도 역시 그쪽으로 고개를 돌려 인사했다.

구니가 기요타로를 향해,

"세배 다니느라 수고가 많구나."

라고 말을 건네자 기요타로는 심드렁한 얼굴로 말했다.

"마시지도 못하는 술을 가는 곳마다 내놓으니 조금씩 흉내만 냈는데도 술이 취하는군요. 참 그런데 집 밖에 이상한 여자가 얼씬거리던데?"

그 말을 듣는 순간 오싱의 마음속에 무엇인가 움찔하며 와닿는 것이 있었다.

"내가 누구냐고 물으니까 아무 말 없이 그냥 가 버리더라고. 문단속을 다시 한번 잘해야겠군."

주인어른의 당부에 곧 방을 나가는 기쿠를 보고 있던 오싱도 자리에서 일어나며 인사를 했다.

"이제 전 그만 물러가겠습니다."

그러자 가요가 오싱의 소매끝을 살짝 붙들었다.

"오싱, 아직 일러."

"그렇지만……"

오싱이 난처한 표정을 지은 채 머뭇거리고 있을 때 구니의 말이 구원해 주었다.

"그래, 새벽에 일어났으니 졸립기도 하겠다."

"네, 안녕히 주무십시오."

모두에게 절하고 방을 나가는 오싱을 구니는 이상하다는

눈으로 바라보았다.

　방을 나온 오싱은 살그머니 대문을 열고 밖으로 나갔다. 그리고 주위를 두리번거렸으나 아무것도 눈에 띄는 것이 없었다.

　오랫동안 무엇인가를 찾던 오싱이 그만 포기하고 집안으로 들어가려고 할 때였다. 담 모퉁이 어둠 속에서 인기척이 난 것 같았다. 오싱은 주춤하며 그 자리에 멈춰 서서 어둠 속을 쏘아보았다.

　"엄마, 엄마야?"

　어둠 속에서 그림자가 움직이는가 싶더니 누군가가 오싱 앞에 우뚝 다가섰다. 후지였다.

　"오싱!"

　"엄마!"

　오싱은 놀랍고 또 반가워서 무슨 말부터 꺼내야 할지 몰랐다.

　"널 꼭 만나보려는 것은 아니었어. 네가 어떤 곳에서 일하고 있나 궁금해서…… 가가야는 정말 크고 부자구나."

　"엄마, 사카다엔 어떻게 왔어?"

　"여관에 오는 손님이 사카다에 오는 길인데 데려다 주겠다기에 네가 있는 사카다에 와 보고 싶어 따라온 거다. 널 만나리라곤 생각도 못했었다. 엄마가 이런 꼴로 가가야에 찾아올 수 없는 일이고…… 만일 내가 나타나면 네가 곤란하지 않겠니? 너에게도 이런 꼴 보이기 싫었다."

"엄마!"

후지의 얼굴은 웃고 있었으나 그 눈에는 슬픔이 가득 괴어 있었다.

"그런데 너한테 들키고 말았지 뭐냐."

그러나 오싱은 대답도 없이 가만히 후지를 바라보기만 했다.

"설날에 절에 가서 그 덕을 본 것인가 보다."

이번에도 역시 오싱은 물끄러미 엄마의 얼굴을 바라보았다. 그런 오싱을 차근차근 살펴보던 후지의 얼굴엔 보일 듯 말 듯 엷은 미소가 번져 갔다.

"너 이 댁에서 귀염받고 있는 모양이구나. 낮에 절에서 보고 처음엔 오싱이 아닌가 했다. 이렇게 좋은 옷을 해 주시는 걸 보면 난 이제 안심해도 되겠다. 아까는 한번 널 볼 수 있었던 것으로 만족했었다. 그런데……"

후지는 도저히 눈앞에 있는 오싱이 믿어지지 않는 것 같았다.

"엄마, 좀 여윈 것 같아."

"난 괜찮다."

"일이 힘들어?"

후지는 무어라고 대답을 찾지 못하며 한편으로는 설움이 북받쳐올라 아무 말도 하지 못했다. 만일 한마디라도 입을 연다면 그땐 순식간에 울음이 터질 것 같았기 때문이다.

"엄마, 빨리 관둬요. 나 싫어, 그런 엄마 보는 거. 속상해."

후지는 고개를 끄덕여 보였다.

"응, 그래 그래. 눈이 녹아 들일을 하게 될 때는 집에 갈 수 있어. 그때까지만 참아야지. 오싱, 이것만은 명심해 둬라. 이 엄만 아버지나 너희들에게 부끄러운 일은 하지 않는단다. 알았니? 그렇지만 절에서 만난 엄마는 잊어버려라."

"엄마……"

오싱은 더 이상 참지 못하고 엄마 품에 와락 안겼다.

"내가 사카다에 오길 잘했다. 어찌 됐든 오길 잘했구나. 나는 네가 사카다에서도 견디기 힘든 고생을 하지나 않을까 밤낮 그 걱정만 했단다."

"난, 난 엄마……"

오싱은 무슨 말을 하려 했으나 쏟아지는 눈물이 말문을 막았다.

"너와 같은 옷을 입은 아가씨가 이 댁 따님이냐? 자매처럼 대우를 해 주시는 모양이구나. 엄마는 이제 한시름 놓고 긴상에 돌아갈 수 있겠다. 이거 용돈이다. 갖고 싶은 거 있으면 사."

후지는 오싱의 손에 돈을 쥐어 주었다.

"난 필요 없어. 할머니한테 뭐 사다 드려. 할머닌 얼마나 엄마 오길 기다린다구. 빨리 할머니한테 가 봐."

이상한 만남 31

"오싱……"

할머니라는 말에 후지는 다시 한번 밀려오는 설움을 참으려 입술을 깨물었다. 그러나 오히려 오싱은 아무렇지도 않은 듯 엄마에게 빙긋 웃어 보이며 말했다.

"난 엄마 인형을 갖고 있으니까 괜찮아. 보고 싶으면 그걸 보면 되거든."

그런 오싱의 의연한 태도에 후지는,

"그럼 몸조심해라. 누가 보면 안될 테니 그만 들어가거라."

하며 오싱의 등을 떠밀었다.

그러나 오싱은 머뭇거리며 움직이려 하지 않았다.

"어서 들어가라니까."

후지는 밀어내듯 오싱을 품에서 떼어 내고,

"그럼 엄마 간다."

하는 말을 남긴 채, 미련을 뿌리치듯 황급히 어둠 속으로 사라졌다.

쫓아가려는 듯 몇 발자국을 옮기던 오싱은 그 자리에 멈춰서서 그림자가 사라진 어둠 속을 언제까지나 보고만 있었다.

그런 모녀의 애타는 광경을 지켜본 사람이 있었다. 구니는 두 사람이 눈치채지 못할 거리에서 모든 광경을 목격한 것이다.

오싱은 발소리를 죽여 가며 살그머니 부엌으로 들어오자

마자 서러움에 복받쳐 주저앉아 울었다.

그때 구니의 목소리가 들려와 오싱은 깜짝 놀랐다.

"오싱!"

"마님……"

"여자라는 것은 말이다, 자기 자신만을 위해서 일하는 게 아니다. 모두가 남편이나 자식들을 위해 힘들고 괴로운 걸 참아 가며 일하는 거란다. 자신의 일은 손톱만큼도 생각하지 않지."

오싱은 아무런 대꾸가 없었다.

"그런 게 여자야. 너희 엄마도 마찬가지다. 가족을 위하는 것이라고 생각하면 무엇이든지 해내는 거야. 엄마가 나쁜 일을 하고 있다고는 생각 말아라. 너를 만나고 싶어도 마음 놓고 여기에 오지도 못하고…… 그 마음이 오죽 쓰라렸겠니?"

오싱은 여전히 아무 말도 할 수 없었다.

"오싱, 엄마를 위해 드려라."

구니를 바라보는 오싱의 눈에 눈물이 가득 고였다. 구니의 말 한마디가 오싱에게 얼마나 위로가 되었는지 모른다. 엄마가 좋아서 그런 일을 하는 게 아니라, 모두 할머니와 동생들을 위해서 괴로운 걸 참고 견디는 것이다. 그렇게 자신에게 타이르며 오싱은 사카다에서 엄마를 만난 일을 평생 가슴속에 묻어 두기로 결심했다.

오싱은 가가야에서 점차로 없어서는 안될 존재가 되어갔다.

미노에게서도 사랑과 신뢰를 얻었지만 오싱은 결코 자신의 분수를 잃는 일이 없었다. 오히려 전보다도 더욱 일에 열성을 보였고 가요를 비롯한 주인 식구들에게 공손히 그리고 진심에서 우러나오는 봉사를 아끼지 않았다.

여느 때와 마찬가지로 오싱이 익숙한 솜씨로 사요의 기저귀를 갈아 주고 있을 때 미노가 거실로 들어왔다.

"어마, 벌써 사요의 기저귀를 갈아 주는구나."

"뽕을 아주 잘해요. 지금 기분이 좋을 겁니다."

그때 가요가 들어오며 미노에게 느닷없이,

"엄마, 나 양복이라는 거 입고 학교에 가고 싶어. 히로는 양복에 구두 신고 학교에 와."

라고 불쑥 말했다.

오싱은 그 말이 무슨 말인지 몰라 가요와 미노를 번갈아 바라보았다.

"스커트라는 거 너울너울한 게 참 멋있어. 나도 입고 싶어요. 안 사 주면 나 학교에 안 갈 테야."

"알았다. 사 줄게."

그때 구니가 들어서며,

"가요, 또 떼를 쓰고 있는 게냐?"

라며 가요를 쏘아보았다.

"이렇게 갖고 싶어 하고 또 양복이라는 게 활동하기에 좋으니 사 주지요, 뭐."

미노의 말이 채 끝나기도 전에 구니는 단호하게 잘라 말했다.

"안돼! 남이 입고 있는 걸 다들 신기한 눈으로 보니까 그게 부러워 그러는 거 아니냐."

"그렇게 비싼 게 아니니까요."

미노는 구니의 얼굴을 살펴보며 조심스럽게 말했다.

"싸고 비싸고를 얘기하고 있는 게 아니야. 나는 가요가 투정만 하면 뭐든 된다는 생각이 못마땅한 거지."

할머니의 단호한 말에 가요는 잔뜩 볼멘소리로 투덜거리듯 말했다.

"좋아요. 안 사 줘도 좋아. 난 학교에 안 갈 테니까."

"그래라. 양복이 없어서 학교에 갈 수 없다면 안 가도 된다."

전혀 예상하지 못했던 할머니의 반응에 가요는 드디어 울음을 터뜨렸다. 곁에서 바라보던 오싱은 눈을 둥그렇게 떴고 미노는 구니를 원망스런 눈초리로 보았다.

구니는 모른 척하고 오싱에게 엉뚱한 것을 물었다.

"오싱, 너 그 무밥이라는 걸 만들 수 있느냐?"

뜻밖의 말에 오싱은 자신의 귀를 의심하며 되물었다.

"무밥 말씀이세요?"

"오늘 저녁에 그걸 지어라."

오싱은 무슨 영문인지 몰랐다.

"네가 시골에서 먹던 그대로다. 알았느냐?"

부엌으로 나온 오싱은 서둘러 무밥을 준비했다.

한편 자기 방으로 돌아온 가요는 잔뜩 심통이 나서 부어 있는 얼굴로 꼼짝하지 않았다.

기요타로가 구니에게 가요의 청을 들어주자고 조심스럽게 말했으나 구니의 태도는 확고부동한 것이었다.

저녁 준비가 다 끝나고 모두들 거실에 앉았으나 가요의 모습은 보이지 않았다.

우메가 살그머니 가요의 방을 열고 들여다보니 머리끝까지 심통이 난 모습이었다.

"양복 안 사 주면 밥 안 먹을 거야."

우메는 할 수 없이 가요의 방을 나와 당혹스런 표정으로 거실로 돌아왔다.

그러한 눈치를 알아차리고 구니가,

"안 먹겠다면 억지로 먹일 것 없다."

라고 했을 때 기요타로와 미노는 전에 없이 원망스러운 듯 바라보았다.

"배가 고프면 안 먹고는 못 견디지."

그런 구니의 태도를 못마땅하게 생각하며 걱정스럽게 앉아 있던 미노가 가벼운 한숨을 쉬듯 기요타로에게 말했다.

"어머님도 어머님이지만 가요도 참 지독하네요. 정말 안 먹고 버틸 모양이에요."

"가요 때문에도 골치 아프지만 어머니 고집도 큰일이야. 그 양복 한두 벌 가지고……"

그렇게 말하면서도 기요타로는 얼굴에 불안스런 기색을 감추지 못하고,

"가서 좀 살펴봐요."

미노가 고개를 끄덕이고 일어서려고 할 때 요란스럽게 방문을 열어젖히며 가요가 들어왔다.

"엄마나 아버지도 날 굶겨 죽일 작정이세요? 나 같은 건 죽어도 괜찮단 말이에요?"

아우성치듯 큰소리로 떠들어 대는 가요의 모습에 기요타로와 미노는 놀라 아무 말 못했다.

그런 가요의 목소리가 구니의 방까지 들렸다.

"이제 꽤 배가 고픈 모양이구나. 소리를 지르고 덤비니. 오싱, 가요에게 무밥을 갖다 주거라!"

"네?"

"너도 같이 먹겠니?"

한동안 구니를 바라보던 오싱은 어떤 느낌을 받았는지 그 길로 부엌으로 달려갔다.

구니의 재촉으로 오싱은 서둘러 밥상을 들고 가요의 방으로 들어가서 무밥이 놓여 있는 두 개의 상을 내려놓았다(일본에서는 작은 상으로 독상을 쓴다). 그 하나 앞에 오싱이 앉았다. 아직도 심통이 풀리지 않아 뾰로통한 얼굴로 가요는 상을 거들

이상한 만남 37

떠보지도 않고 있었다.

그 곁에 앉아 있던 구니가,

"가요, 자 먹어라."

라며 상을 가요 앞에 밀어 놓았다.

"먹으면 양복 사 줘요? 사 주는 거지요? 약속했어요?"

가요는 이렇게 다그치며 못 이기는 척 상에 다가앉아 무밥을 한 술 떠서 입에 넣었다.

다음 순간, 가요는 얼굴을 잔뜩 찌푸리며 입에 넣었던 밥을 얼른 뱉어 냈다.

"이게 뭐야?"

"무밥이라는 거다."

"왜 이런 걸 줘요?"

오싱은 미안한 생각이 들어 가요에게 조심스럽게 말했다.

"제가 만든 건데, 맛이 없지요?"

"오싱이?"

"저는 그리워서요…… 맛있네."

부지런히 무밥을 먹는 오싱을 바라보며 가요는 어처구니없다는 표정을 지었다.

"잘 먹는구나! 난 싫어, 하얀 밥 갖고 와."

계속되는 가요의 투정을 지켜보던 구니가 근엄한 목소리로 말했다.

"가요, 잘 들어라. 오싱은 말이다. 우리 집에 오기까지 이 무밥으로 살았다. 오싱뿐만 아니야. 세상에는 무밥만 먹는 사람들이 수두룩하단다. 그것도 못 먹을 때가 있어."

그제야 가요의 고집스런 표정이 조금은 누그러지는 듯했다.

"무밥이라는 거 오싱에게서 얘기는 들었지만 이렇게 맛없는 건지는 몰랐어요."

"누구든지 흰밥을 먹고 싶어 하지요. 그러나 쌀이 없으면 무밥이라도 양껏 먹을 수 없었어요. 한번만이라도 좋으니 배불리 먹어 보고 싶었어요."

오싱의 이 말에 가요는 무엇인가 마음속에 와 닿는 게 있는 모양이었다. 잠깐 생각에 잠긴 듯한 가요를 보며 구니는 얼른 때를 놓치지 않고 말을 꺼냈다.

"오싱의 일을 생각하면 양복이다, 구두다 하며 응석을 피울 수 있겠니. 잘 생각해 보려무나."

무슨 생각이 들었던지 가요는 갑자기 무밥을 먹기 시작했다. 오싱은 가요의 돌변한 태도에 눈을 휘둥그렇게 떴다.

"가요 아가씨?"

한 술 가득 무밥을 입에 넣어 우물거리던 가요는 얼굴을 일그러뜨리며,

"아무래도 맛이 없네. 할머니, 양복도 구두도 필요 없어요."

라고 말하고는 활짝 웃음을 지었다.

구니와 오싱은 돌변한 가요의 태도에 놀라움을 감추지 못

했다.

"그런 거 입고 으스대 봐야 하나도 잘난 게 아닌데 뭐. 오싱은 정말 장하다. 이런 걸 아무 소리 않고 먹어 왔으니."

오싱은 자신에게 돌려지는 말머리를 피할 생각도 없이 가요에게 더욱 진한 애정을 느꼈다.

"할머니, 나 그렇긴 해도 하얀 밥 먹고 싶어요."

그 말에 웃음 지으며 구니는 고개를 끄덕였다. 그러다가 밝게 웃는 가요의 미소를 보며 세 사람은 오랜만에 상쾌하게 웃을 수 있었다.

사카다의 여관 객실에서 오싱과 게이는 저녁을 먹으며 옛날의 무밥을 얘기했다.

"무밥이라는 게 그렇게 맛없어요?"

게이의 물음에 오싱은 가벼운 미소를 띠며,

"요즘 사람들은 상상도 못하지. 가요 아가씨도 먹어 보고야 처음으로 알았으니까……"

하고 말하고는 다시금 옛 생각을 떠올렸다.

할머니의 말에 게이는 아무래도 이해가 안 가는 모양이었다.

"그렇지만 할머니는 무밥으로 자란 것을 원망하지 않는다. 그런 생활을 했기 때문에 어떤 역경도 견뎌 낸 거고 아무리 작은 행복이라도 고맙게 생각할 수 있었던 거다."

게이는 비로소 조금은 알 수 있을 것 같다는 표정으로 고개를 끄덕였다.

"하긴 그렇지요. 한번 풍족한 생활이 몸에 배면 진짜 행복을 모르고 지나치게 될지도 모르지요. 조금만 자기 마음대로 안되면 금방 불행하거나 한 것으로 생각할 테니까요."

"요새 아이들은 자전거나 스키를 사 주지 않는다고 자살을 한다니까."

"그런데 큰방마님이라는 분 머리가 좋으세요. 손녀 교육에 할머니를 많이 끌어들이셨어요."

오싱은 그때 가가야의 주인 구니의 모습을 떠올리며 다시금 그분을 기억해 내고 쓸쓸한 미소를 지었다.

"응, 대단한 분이었지. 그런데 그렇게 되면서 이 할미와 가요 아가씨가 점점 끊을 수 없는 사이로 되어 갔단다."

"그랬을 거예요. 가요 아가씨라는 분 할머니를 통해 성장했다고 말할 수 있겠는데요? 상당히 할머니의 영향을 받았을 거예요."

"글쎄, 그게 가요 아가씨를 위해서 잘된 건지, 안된 건지……"

"네? 무슨 말씀이세요?"

"이 할미가 가가야에 더부살이를 간 것이 할미의 인생을 결정했던 것처럼 가요 아가씨도 나를 만남으로써 그분의 인생이 바뀐 것이니까."

게이는 할머니의 얼굴에 번져가는 감회의 빛을 놓치지 않고 물끄러미 바라볼 뿐 차마 무슨 말을 꺼내야 좋을지 몰랐다.

"인생이라는 게 참 이상도 하지. 자기 혼자의 힘으로 자기의 인생을 살았다고 생각하지만 알고 보면 다른 사람을 만남으로써 바뀌어져 가는 거니 말이다."

게이는 할머니의 말뜻을 정확하게 알아들을 수가 없었다.

"가요 아가씨나 나나 서로가 만나지 않았더라면 전혀 다른 인생을 살았을지도 모르니 말이다."

오싱은 쓸쓸히 웃으며 앞에 앉은 게이를 염두에 두지도 않은 듯 혼잣말처럼 얘기했다.

"그렇지만 그런 건 세월이 지난 후에야 말할 수 있는 거지. 그때는 가가야에서의 생활에 그저 만족하고 행복하기만 했었지. 이런 생활도 있는 것이구나 하고 말야."

오싱은 아득히 먼 곳을 보듯 허공에 시선을 주었다.

"히나마쓰리(3월 3일 작은 인형들을 제단에 장식해 놓고 지내는 축제)라는 것도 처음으로 지내 봤었으니까."

오싱은 다시금 꿈을 꾸듯 아득한 기억 속으로 빠져들었다.

할머니의 죽음

가가야의 큰방에는 예전의 히나인형과 새 인형들이 줄줄이 몇 층이나 놓여 가득 차 있었다.

사요를 업고 방 안으로 들어서던 오싱은 둥그렇게 눈을 뜨고 놀라움을 감추지 못했다.

기쿠와 우메는 옆에 있는 미노의 지시로 인형을 계속 차려 놓았다. 구니와 가요도 흡족한 미소를 지으며 그 모습을 지켜보았다. 오싱에게는 난생 처음 보는 신기한 구경거리였다.

"이것이 히나인형이군요."

"오싱은 처음 보는 거야?"

가요는 오싱의 그런 태도가 우습기도 하고 한편으로는 믿기지 않는 것 같았다.

"들어보긴 했어도 보긴 처음이에요."

"오싱은 여자아인데 왜 히나인형도 없어?"

"이런 것을 받을 형편이었나요. 사더라도 차려놓을 데도 없고요. 히나인형이라는 거 참 예쁜데요."

오싱은 넋을 잃고 높게 쌓인 인형들을 바라보며 벌어진 입을 다물 줄 몰랐다.

"이게 내 인형이야."

가요가 손가락으로 가리키는 인형 하나를 바라보며 오싱은 자신과는 엄청나게 다른 환경을 피부로 느꼈다.

미노는 그런 가요를 대견하고 사랑스럽다는 눈으로 바라보며 말했다.

"응 그래, 네 첫 히나제(祭) 때 받은 거지. 사요는 올해 받게 된단다."

그 말을 듣고 오싱은 천장에 닿을 만큼 높이 쌓여진 옛 인형과 새 인형들을 다시 한번 눈여겨보았다.

그런 오싱을 보며 구니는 그 가운데에서 가장 오래되어 보이는 인형 한 벌을 가리키며 말했다.

"이것은 대대로 가가야에서 내려오는 히나인형이다. 도쿠가와 막부 때의 것이다.

"와! 백 년도 더 됐네."

오싱은 인형과 가가야의 내력에 압도되어 마음속에 어떤 커다란 것이 누르는 듯한 깊은 감명을 받았다.

"올해는 가요와 사요, 그리고 오싱의 히나제다. 맛있는 음식을 가득 차려야지."

"단술도 마신다."

미노와 가요의 말에 오싱은 그저 놀라기만 했다.

다음 날, 이른 아침부터 기쿠와 우메는 히나제의 준비로 법석댔고 오싱도 역시 분주하게 왔다갔다했다. 그런데 전에 없이 가요도 오싱의 곁에서 그들을 돕고 있었다.

미노가 우연히 부엌에 나와 그런 가요를 보고는 믿을 수 없다는 표정으로 대견한 미소를 지었다.

그러다가 문득 미노는,

"벌써 반년이 넘었구나. 눈 오기 전에 와서 눈이 녹았으니……"

라며 오싱에게 눈길을 주었다.

오싱은 자신도 까맣게 잊고 있던 세월의 흐름을 그 순간 가까이 느끼며 그간 고생스러웠던 일들이 한꺼번에 스쳐 지나갔다.

"오싱, 그동안 잘 견뎌 냈다. 2년이라는 기간은 금방이란다. 후딱 지나가지."

오싱은 그 말을 듣고 불현듯 고향 집 생각을 떠올렸다. 눈이 녹았으니 엄마는 이제 집에 돌아가 있겠지. 할머니는 어떻게 지내실까. 오싱은 가가야에서의 생활이 아무리 행복한 것이라지만 아무래도 엄마 품이 더 좋았고 고향 집이 그리웠다.

히나제 준비가 끝나고 안방에 상이 차려졌다. 사요와 가요는 미노에게 안긴 채 히나인형을 차려 놓은 단 앞에서 진수성찬의 상을 받았다.

한쪽 곁에서 오싱이 같이 끼어 앉았다. 모든 것이 오싱에게는 신기할 뿐이었다.

"오싱, 단술 좀 마셔 봐."

가요의 말에 오싱은 어리둥절한 느낌을 애써 감추며 술잔에 살짝 입을 대 보았다.

"와아, 달고 맛있는데요."

그런 오싱을 바라보며 가요는,

"그럼."

하며 자신도 단술을 마셨다.

"그렇게 벌컥벌컥 마시다가는 취하겠다."

미노가 가요를 보며 웃음 띤 얼굴로 말하고 있을 때 리키가 들어왔다.

"어마! 오싱도 참례하고 있구나. 우리 동네에서는 도저히 히나제 같은 건 할 수 없으니까 오싱이 여기서 참 좋은 구경하는구나. 그렇지, 오싱?"

오싱은 놀란 표정을 감추지 않고 고개를 끄덕이며,

"나 고무쿠 초밥(생선, 야채를 잘게 썰어 밥에 섞어 만듦)이라는 것도 처음 먹어 봤어요."

하고 뽐내듯 말했다.

리키는 한시름 놓았다는 그런 표정이었다.

"오싱, 이렇게 잘해 주시는 댁은 눈을 씻고 찾아도 없을 게다. 너 참 복덩어리로구나. 고맙게 생각해라."

곁에서 지켜보고 있던 미노가 대견한 듯이 오싱을 한번 쳐다보고는 리키의 말을 받았다.

"얼마나 열심히 몸을 아끼지 않고 일해 주는지 몰라요. 가요의 좋은 동무이기도 하고요. 우리들 마음에 꼭 들어요."

"오싱, 너 붓글씨랑 주판도 가요 아가씨와 함께 배우고 있다며? 큰방마님은 정말 고맙기도 하시지."

리키는 마치 자기 일인 양 몹시 고마워하며 인사를 아끼지 않았다. 구니는 그런 리키의 태도에 약간은 어색함을 느끼면서 오싱의 영리함을 다시금 칭찬했다.

"오싱이 여간 영리한게 아니어서 나도 가르치는 재미가 있다우."

"나도 오싱에게 안 져요."

구니의 말에 불쑥 나서는 가요의 야무진 태도에 그 방에 있던 사람들은 모두 웃음을 터뜨렸다.

"가요는 쉬 싫증을 내는 성미였는데 오싱과 맞서느라고 이번엔 오래 끄는 거지요."

미노의 말에 리키는 새삼 안심하는 듯이 밝게 웃었다.

"전 정말 큰 짐을 내린 것 같습니다. 오싱은 아직 어려서 가가야 같은 큰댁에서 제 몫을 해낼까 걱정을 했었지요. 오싱의 할머니나 엄마가 이 얘기를 들으면 얼마나 좋아할까요."

리키는 말을 끝마치기도 전에 눈물을 닦아 내야만 했다.

그런 리키의 모습에 구니는 막연한 예감으로,

"오싱네 집에 별일 없수?"

하고 묻자, 오싱은 두 귀를 곤두세우고 리키의 말을 기다렸다.

"예, 덕택에요. 참 얼마 전에 오싱 엄마도 돌아왔지요."

그 말에 오싱은 귀가 번쩍 뜨이는 것 같았다.

"돌아왔어요? 엄마가요?"

"그래. 벌써부터 들일 나가고 있단다."

"할머니는요?"

오싱의 질문은 숨쉴 틈도 없이 쏟아졌다. 그런데 할머니의 안부를 묻는 오싱의 물음에 리키는 주춤거리며 얼버무리듯,

"응, 잘 계신다. 네가 기간 다 채우고 돌아오길 기다리고 있으시지."

라고 말했으나 오싱은 리키의 표정에서 당혹해 하는 빛을 읽을 수 있었다.

"네 안부를 잘 전해 드리마. 잘 있으니 걱정 마시라고."

"이 음식 조금만이라도 잡수시게 했으면……"

오싱은 몸이 불편한 할머니를 생각하다가 결국 울먹거리

며 말끝을 흐렸다.

"네가 그렇게 할머니한테 효성이 지극하다는 걸 알면 얼마나 좋아하시겠니?"

리키는 얼굴에 엷은 미소를 띠었으나 목소리는 울음을 참는 듯 가늘게 떨렸다. 순간 오싱의 머릿속에는 왠지 모를 불안감이 엄습했다.

저녁 무렵이 되어 리키가 돌아갈 준비를 하고 있을 때 구니는 보따리를 내밀었다.

"짐이 되어서 미안하지만 가는 길에 이거 오싱의 할머니에게 갖다 드리게."

"네?"

"오싱의 효성이 가상해서 그러네."

영문을 몰라하던 리키는 그 말에 고개를 끄덕거렸으나 안색은 이내 어둡게 변했다.

"예, 고마운 말씀이십니다. 좋은 얘깃거리도 있고 하니 이제 그 애 할머니도 안심하고 눈을 감을 수 있을 겁니다. 오싱을 누구보다도 귀여워했으니까요."

"리키상, 눈을 감다니?"

구니는 리키의 말에 깜짝 놀랐다.

"오싱에게 알리면 일하는 데 지장이 생길 것 같아 그냥 있었지요. 알면 더 괴로울 뿐이니 이 댁에서 기간 채울 때까지 애기 않는 게 나을 겁니다."

할머니의 죽음 49

리키의 어두운 얼굴은 착잡한 마음을 그대로 드러냈다.

"그렇게 위독한가요?"

"네, 며칠 못 갈 겁니다. 그러니 오싱에겐 알리지 말아야지요."

리키의 말에 구니는 길게 한숨을 내쉬며 골똘히 무슨 생각에 잠겼다.

그 무렵 히나제 상이 차려진 안방에서는 가요가 히나인형이 놓인 단 앞에서 거문고를 뜯고 있었다. 오싱은 그 곁에서 감탄하며 거문고 소리를 듣고 있었다.

"정말 잘하네요, 가요 아가씨."

"오싱, 넌 하모니카를 불어."

"가요 아가씨에 비해 전 너무 못 불러요."

오싱이 얼굴을 붉히며 무안해 하고 있을 때 구니가 방 안으로 들어왔다.

"오싱, 곧 네 방으로 가서 채비를 차리고 고향에 다녀와라."

느닷없는 말에 깜짝 놀란 사람은 오싱뿐만이 아니었다.

"할머니, 왜요? 왜 오싱을 보내는 거예요? 오싱이 뭘 잘못했어요?"

가요는 구니에게 따지듯 물었다.

그러나 구니는 얼굴 가득히 웃음을 띠며,

"집으로 아주 보내는 게 아니란다. 눈도 녹았고 마침 리키상도 와 있잖니. 또 오싱 엄마도 집에 왔다고 하니 집에 한번 다녀오라는 거다. 오싱도 엄마 얼굴이 보고 싶지 않겠니?"

그러자 가요는 조금은 애타는 표정으로 물었다.

"그럼 금방 오는 거야?"

"그래, 엄마한테 응석부리고 곧 오는 거지."

곁에 잠자코 있던 오싱은 믿기지 않는 듯했다.

"오싱, 서둘러라. 리키상이 기다리고 있다. 그리고 미노, 리키상을 통해 선물로 쌀 두어 말을 들려 보내거라."

"네."

"오싱, 그 쌀로 할머니 흰밥 해 드리거라."

오싱은 제 방으로 돌아오면서 도무지 갈피를 잡지 못한 채 허둥대고 있었다. 기쁨보다 불안이 앞섰다. 내가 무슨 잘못을 저질렀나? 왜 가라는 걸까?

오싱이 자신의 옷보따리를 주섬주섬 챙기고 있을 때 미노가 방으로 들어왔다. 오싱의 보따리에 눈이 가자,

"왜 짐을 전부 쌌니?"

하고 물었다.

"저는 지금 가면 다시 못 돌아오는 것으로 생각해서요. 다 가지고 가는 게 나을 거라 생각해서요."

"이건 말이다 오싱, 네가 일을 잘해서 할머니께서 상으로 다녀오게 하는 거라고 하지 않으시던? 마침 리키상이 와서 데려가기도 좋게 됐고."

"전 도무지……"

"당장 필요하지 않은 것은 놔두고 가거라. 금세 올 테니. 가서 할머니하고 엄마 얼굴 보거든 이내 오거라. 와서 또 열심히 일을 해 주어야지."

오싱은 꿈 같은 얘기라 도무지 믿기지 않았다.

오싱이 보따리를 꾸리는 동안 부엌에서는 리키와 구니가 오싱이 나오기를 기다리고 있었다.

"이건 오싱과 리키상의 여비요. 잘 데려갔다가 다시 이곳에 데려다 주구려. 좀 남는 것은 리키상의 수고비요."

구니가 돈을 건네주자 리키는 어쩔 줄 몰라했다.

"이렇게까지 해 주시니 정말 고맙습니다."

"선물로 보내는 쌀은 힘들겠지만 리키상이 좀 메고 가줘요."

"네, 이렇게 신경을 써 주시다니요."

"난 오싱의 지극한 효성에 감동했다우. 그 어린것이 밤낮 진심으로 걱정을 하니 임종이라도 지키게 하고 싶구려. 그렇게 좋아하는 할머니니 기회를 놓치면 두고두고 안타까워할 게요."

"정말 고마운 말씀입니다."

"그 애 할머니도 얼마나 오싱이 보고 싶겠수. 나도 손주가 있어 그 심정을 안다우."

"오싱에게도 그 애 할머니에게도 이보다 더 고마운 일이 없을 겁니다."

"리키상, 오싱에게 눈물을 보이지 말아요. 집에 닿을 때까지 할머니 얘기는 하지 말구료."

그때 미노와 함께 오싱이 들어오는 것을 보고 리키는 눈에 가득 괸 눈물을 얼른 훔쳐 냈다. 이어서 가요가 뛰어들어오며,

"히나제의 과자야. 가다가 먹어."

하고 오싱에게 종이에 싼 뭉치를 내밀었다.

"배를 타고 가니? 언제 닿는데?"

"지금 타면 아마 중간에서 하룻밤 묵어 가야 하니 내일 낮까지는 갈 겁니다."

리키는 작별 인사를 하며 미노와 구니에게 공손하게 머리를 숙였다.

"조심해서 다녀와요. 리키상, 잘 좀 부탁해요."

"예."

오싱은 한동안 머뭇거리며 어떻게 작별 인사를 해야 좋을지 몰랐다.

"사요 아가씨를 못 봐드리게 되어서 죄송합니다."

"괜찮다. 금방 올 텐데 뭐."

미노는 오싱의 등을 가볍게 쓰다듬으며 미소를 잃지 않았다.

"빨리 와야 해! 꼭 돌아와야 해."

자신의 손을 꼭 잡으며 다짐하듯 얘기하는 가요를 바라보던 오싱은 눈물을 글썽이며 고개를 끄덕였다. 서로 맞잡은 오싱과 가요의 두 손에 따스한 정이 통하는 것을 두 사람은 느낄 수 있었다.

 오싱의 집에는 긴상온천에 갔던 후지가 이미 돌아와 있었다. 눈이 녹으면, 봄이 되면 돌아온다고 기약하며 떠났던 후지는 힘든 객지 생활을 그만두고 눈이 녹자 집으로 돌아왔다.
 나카의 병세는 이미 심각한 지경에까지 이르러 그 모습을 볼 적마다 후지는 죄스럽고 아픈 마음을 견딜 수 없었다.
 "어머니 약이에요."
 "이젠 소용없대도 그러는구나. 약으로 나을 병이 아니야. 내 몸은 내가 잘 알아. 공연히 쓸데없이 돈 버리지 말아라."
 후지는 근심스러운 얼굴로 나카의 팔과 다리를 주물렀다.
 "꿈에 오싱을 봤다. 또 학대받고 있더라. 할머니, 할머니 하고 부르는데 몸이 말을 들어야지."
 나카의 얼굴은 괴로움으로 일그러졌다.
 "어머니, 오싱은 가가야에서 귀염받으며 잘 지내고 있어요."
 "보지도 못하고 어떻게 아니? 고생이 말이 아닐 게다."
 "정말 오싱은 걱정하지 않으셔도 돼요. 자, 약 드시고 한숨 푹 주무세요."

후지의 그 말은 자신을 스스로 타이르는 말이기도 했다.

"오싱이 가엾어. 날 끔찍이도 위했지. 참 영리하고 착한 아이였어. 그 나이에 고생만 시키고 아무것도 해 주지 못하니 원 답답하고 안타까워서……"

"어머니 너무 말씀을 많이 하시면 피로하세요."

"오싱이 처음 더부살이 갔을 때 내가 오십 전짜리 은화 한 개를 주었지. 주변머리없는 이 할미가 뭐 해 줄 게 있어야지. 모아 둔 것이라곤 그것뿐이었어. 그 애한테 처음이자 마지막으로 뭔가 해 준 거지. 그런데 그게 오히려 오싱을 괴롭히기만 했지 뭐냐."

"웬 돈인가 했더니 역시 어머니가 주신 거였군요."

"난 정말 변변치 못한 할미였다."

나카는 깊은 한숨을 내쉬었다. 이제는 눈물도 다 말라 버린 듯 까칠한 눈가에는 수심이 가득했다.

"얘야, 오싱을 보고 싶구나. 죽기 전에 단 한번만이라도……"

후지는 더 이상 그런 시어머니의 모습을 지켜볼 수 없어 슬며시 고개를 돌렸다. 나카의 눈에 가득한 눈물을 보는 순간 전신이 찡해 왔다.

"어머니, 금방 2년이 지날 거예요. 그동안 약 잡숫고 몸을 추스려야지요. 꼭 만나 보실 거예요."

후지는 말은 그렇게 하면서도 그렇게 되기 힘들다는 사실을 알고 있었다. 그녀는 울컥 솟는 슬픔을 추스르며 황급히 방을 나왔다.

후지가 마당 한쪽의 우물에서 기저귀를 빨며 깊은 한숨을 내쉬고 있을 때 사쿠조가 들일을 마치고 돌아왔다.

그때, 귀에 익은 목소리가 들려왔다. 오싱의 소리였다. 순간 후지와 사쿠조는 자신의 귀를 의심했다. 다시 한번 오싱의 목소리가 들렸다.

"엄마!"

"오싱?"

후지가 놀라움과 반가움이 뒤엉킨 감정으로 오싱을 찾아내고 뛰어가려 할 때 사쿠조는 뒤를 돌아보며,

"너? 너……또 쫓겨오는 거냐?"

하고 차갑게 내뱉었다.

순간 집안으로 뛰어들어오던 오싱은 주춤하며 발걸음을 멈추고 겁먹은 표정이 되었다. 오싱이 머뭇거리며 집안으로 들어서지도 못하고 서 있을 때 리키가 헐떡거리며 뒤따라오는 모습이 보였다.

"원 빠르기도 하지. 어이구 숨차."

그런 리키의 모습을 보자 후지는 겁부터 덜컥 났다.

"리키상, 무슨 일이 있었어요?"

"아, 아닙니다. 오싱, 가서 할머니 뵙고 와라."

후지는 느닷없는 오싱과 리키의 출현이 믿어지지 않는 표

정이었다."

"할머니 때문에 큰방마님이 말미를 주신 거잖니? 자, 어서."

오싱은 후닥닥 방 안으로 뛰어들어갔다. 그렇게 급히 방 안으로 들어선 오싱은 그만 그 자리에서 얼어붙은 듯 한걸음도 옮길 수 없었다. 한구석에서 누워 있는 할머니의 모습이 마치 죽은 듯 고요하고 굳어진 모습이었던 것이다.

오싱은 조심스럽게 할머니 곁으로 다가갔다.

"할머니, 오싱이 왔어요, 저예요. 할머니! 할머니?"

오싱은 할머니를 살며시 흔들어 보았으나 나카는 혼수상태에 빠진 듯 눈을 뜨지 않았다.

그때 후지가 방 안으로 들어왔다.

"엄마?"

"나도 너도 집에 없는 바람에 할머니가 말도 안 듣는 몸을 갖고 일을 하셨지 뭐냐. 엄마가 집에 돌아왔을 때에야 더 이상 버티지 못하고 와르르 무너지듯 앓아 누우셨단다. 우리가 참으로 불효막심했다."

후지는 슬픔에 겨워 두 손으로 얼굴을 파묻었다.

"할머니……"

오싱은 나카에게 매달리듯 할머니를 불렀다.

"이젠 약도 안 듣는단다. 네가 때맞추어 잘 왔구나. 정말 가가야의 어른들은 어진 분들이시다…… 할머니가 깨어나면 얼마나 좋아하시겠니? 네 일만 걱정하셨는데……"

오싱은 갑자기 무슨 생각이 들었던지 벌떡 일어나 방문을 뛰쳐나갔다.

후지의 의아한 눈길을 뒤로 한 채 오싱은 우물가로 갔다. 그리고 서둘러 쌀을 씻기 시작할 때 뒤를 따라 나온 후지가,

"뭘 하고 있니?"

하며 들여다보았다.

"할머니한테 흰죽 쑤어 드리는 거야. 이거 잡수시면 꼭 나아질 거야. 할머닌 제대로 먹지도 못하고 일만 해서 병이 심해졌어. 흰죽을 많이 잡수시면 금방 나아."

마치 신들린 사람처럼 쌀을 씻고 있는 오싱을 후지는 눈물로 부옇게 된 눈으로 바라보고 있었다.

잠시 후, 흰죽을 담은 쟁반을 들고 오싱이 방으로 들어올 때까지도 여전히 나카는 싸늘하게 굳어 있었다. 오싱은 그런 할머니의 모습을 보며 가슴에서 솟는 슬픔을 억누를 길이 없었다.

"할머니, 죽 쑤어 왔어. 할머니."

오싱은 흐르는 눈물을 닦을 생각도 없이 할머니를 부르기만 했다. 그때 언제 왔는지 등 뒤에서 사쿠조의 목소리가 들렸다.

"그만두거라. 이젠 틀린 건지도 몰라."

"아버지, 의사 선생님을 불러와요."

오싱의 목소리는 거의 울음이 섞여 있었다.

"왔었다. 그런데 가망이 없다고 치료도 안 했단다."
"그런 엉터리 같은 일이…… 할머니, 오싱이에요!"
오싱은 나카를 흔들며 눈을 뜨지 않는 할머니를 원망했다.
"할머니 눈을 떠요. 오싱이 왔어요. 오싱이 왔단 말이에요."
오싱의 얼굴은 온통 눈물로 범벅되어 할머니의 모습조차도 흐리게 어렸다.
그러던 오싱은 나카의 얼굴에 작은 움직임이 일어나는 것을 발견했다. 눈이 가늘게 힘없이 떠지며 곧이어 입술이 잠깐 들먹거렸다.
"오……싱……?"
오싱은 힘겹게 자신을 부르는 할머니의 입을 보며 말했다.
"응 오싱이예요. 할머니, 절 알아보겠어요? 돌아왔어요. 할머니 얼굴 보려구 왔어요. 가가야의 큰방마님이 할머니 보고 오라고 말미를 주셨어요."
"오싱…… 정말로 오싱이냐?"
곁에서 그 광경을 보고만 있던 후지가,
"그래요, 어머니, 오싱이에요."
하고 말하며 나카의 손을 꼬옥 쥐었다.
나카는 가늘게 눈을 뜨고 오싱을 바라보더니 입가에 엷은 웃음을 띠었으나 이내 그 미소는 꺼져 버리듯 사라졌다.
"오싱, 너 좋은 옷 입었구나."
"응, 가가야의 작은마님이 주셨어요. 나 그 댁 어른들께 귀염받고 있어요."

"참 예쁘구나."

"할머니 드리려구 흰쌀로 죽 쒔어요. 많이 잡숴요, 응?"

오싱은 죽 그릇을 나카의 입술에 갖다 대었다.

"오싱, 네가 만들었니?"

"응, 할머니가 좋아하는 계란도 넣었어. 맛있을 거야."

나카는 오싱이 떠 넣어 준 죽을 힘들여 삼켰다.

"맛있구나, 정말 맛있어"

"할머니……"

오싱은 그런 할머니의 모습을 지켜보며 어린 가슴에도 견딜 수 없는 회한과 슬픔을 느꼈다.

"할머니 꼭 나아야 해요."

오싱이 또다시 죽을 먹이자 할머니는 겨우 입술을 움직일 정도로 받아먹으며 얼굴에는 애써 미소를 지으려 했다. 그러나 할머니의 그런 미소가 오히려 오싱에게는 견딜 수 없이 슬프고 한없이 절망적인 예감을 가져다주었다.

"정말 맛있구……"

할머니는 겨우 그렇게 몇 마디 하고는 힘이 다한 듯 머리를 맥없이 떨어뜨렸다.

"할머니!"

오싱은 죽 그릇을 던지듯 내려놓고 할머니를 잡아 흔들었다.

조용히 눈을 감고 있는 할머니의 표정은 예전에 본 적이 없을 정도로 평화롭기만 했다. 오싱은 그만 아연해졌다.

순간적으로 눈을 감아 버린 할머니가 영영 이별의 길을 떠나게 될 줄은 몰랐다. 도무지 믿기지 않았다. 곁에서 그 광경을 지켜보던 후지는 넋 잃은 사람처럼 중얼거렸다.

"오싱, 할머니가 웃는 얼굴이구나. 기쁜 듯 말이다. 네가 만든 죽을 잡숫고 보고 싶던 너도 보셔서 만족스러운가보다."

오싱은 편안한 얼굴로 잠든 할머니의 모습과 아직도 따끈한 기운이 남아 있는 죽 그릇을 번갈아 바라보았다. 여전히 김이 날 듯한 흰죽에 비해 할머니의 몸은 어느덧 싸늘하게 식어 가고 있었다.

나카의 장례식 행렬은 쓸쓸했다. 마지막 가는 사람 뒤를 따르는 사람은 고작 몇 명에 불과했다. 오싱은 꽃을 안고 그 뒤를 따라가며 마음속에 이는 깊은 회한을 억누르기 힘들었다. 너무도 허무하게 길을 떠나 버린 할머니를 보내며 가슴이 무너져 내리는 것을 느꼈다.

가난한 소작농에 시집을 와 그 일생을 오직 일로만 보낸, 한번도 양껏 먹어 보지 못한 할머니 나카는 이렇게 허망하게 생을 마쳤다. 행복이라는 것은 구경도 못한 채.

오싱은 어린 마음에도 할머니가 가여워 견딜 수 없었다. 할머니는 한번도 자신의 안락을 바라지 않았다. 단지 아버지와 우리들을 위해 살다가 죽은 것이다.

여자란 그런 것이다. 남편이나 자식을 위해서는 어떤 고난도 감수하는 것이다, 라고 말하던 가가야 큰방마님의 말을 오싱은 새삼 되씹어 보았다.

그렇지만 난 그런 여자로 끝나고 싶지 않다. 할머니나 엄마처럼 가엾은 여자는 되지 않을 거다. 할머니의 일생을 가엾게 여기는 만큼 가슴속에서 노기와도 같은 격한 것이 끓어올랐다. 죽어서야 겨우 편하게 되는 삶, 난 그런 것은 싫다.

쓸쓸한 장례 행렬에 섞여 걸어가며 오싱은 어린 마음에도 몇 번이나 그렇게 중얼거렸다.

장례식을 마치고 집안에 마련된 불단 위에는 나카의 유골이 놓여졌다. 그 앞에 나란히 앉은 후지도 오싱도 망연한 표정이었다. 오싱은 할머니가 그리운 듯, 도저히 믿어지지 않는다는 듯 유골이 들어 있는 단지를 쓰다듬었다.

"그래도 그렇게 보고 싶던 널 보고 돌아가셔서 한을 푸셨을 거다. 네가 어떻게 때맞추어 오게 되었는지…… 참 고마운 분들이시지."

오싱은 가슴이 메어 아무런 말도 할 수 없었다.

"이제 집도 쓸쓸해지겠구나. 너도 가가야로 돌아가야지. 아까 리키상이 와서 내일 가자더라."

후지는 이렇게 말하며 불단의 서랍에서 작은 꾸러미를 꺼내어 오싱에게 내밀었다.

"이제 할머니의 유품이 됐구나. 소중하게 간직하거라."

오싱은 그것을 조심스럽게 건네받아 작은 봉지를 열어 보았다. 그 안에서는 오십 전짜리 은화 한 개가 나왔다.

"할머니가 네게 주셨던 거란다. 네가 전에 가 있던 재목점에서 보내왔단다. 난 무슨 돈인지 몰랐었지. 그래서 여기다 간수해 뒀었다. 할머니가 돌아가시던 날 이 돈 얘기를 해 주셨다."

후지의 말을 가만히 들으며 오싱은 오십 전짜리 은화를 쏘아보고만 있었다.

"아마 할머니가 베를 짜서 번 돈일 거다. 아끼고 아끼던 것일 게야. 할머니가 남긴 단 하나의 것이니까 소중하게 지니고 다녀라."

"엄마…… 나 열심히 일해서 돈 벌 거야. 할머니처럼 평생 일만 하고도 겨우 오십 전밖에 남기지는 않을 거야. 난 죽어도 소작농은 안될 테니까."

후지는 오싱에게서 야무질 만큼 단단한 마음을 보았다. 그리고 어린 오싱의 앞날에 어떤 남다른 일이 펼쳐지리라 어렴풋이 예측하는 것이었다.

다음 날, 아침 일찍부터 찾아온 리키는 아직 채비를 끝마치지 못한 오싱을 기다리며 마당을 서성거렸다. 잠시 후 방에서 나온 오싱과 리키는 서둘러 집을 나왔다.

후지는 다시 떠나는 두 사람을 배웅하며 마치 끝까지 쫓을 것처럼 그 뒤를 따라갔다.

"후지상, 그만 들어가세요."

그러나 후지는 아쉬운 표정으로 발길을 돌리지 못했다.

"엄마 잘 있어."

"너도 잘 가거라. 몸조심하구…… 가가야의 어른들께 꼭 고맙다는 말씀 전해야 한다."

오싱은 고개를 끄덕이며 엄마를 밀쳐 내듯 작별을 했다.

오싱과 리키는 계속해서 걸었고 마을 어귀에 남은 후지는 그들의 모습이 사라질 때까지 그 자리에 서 있었다.

오싱은 고향 집을 떠나며 각오를 다시 다졌다. 할머니의 죽음을 통해 비참한 여자의 일생을 알게 된 오싱은 이제는 예전 집을 나설 때의 오싱이 아니었다. 조금씩 조금씩 몸도 마음도 성장하고 있는 것이다.

사카다의 모래언덕에서 오싱과 게이가 나란히 바다를 보고 있었다.

"할머니, 역시 이세 쪽 바다와 물빛이 다르네요. 이세는 태평양이니까."

"겨울엔 이렇지 않아. 찬바람이 사납게 불고 바다는 더 검고 거칠지. 해변에 서 있기 힘든 정도의 강풍이 늘 불어. 꽤 오래 이 바다를 보며 살았거든."

"할머닌 몇 살때까지 사카다에 계셨어요?"

"열여섯."

"그럼 그때까지 줄곧 가가야에서 더부살이 했다는 말이에요?"

"가요 아가씨가 이 바다를 좋아해서 늘 스케치하러 오셨지."

"가요 아가씨라는 분 화가가 됐어요?"

오싱은 그 말엔 대답을 않고 잠시 무슨 생각을 하는 듯하다가 불쑥 물었다.

"게이, 너는 뭐가 되고 싶니?"

"글쎄요. 경제를 전공하고 있으니까 은행이나 대기업에 들어갈까요. 아니면 공무원이 되든지. 뭐 그런 거예요. 다노쿠라슈퍼엔 안 가겠지만, 히토시 큰아버지처럼 혼자서 멋지게 사업을 하는 것도 좋을 것 같고요."

"너는 네 아버지 노소미를 닮지 않았구나."

오싱은 빙그레 웃으며 다시금 먼 바다를 향해 눈길을 던졌다.

"그러고 보니까 아버지의 일을 계승한다는 생각은 한 적이 없군요. 도자기 구이 같은 일은 흥미가 없구요. 어쩌면 예술적인 소질이 없는 걸 보면 친아버지가 아니신가······"

게이가 느닷없이 장난스레 웃으며 할머니를 바라보자 오싱도 역시 마주 웃었다.

"바보 같은 소린······ 진짜 진짜 아버지와 아들이다."

"그럼 누굴 닮은 걸까요? 할머니의 친손자라면 얘기가 되는데 말예요. 할머니야 천재적 사업가 아니에요?"

"이 할미가 어디 좋아서 장사를 해 왔는지 아니? 어릴 때부터 돈 없는 설움을 하도 많이 받아 필사적으로 살다 보니 슈퍼의 체인스토어도 하게 된 거지. 내 경우 내가 나의 인생을 선택하느니 하는 호사는 못 부렸으니까."

"자기가 자신의 인생을 정한다는 것이 호강이에요?"

"그럼. 너만 해도 가고 싶은 학교에 가고, 하고 싶은 직업을 선택할 수 있잖니? 그게 행복한 거지."

"그래요? 난 아직도 방황하고 있어요. 대학에 가지 않으면 큰일이 나는 것처럼 얘기들 해서 간 것뿐이에요. 내년에 졸업이니까 올해 안으로 취직할 곳도 정해야 할 텐데. 그것이 내 일생을 정하는 것이라 생각하니 왠지 허무한 생각도 들고요. 갑자기 그림을 그리고 싶어진다든지 아버지처럼 물레를 돌리고 싶어지는 게 아닌가 하고요."

"글쎄다. 피는 못 속인다니까 또 모르는 일이지."

오싱은 순간 게이의 얼굴에서 노소미의 모습을 얼핏 느끼고 빙긋이 웃었다. 그러고는 자신의 뼛속에 사무친 듯 배어 버린 고생의 기억을 더듬어 말했다.

"방황한다는 것도 일종의 사치지. 살림 걱정을 안 하니까. 가요 아가씨도 그때 갈피를 잡지 못하고 쩔쩔매셨지. 가가야의 후계자로 아무 걱정 없이 여학교엘 다니셨는데 갑자기 화가가 되고 싶다고 했지."

"그게 젊음이에요."

"나도 내가 선택할 수 있었다면 아주 다른 삶을 살았을지 모르지. 그렇지만 집에는 돈을 보내 줘야 하니까 가가야를 그만둘 수가 없었단다. 또 가가야에서 장사도 배우고 싶었고. 아무튼 돈 버는 데는 장사가 제일이라고 생각하고 있었으니까."

"어린 소녀가요?"

게이는 믿기지 않는다는 듯이 눈을 휘둥그렇게 떴다.

"그래. 할머니가 돌아가셨을 때 뼈에 사무치도록 가난을 싫어하게 됐으니까. 그러니까 열여섯이 되도록 가가야에서 버텨 냈지. 가가야에 있는 동안 큰방마님께 여러 가지를 배웠단다. 만일 그런 일이 없었으면 이 할미는 가가야에 있다가 장사꾼에게 시집을 가서 편하게 일생을 보냈을지도 모르지."

게이는 할머니에게 예측을 할 수 없었던 일이 있었음을 얼핏 눈치챌 수 있었다.

"그것도 다 저마다 타고난 팔자인지도 모르지……"

오싱은 또다시 멀고 먼 바다 속으로 시선을 던지며 아득한 옛 기억 속으로 빠져들었다.

열여섯 살의 오싱

 오싱이 가가야에 처음 왔을 때의 나이는 불과 여덟이 되는 초겨울이었다.
 아홉이 되던 해의 봄, 평생 일만 하다 제대로 먹지도 못하고 가엾은 생을 마친 할머니의 장례를 치르고 다시 가가야로 온 오싱이 어느덧 열여섯의 봄을 맞고 있었다.
 할머니의 불쌍한 삶을 본 뒤부터 자신만은 소작농이 안되겠다고 이를 악물고 가난의 테두리를 벗어나려 애쓴 8년이었다.
 1913년에 제1차 세계대전이 일어났고 그 여파로 전쟁 경기에 온 일본이 들떠 있던 1916년의 일이었다.
 본디 쌀 다섯 가마에 2년 기간으로 가가야에 온 오싱이었지만 구니의 배려로 많은 것을 배웠고 점차 가게 일에도 능숙해져 일을 잘해 나갔다.

그런 연유로 오싱은 본디의 기간을 훨씬 지나 가가야에서의 여덟 번째 봄을 맞은 것이다.

그동안 부엌일을 맡아하던 기쿠와 우메는 이미 출가를 한 뒤고, 오싱이 살림을 거의 도맡다시피하며 한편으로는 구니를 도와 가게 일에도 능하게 됐다.

그날도 오싱은 구니를 도와 장부 정리를 하고 있었다.

"도쿄의 마스다야에 팔십 가마, 같은 도쿄의 히라노야에도 팔십 가마, 다 상등 쌀이야. 합해서 오늘 시세로 얼마냐?"

구니의 물음에 오싱은 열심히 주판을 놓으며,

"오늘 시세가 또 올랐습니다. 이 시세가 얼마까지 오르려는지 겁이 나는데요?"

하며 제법 근심 어린 표정까지 비쳤다.

"세계대전이라는 게 시작됐다니까…… 일본도 작년부터 군수물자다 뭐다 해서 수출을 많이 했지. 전쟁 경기로 주식 값도 오르고 해서 덩달아 쌀 시세도 오르는 거지."

"전쟁이 일어나면 경기가 좋아진다니 무서운 일이지요?"

"지금은 이렇게 이익이 많지만 또 언제 뚝 떨어질지 모르는 게다. 장사라는 것은 좋을 때도 나쁠 때도 있는 것이야. 좋을 때 많이 벌어 놓아야지."

오싱은 그래도 이해할 수 없다는 표정을 짓다가 이내 계산을 마치고 장부 정리를 끝냈다.

그때 미노가 가게로 나와 구니에게 다가왔다.

"어머님, 사쿠라기상이 오셨어요."

"알았다. 곧 가마."

오싱은 자리에서 일어서며 구니에게,

"저도 이제 저녁 때문에 부엌엘 나가야겠습니다. 오늘은 전부 이겁니다."

하며 장부를 내보였다.

"응, 수고했구나."

구니가 집안으로 들어간 뒤 오싱이 장부랑 전표들을 치울 때,

"들어가서 옷을 좀 갈아입거라."

하고 미노가 말했다.

"네?"

"손님으로 오신 사쿠라기상을 혹시 네가 접대해야 할지도 모르니까."

그러나 오싱은 미노의 말에 웃으며,

"저는 일꾼인걸요. 무슨 접대를요?"

이렇게 말하고는 얼굴이 발그레해지며 얼른 안채로 들어갔다.

미노의 난처해 하는 얼굴을 뒤로한 채 부엌으로 돌아온 오싱은 일이 손에 잡히지 않아 머뭇거리고 있었다.

금방 부엌으로 뒤따라온 미노가 오싱을 불렀다.

"오싱, 어머님이 너에게 손님 차 대접을 하라신다(일본의 다도는 법도나 격식이 몹시 까다롭고 상류사회에서나 그런 식의 차를 마신다)."

"제가요? 전 저녁 준비를 해야 되는데요."

"저녁 준비는 내가 하마."

"아니에요. 마님이 어떻게……"

오싱은 송구스런 표정을 감추지 못했다.

"가끔은 오히려 부엌일을 하고 싶단다. 오싱은 가게 일까지 하는데 나라고 저녁 한 끼 못할까."

"그렇지만……"

"빨리 안 가면 또 불호령 떨어진다."

미노는 오싱을 쫓아내려는 듯 큰소리로 말했지만 여전히 그 얼굴엔 웃음이 가득했다.

"네, 그럼 서툰 솜씨지만……"

오싱이 안채로 들어가려 할 때 미노가 오싱을 불러세웠다.

"오싱, 가요를 못 봤니?"

"아니요, 저는 가게에 있었기 때문에 모르겠는데요. 안 계세요?"

"또 그림을 그리러 간 걸까? 언제 철이 들려나?"

갑자기 미노의 표정이 어두워지자 오싱은 당혹스러웠다.

잠시 후 오싱이 큰방으로 들어갔을 때 구니 곁에는 한눈에도 벼락부자로 보이는 중년의 사쿠라기 부부가 앉아 있었다.

오싱은 그 앞에서 차를 달이기 시작했다. 구니는 예의범절에 조금도 어긋남이 없이 품위있고 정중하게 차를 끓여 손님과 자신에게 대접하는 오싱의 모습을 놓치지 않았다.

사쿠라기는 그런 오싱을 감탄한 듯이 바라보며 말했다.

"허어, 저는 차라는 걸 전혀 모르긴 하지만 보기에도 대단한 솜씨인 것 같습니다."

그 말에 그의 부인도 역시 동조했다.

"정말이에요. 훌륭하게 가르치셨군요."

구니는 내심 흐뭇하지 않을 수가 없었다. 자신이 직접 8년 동안 데리고 가르쳐 온 오싱이 누구 앞에 내놓아도 부끄럽지 않은 처녀로 자라 있다는 것이 구니의 마음을 뿌듯하게 했다.

"편하게 드십시오. 법도에 그리 구애될 것은 없습니다."

"네. 큰방마님께선 오싱상을 정말 친손녀처럼 키우셨군요."

구니는 사쿠라기의 말에 흡족한 웃음을 띠며 고개를 끄덕였다.

"어릴 적부터 똑똑한 아이였으니까요. 될 싹이 보여 가르쳐 봤지요. 이 애가 영리하고 또 대가 있어 군소리 한마디 없이 따라와 주었구요. 글은 물론이고 주산도 잘하고 장부는 가게의 지배인보다 낫답니다. 저 애가 마음만 먹는다면 지금이라도 장사도 가르칠 터라 내가 낙으로 삼고 있지요."

그 말에 사쿠라기 부부는 다시 한번 감탄하며 흐뭇한 눈길로 오싱을 바라보았다.

"안채 일도 벌써부터 오싱 혼자서 해내고 있어요. 요리도 잘하지요. 바느질도 대단한 솜씨고요. 솜옷 같은 거라도 이틀이면 척척 해낸답니다."

오싱은 찻잔을 치우고 나서,

"서툰 솜씨를 보여 드렸습니다. 실례하겠습니다."

하며 절하고 조용히 일어나 나갔다.

사쿠라기 부부는 오싱이 나가는 것을 본 다음,

"저 예의범절이나 몸놀림이 꼭 대가집 규수 같군요. 정말 잘 가르치셨습니다. 성품도 좋아 보이고 똑똑하고, 저희 자식놈에겐 과분합니다."

하고 또다시 칭찬을 아끼지 않았다.

사쿠라기 부인은 구니에게 공손히 절하며 다시 한번 다짐하듯 말했다.

"정말 훌륭한 아가씹니다. 잘 부탁드립니다."

"저 애의 본가는 조그만 소작농이어서 좀 마음에 걸리실지 모르겠지만 일이 성사가 되면 저희 가가야의 양녀로 들인 다음 시집을 보낼 작정입니다."

"가가야의 따님으로서 주신다면 더 바랄 게 어디 있겠습니까. 그러신다면 자식 아이도 얼마나 좋아하겠습니까."

사쿠라기 부부는 구니의 말에 더없이 고마워하는 표정이었다.

"그렇지만 무엇보다도 중요한 게 본인의 마음이지요. 댁에서 좋으시다면 오싱에게 뜻을 묻지요."

"네."

"나에게 맡겨 보십시오."

구니는 그렇게 말하며 마음속으로는 결정을 이미 내린 듯했다.

오싱이 부엌으로 나와 바쁘게 움직이며 저녁 준비를 하고 있을 때 미노도 옆에서 일손을 도왔다.

"마님은 이제 들어가세요."

"괜찮아. 그리고 어머님한테서 말씀 들었니?"

"무슨 말씀을요?"

"내 생각으론 오싱이 언제까지나 가가야에 있으면서 가요의 친구도 되고 나도 이렇게 도와주었으면 좋겠는데…… 어머님께서 무슨 생각을 하시는지."

이때 거실 쪽에서 인기척이 났다. 미노는 얼른 고개를 돌리며,

"가요니?"

하고 서둘러 부엌을 나갔다.

열여섯 살이 된 가요는 이제 막 돌아와 팽개치듯 이즐이며 물감을 방구석에 던져 놓았다.

그때 미노가 방 안으로 돌아왔다.

"봄방학은 벌써 끝났는데 학교엔 언제 갈 거야?"

"이젠 야마다에 가지 않을 거야. 여학교는 그만두겠다고 했잖아요."

"또 그런 소리. 넌 가가야의 후계자야. 그래도 여학교 정도는 나와야지. 안 그러면 좋은 데릴사위를 맞을 수 없을 거다."

"가가야는 사요가 이으면 되지 않아요?"

"제발 그 억지 좀 쓰지 마라. 대는 큰딸에게 물리게 되어 있는 법이다."

"그런 법이 어딨어요. 그런 건 그냥 관습이지. 가가야의 피를 이었으면 나든 사요든 무슨 상관이에요."

"가요!"

드디어 미노의 언성이 높아졌다.

어릴 적부터 남달리 지기 싫어하고 고집 센 가요는 그 후로 8년이 지난 지금도 여전히 자유분방하고 개성적인 성격이 남아 있었다.

"엄마, 난 화가가 될 테야. 이제 도쿄로 가서 유명한 선생님께 사사(事師)할 거야."

"그 말 제정신으로 하는 거냐?"

"사람은 누구나 자유예요. 집이나 부모에게 묶여 있으면 나의 인생은 어떻게 되는 거예요?"

당돌하고 분명하게 자신의 의견을 얘기하는 가요를 보며 미노는 그만 아연해질 수밖에 없었다.

"가요, 너 언제부터 그런 건방진 소릴 하게 됐니. 요상한 것에 넋이 빠져 참 별나게 됐구나. 그래 그림이라는 걸 그려서 뭣하겠다는 거냐? 조금은 오싱을 본받을 수 없겠니. 오싱은 여기 있는 동안 참하게 신부 수업을 했잖니?"

"오싱은 오싱이고 난 나예요."

"가요!"

미노는 그런 가요를 무슨 말로도 막을 수 없다는 것을 순간적으로 깨닫고는 밀려드는 섭섭함을 감출 수 없었다.

그때 방문이 열리며 사요가 방 안을 들여다보았다.

오싱이 처음 가가야에 와서 업어 주며 거의 기르다시피 한 사요도 어느새 아홉 살이 되었다.

사요는 방 안에 들어서지도 않고 고개만 불쑥 디밀고,

"이제 그만들 하세요. 시끄러워서 공부를 못하겠어요."

라고 입술을 샐쭉해 보였다. 그제야 미노는 가요를 설득하기로 마음먹었던 것을 체념한 듯 방을 나갔다. 그러자 사요는 기다렸다는 듯이 가요에게 작은 소리로 속삭이듯 말했다.

"언니, 오싱 언니가 시집간다."

"뭐?"

"신랑될 사람의 부모가 지금 선보러 와 있어."

사요가 따라오라는 눈짓을 한 뒤 앞장서 걸어가자 가요는 궁금해서 얼른 뒤따라 나섰다.

두 사람은 구니의 방 앞에 이르자 망설임도 없이 문틈으로 방 안을 들여다보았다. 마침 사쿠라기 부부가 막 가려고 일어서던 참이었다.

방 안을 엿보던 가요는 느닷없이 얼굴을 찌푸리며 불쾌한 억양으로 뱉어 내듯 말했다.

"뭐야, 저 사람들 벼락부자 아냐? 요즘 유행하는 주식인가 뭔가로 돈을 좀 벌었다는 사람이잖아."

"언니!"

사요는 당황해서 얼른 제 손으로 가요의 입을 막았다.

그날 저녁, 온 식구가 저녁을 먹고 있는 곁에서 오싱은 시중을 들고 있었다.

구니는 이미 낮에 있었던 일을 모두 이야기하고 난 후였다. 뜻밖이라는 표정으로 기요타로가,

"허어 그래요? 사쿠라기상네서 오싱을?"

라고 물었을 때 구니는 얼굴 가득 흡족한 웃음을 띠며 고개를 끄덕였다.

"오싱도 만난 적이 있지? 가끔 가게에 오곤 하니까."

그러나 오싱은 아무런 표정도 짓지 않고 그저 묵묵히 그릇들을 챙길 뿐이었다.

"그러다가 오싱을 좋아하게 된 건가요?"

"응. 몹시 열을 내는 모양이더라. 부모가 슬쩍 선을 보고 오게까지 했으니……"

"오싱이 어느새 그럴 나이가 되었구나."

"나는 우리 가게의 누군가와 짝지어 언제까지나 가가야와 인연이 끊어지지 않았으면 했는데 가게엔 오싱과 걸맞는 아이가 없고…… 오싱을 위해서는 사쿠라기상네로 시집가는 게 나을 것 같다."

"그렇지만 그쪽이 둘째 아들이라지 않아요?"

"둘째 아들이긴 해도 사쿠라기상은 근래 주식이나 쌀 거래로 돈을 많이 번 사람이야. 가게 하나쯤은 차려 주겠지. 그러면 오싱은 당당한 상점의 마님이 되는 거다. 좋은 혼처가 아니겠니?"

그때까지도 아무 말도 없던 가요가 그 말에 눈을 둥그렇게 뜨고 물었다.

"오싱, 그런 남자한테 시집갈 거야?"

"전 지금 처음 듣는 얘기가 되어서요……"

오싱으로서도 뜻밖의 이야기였다. 자신도 모르게 벌써부터 혼인 말이 나왔다는 사실이 낯설게 들렸다.

"아무리 돈이 있다지만 얼굴도 잘 모르는 남자한테 시집가다니…… 그런 어수룩한 짓이 어디 있어."

"가요!"

미노는 황급히 가요의 말을 가로막으며 민망한 얼굴로 오싱의 눈치를 살폈다.

"결혼이라는 것은 서로 애정이 있어야 하는 거야. 주위 사람들이 꾸며 놓고 가란다고 해서 가는 게 아니야."

그 자리에 함께 있던 구니와 기요타로, 그리고 미노의 시선은 일제히 가요에게 쏟아졌다.

"주위에서 찾아 주지 않으면 어떻게 혼인을 하니. 곁의 어른이 이 사람이면 됐다고 생각해서 서로 만나게 하는 것이 제일 좋은 방법이다."

"그럼. 오싱은 오랫동안 우리한테 잘해 주었으니까 우리도 좋은 곳에 시집보내는 게 도리지."

"오싱을 딴 곳에 보내는 건 섭섭하지만 사쿠라기상네라면 가까이 지낼 수 있으니 괜찮지."

미노와 기요타로 그리고 구니가 한마디씩 했을 때에도 가요는 여전히 새초롬하게 쏘아붙이듯 말했다.

"그렇게 할머니 편하게만 생각을 해서 시집을 가라면 오싱이 가엾지 않아요? 오싱, 나는 반대할 권리는 없지만 자기 자신을 아껴야 해!"

가요의 말을 듣고도 오싱은 아무 말 없이 밥을 담았다.

오싱은 갑작스럽게 나온 혼담에 대하여 미처 생각해 볼 겨를도 없었다. 그러나 난생 처음 들어보는 혼인 말에 나도 이제 그럴 때가 온 것인가 하고 묘한 감정이 밀려왔다.

혼인 말이 있고부터 오싱은 가가야에서 지나온 나날들을 생각해 보는 일이 잦아졌다.

어쩌다 보니 16년이라는 세월을 살았다. 긴 것 같으면서도 짧은 가가야에서의 8년 동안 때론 이상하게 감상적으로 되기도 했다. 그래도 그 시간 동안 열심히 살았기에 후회는 없었다. 이제 앞으로 어찌 살 것인가? 갈림길에 선 것처럼 망설이게 되는 것이다.

그 후 며칠 뒤, 사쿠라기의 아들이 가가야에 찾아왔다.

그가 구니와 점포에서 얘기를 하고 있는 동안 오싱이 차를 내왔다. 그런 오싱의 모습을 바라보며 그는 황홀한 눈으로 넋을 잃은 듯이 오랫동안 오싱에게서 눈길을 떼지 못했다.

그때 가요와 사요가 점포 안을 엿보며 서로 무슨 말인가를 주고받았다.

먼저 가요가,

"아니, 멀쑥한 게 개성도 없는 남자구나. 저런 남자에게 오싱은 정말 시집갈 생각일까?"

하고 말하자 사요는 무안한 표정을 지었다.

"언니!"

사요는 급히 가요를 잡아끌어 안으로 들어갔다. 여전히 가요는 못마땅한 얼굴로 자신의 방으로 들어왔다. 그러나 가요는 이내 상쾌해진 기분으로 노래를 흥얼거리며 물감을 정리하기 시작했다.

"붉은 입술 잃기 전에……"

가요가 한참 노래하고 있을 때 문밖에서 오싱의 목소리가 들려왔다.

"가요 아가씨."

"응, 들어와."

가요의 방으로 들어서는 오싱의 손에는 쟁반이 들려져 있었다.

"손님이 과자를 가져왔기에 차를 끓였어요."

"역시 오싱은 머리가 잘 돌아. 나가기 전에 차를 마셨으면 했거든."

"또 그림 그리려요?"

가요는 고개를 끄덕이며,

"어찌 된 일인지 마음에 드는 게 나오지 않아."

하며 미간을 찌푸렸다.

"아가씨, 어른들 너무 걱정하시게 하지 마세요."

"오싱까지 날 설교하는 거야?"

"아가씨는 야마다가의 여학교에 가고부터 변하셨어요."

"이런 시골에 있으면 세상일을 모르거든."

가요의 목소리는 왠지 짜증스럽게 느껴졌다. 그래서 오싱은 얼른 기분을 전환하듯 경쾌하게 물었다.

"지금 하신 노래 새 노래예요?"

"응, 올해 마쓰이 스마코가 투르게네프의 《그 전야》라는 연극을 했는데 그 안에 있는 〈곤도라의 노래〉라는 거야."

"그럼, 《부활》이란 연극의 〈카츄샤의 노래〉와 같은 거예요?"

"응, 카츄샤는 온 일본에서 대단한 인기가 있었지. 아마 올해에는 〈곤도라의 노래〉가 유행할 거야."

오싱은 가요의 말에 감탄했다. 또 한편 예전에 함께 붓글씨를 배울 때와는 엄청나게 다른 가요를 보는 듯했다.

가요는 은근한 투로 화제를 바꾸었다.

"오싱, 너와 혼인 얘기가 있는 사람 아까 봤다. 그런 남자의 어디가 좋아?"

오싱은 가요의 질문이 의도하는 바를 몰랐다. 단지 고개를 비스듬히 돌려 먼 곳을 바라볼 뿐이었다.

"정말 시집가려는 건 아니겠지? 아무리 할머니가 권하더라도 마음에 안 드는 사람에게 시집갈 건 없어!"

한마디도 하지 않았던 오싱은 겨우 조심스럽게 말문을 열었다.

"저는 제게 과분한 혼담이라고 생각하는데요."

"뭐라고, 과분하다고?"

"네, 저는 제대로 밥도 못 먹는 소작농의 딸이에요. 집에 가면 결국은 소작농의 며느리가 될 거예요. 그런데 이 댁에서 일한 덕택으로 과분한 혼담이 오가게 된 거지요. 고맙게 여겨야죠."

"그렇지만, 오싱."

"아가씨는 좋아하는 사이가 아니면 결혼해선 안된다고 말씀하시지만 저희 같은 아이들은 그럴 꿈도 못 꿉니다. 큰방마님이 잘 보신 사람이라면 틀림없을 겁니다."

오싱의 말에는 결혼에 대해 어떤 거부감 같은 것을 찾아볼 수도 없었다. 거부감은커녕 오히려 순순히 그것을 받아들이려는 자세를 엿볼 수 있었다.

"그럼, 어떤 남자라도 좋단 말이야?"

가요는 그런 오싱이 바보스럽다는 듯이 물었다.

"이것저것 가릴 처지가 못돼요. 나중에 점포나 하나 차려 준다면 열심히 일하겠어요. 또 전 장사를 좋아하니까요."

가요는 그런 오싱의 말을 더 이상 들으려 하지 않고 말머리를 돌려 버렸다.

"내가 보내 준 《시라카바》와 《세이토우》라는 책을 읽었어?"

"책을 자주 보내 주셔서 정말 고마워요. 그런데 일이 바쁘고 또 저한테는 좀 어려워서요."

오싱의 말이 채 끝나기도 전에 가요는 갑자기 목소리를 높여 말했다.

"그 정떨어지는 소리 그만해! 전에는 그렇게 책을 좋아했잖아? 그런 오싱은 어디 간 거야?"

오싱은 약간 민망해졌다. 그러나 곧 어떤 느낌이 들었던지,

"아가씨와 저는 달라요. 아가씨는 여학교에 가셨고 전 집에서 일하는 게 제 일이고요."

하며 씁쓸히 웃었다.

"그런 게 무슨 상관이야. 나는 오싱도 인간답게 자유스럽게 살았으면 해서 내가 좋다고 생각한 책은 전부 보냈던 건데."

열여섯 살의 오싱

"그렇지만 제가 아가씨처럼 될 수는 없는 거예요."

담담한 오싱의 얼굴과는 달리 가요는 점점 열기를 더해가기 시작했다.

"《시라카바》는 한 6년 전에 무샤노고우지 사네아쓰와 시가 나오야라는 사람들이 만든 잡지인데 인간이 자유롭게 자신의 정신세계를 직시하자는 새로운 인도주의를 주장하고 있는 거야."

"네."

오싱은 대답을 하면서도 가요의 말을 전부 알아들을 수는 없었다. 단지 가요가 아는 것도 많고 자신과는 전혀 별개의 생각을 하고 있다는 사실이 존경스러웠다.

"《세이토우》는 히라쓰카 라이초가 자기와 같은 신여성들만으로 만들어 내는 여성만을 위한 잡지야. 라이초는《세이토우》의 창간호에서 '본디 여성은 참 태양이었다. 진정한 인간이었다. 지금 여성은 달이다. 남에 의해 살고 남에 의해 빛나는, 병자처럼 창백한 얼굴의 달이다. 우리들은 숨겨진 우리들의 태양을 이제 되찾지 않으면 안된다.' 라고 썼어. 알겠어, 오싱?"

그러나 오싱은 도저히 그 말뜻을 몰랐다. 신여성이란 말 자체도 이해할 수 없을 뿐더러 여학교에 가서 변한 듯한 가요도 이해할 수가 없었다. 오싱은 우물쭈물하며 대답을 못했으나 가요는 여전히 오싱에게 열심히 이야기해 주었다.

"즉 여자들을 속박하고 있는 낡은 껍질을 깨뜨리고 자신의 재능을 충분히 발휘하며 살아야 한다는 주장이야. 《고향》이라든가 《인형의 집》 등도 여자 주인공 막다와 노라가 집과 가족, 남편을 버리고 뛰어나가 자기 자신에게 충실히 살려고 했기 때문에 유명해진 거야."

가요의 장황한 설명을 듣고 난 후에야 오싱은 무엇인가 어렴풋이 알 수 있을 것 같기도 했다.

"파랑을 밟는다고 쓴 세이토우(靑踏)는 무슨 뜻이에요?"

"세이토우라는 것은 영어로 블루 스타킹, 즉 파란 양말이야. 18세기 영국에서 신여성들이 모여 예술이나 철학을 얘기했는데 그 여자들이 파란 양말을 신었대. 그래서 신여성을 가리켜 그렇게 부르는 거야."

"그래서 그런 이름을 붙인 거군요. 돈이 있는 사람들은 정말 한가한 것 같아요."

가요는 잠시 동안 말을 멈추더니 여태까지와는 달리 한층 더 진지한 표정으로 오싱의 두 손을 끌어 잡았다.

"나는 말이야, 오싱도 태양처럼 살아 주었으면 하는 거야. 주위 사람들의 권유로 싫든 좋든 시집을 간다는 것은 달과 마찬가지 아니야?"

오싱은 난처한 표정을 지었으나 마주 잡은 가요의 손에서 8년을 함께해 온 따스한 정을 전신으로 느낄 수 있었다.

"전 그런 어려운 것은 잘 모르겠어요. 자신이 소중하긴 해요. 하지만 가난은 싫어요. 그래서 사쿠라기상에게 시집가는 것이 행운이라고 생각해요. 누굴 위해서도 아니에요. 저를 위한 거지요."

"인간이 돈만으로 행복할 수 있다고 생각해?"

예리하게 쏟아지는 가요의 질문 앞에 오싱은 또박또박 자신의 의견을 분명히 했다.

"돈이 없으면 머리가 없는 것과 같다고 늘 어머니가 말씀하셨어요. 아가씨처럼 부족한 것 없이 사신 분은 모르세요. 우리들 가난뱅이는 그런 어려운 걸 생각할 틈도 머리도 가지지 못했어요."

"나는 오싱이 좀 더 영리한 줄로 알았는데…… 전에 오싱한테 지는 것이 약올라서 열심히 붓글씨 공부도 했고 말이야. 그래도 내가 도저히 오싱에게는 못 미치는 걸로 생각했거든."

가요는 그런 말을 하는 순간 예전에 자신과 경쟁하던 오싱의 모습이 조금은 그리워졌다. 그러나 지금 눈앞의 오싱은 전혀 낯설게 느껴졌다.

"사람은 다 다르게 타고나는 거예요. 각기 다른 삶을 사는 것은 당연한 거지요."

"그럼 꼭 시집을 가겠다는 거야?"

가요는 다짐하듯이 물었다.

"가까운 시일 내에 확실한 대답을 해 드려야 할 거라고 생각하고 있어요. 아가씨도 빨리 야마가다에 가셔야지요."

"난 야마가다엔 안 갈 거야. 하숙집도 언제든지 나올 수 있게 짐을 꾸려 놓고 온걸?"

"그럼 여학교는요?"

"그까짓 학교 가서 뭘 해."

"가요 아가씨, 그러시면 안돼요."

오싱은 점점 가요를 이해할 수 없었다.

"한동안 그림이나 그리다가 마음에 드는 게 나오면 그걸 갖고 도쿄에 갈 거야."

"어떻게 그런 일을? 그럼 가가야는 어찌 되는 거예요?"

오싱은 걱정스럽게 가요를 쏘아보았다.

"자기의 재능을 살리려면 낡은 껍질에서 빠져나가지 않으면 안되는 거야. 오늘은 저녁놀이 비치는 일본해(동해를 그렇게 부른다)에 도전해야지."

가요가 서둘러 이즐과 팔레트를 챙겨 들고 방을 나가자 오싱은 가요를 붙잡을 생각도 없이 한동안 얼어붙은 듯 서 있었다.

잠시 후, 부엌으로 나온 오싱이 저녁 준비로 분주할 때 미노가 다가왔다.

"가요가 또 없는데 어디 갔는지 모르겠니?"

"스케치하러 간 게 아닌가요?"

"이렇게 날이 저물었는데?"

미노는 여전히 걱정이 가시지 않은 모습으로 말했다.

"저녁 바다를 그리고 싶다고 했거든요."

"언제까지 그런 쓸데없는 짓을 할 작정일까? 오싱이 좀 얘기를 해 봐. 엄마 말은 마이동풍으로 귓전으로도 안 들으니까."

"제 말도 이젠…… 가요 아가씨는 제 손이 닿지 않는 곳으로 가 버렸어요."

쓸쓸하게 오싱을 바라보던 미노의 표정은 어둡게 그늘져 갔다. 자식이지만 이미 자신의 품에서 벗어난 듯한 가요에게 이때처럼 아쉬움을 느낀 적도 없었다.

거실에 둘러앉은 구니와 기요타로, 그리고 미노는 한결같이 가요의 일에 신경이 곤두서 있는 듯했다.

"가요를 여학교에 보낸 게 잘못이었나 봐요."

미노가 말문을 열자 구니도 동감을 표시했다.

"그러기에 내가 반대하지 않던. 다 큰 계집애를 타관의 하숙에 보내니 탈이지."

구니는 가요가 야마가다의 여학교에 간 것부터가 몹시 못마땅했다.

기요타로가 여학교 정도는 나와야 한다고, 그래야 가가야를 이을 사위와 걸맞지 않겠느냐고 얘기했을 때에도 구니는 여전히 난색을 표시했었다.

"학력 같은 게 무슨 소용이야. 그보다 집에서 신부 수업이나 하면서 장사를 배우는 게 열 번 낫지. 여학교 같은 곳에 보내는 바람에 가요는 바늘도 잡을 줄 모르는 계집애가 됐구나. 오싱이 여자로선 훨씬 낫다."

"가가야의 사위라면 그래도 대학을 나온 사내라야 됩니다. 그런데 가요가 너무 무식하면 되겠어요?"

기요타로의 말에 구니는 벌컥 언성을 높였다.

"그런 속없는 생각을 하니까 일이 이 지경이 된 거다. 사위가 대학을 안 나왔으면 또 어떠냐? 장사 잘하고 사람 무던하면 그만이지. 가요가 학교를 그만두겠다면 그만두게 해라. 지금도 늦지 않았다. 내가 맡아 잘 가르쳐 놓을 테니. 그리고 일찍 시집보낼 것도 생각해 봐라. 오싱도 벌써 혼담이 있지 않던? 가요와 오싱이 동갑이니 빠를 것도 없다. 여자란 결혼해서 애 낳고 나면 건방진 소리 못한다."

구니는 여기서 말을 멈추더니 가요를 데려오라고 했다. 방을 나온 미노가 부엌에 들어서니 마침 오싱이 손을 씻고 있었다.

"오싱, 가요가 어디 있는지 아니?"

오싱은 잠시 손을 멈추고 고개를 갸웃거렸다.

"할머님이 찾으시는데 좀 찾아와라."

오싱은 계속해서 무슨 생각인가 골똘히 하더니 갑자기 어떤 생각이 떠올랐던지 눈을 반짝거렸다.

"아! 해변의 모래언덕에 가 보면 될 거예요."

"그래? 수고 좀 해 다오. 빨리 오도록 해라. 말 안 들으면

끌고라도 와야 해!"

 오싱은 대답을 마치기가 무섭게 부엌을 나갔다. 가요 아가씨가 가실 곳은 분명 그곳밖에 없다. 그런 생각을 하며 오싱은 숨이 턱에 차도록 달려갔다.

첫사랑

 황혼에 곱게 물든 해변을 끼고 누워 있는 언덕은 한 폭의 그림 같았다.
 언덕배기에 올라서서 가쁜 숨을 몰아쉬며 주위를 두리번거리는 오싱의 눈에 이즐과 캔버스에 얼굴이 반쯤 가려진 가요의 모습이 들어왔다. 안도의 숨을 내쉬며 가요를 향해 다가가려 말고 오싱은 이상한 인기척에 흠칫 놀랐다.
 웬 낯선 남자가 성큼 옆으로 다가오더니,
 "실례합니다. 놀라게 해서 미안하지만 잠시만 이대로 걸어가 주십시오."
 하고 낮은 목소리로 빠르게 말했다.
 깜짝 놀란 오싱이 옆으로 비켜서려 하자 젊은 남자는 재빨

리 오싱의 가느다란 허리를 껴안듯이 두르고는,

"잠깐만 참아 주십시오. 사정이 있어서 그럽니다."

아주 긴박했으나 목소리 자체는 굵직하면서도 점잖고 교양이 있다고 느껴지는 말투였다.

그러나 오싱은 겁에 질려 똑바로 상대방을 쳐다보지도 못한 채 허리에 감긴 팔을 뿌리치고만 싶었다.

"수상한 사람은 아니오. 사정이 좀 있어서 누군가에게 미행당하고 있습니다. 산책 나온 연인처럼 보이면 미행하는 사람을 따돌릴 수 있을 것 같아 실례를 무릅쓰고 이러는 겁니다. 용서하시고 부탁을 들어주십시오. 야스다라고 합니다."

그제야 오싱은 겨우 정신을 가다듬고 그의 얼굴을 쳐다볼 수 있었다. 오싱으로는 난생 처음 보는 미남자였다. 처음 그가 접근했을 때의 놀라움과는 또 다른 어떤 놀라움과 흥분으로 오싱의 가슴은 심하게 뛰고 있었다.

이러지도 저러지도 못하고 있는 사이, 야스다라는 젊은 남자는 마치 다정한 연인인 듯 더욱 팔에 힘을 주어 오싱을 껴안다시피한 채 태연을 가장하고 앞으로 걸어 나갔다. 사실 그는 야스다라는 가명을 쓰고 있지만 본명은 다카쿠라 고우타였다. 아닌 게 아니라 저만큼 뒤에서 형사로 보이는 사나이가 그들의 뒤를 따르고 있었다.

오싱은 고우타의 말이 거짓이 아닌 것 같기도 하여 그가 시키는 대로 천천히 거닐며 가요가 있는 쪽으로 다가갔다.

그림에 열중하고 있던 가요가 인기척에 고개를 들더니 뚫어져라 두 사람을 올려다보았다.

"아니! 오싱이 웬일이지?"

고우타는 가요가 아는 체를 하자 움찔했으나 여전히 오싱의 허리를 껴안은 채로 시치미를 떼고 있었다.

오싱은 얼떨결에,

"가요 아가씨, 저……"

하고는 더듬거리기만 했다.

"아는 분이오?"

고우타가 묻자,

"네."

하고 오싱은 어쩔 줄을 몰라했다.

가요는 자기의 눈을 의심하기라도 하는 듯 앞으로 다가오는 두 사람을 다시 한번 훑어본 다음,

"오싱 너 참 새침데기로구나. 이렇게 좋아하는 사람이 있으면서 말야."

하고 재미있다는 듯이 깔깔거리고 웃었다.

"아, 아니에요, 가요 아가씨. 이분은 지금 생전 처음 본 사람이에요."

"생전 처음 본다고?"

"네, 작은마님께서 아가씨를 찾아오라고 하셔서 제가 찾아나선 거예요. 그런데 저쪽에서 이 남자가 저를……"

고우타는 그제야 오싱의 허리에서 팔을 빼며,

"미안하게 됐습니다. 너무 다급해서 그만. 궁여지책이었소. 아직 미행하는 자가 주위에서 얼씬거릴지도 모르지만 이 정도면 정다운 연인쯤으로 여기고 포기할 겁니다."

"누군가에게 쫓기고 있다는 말인가요?"

하고 가요가 묻자 고우타는 그 말에는 대답하지 않고 캔버스에 눈길을 주며,

"아가씨가 그리신 건가요?"

하고 물었다.

가요는 아무 대답도 없이 고우타를 바라보았다.

"무척 좋은 그림이군요. 일본해의 쓸쓸함과 날카로움이 아주 잘 조화되었습니다. 유화를 하시다니 요즘 여성으로선 많이 앞서 가시는군요."

고우타는 빙그레 미소까지 지으며 가요를 추켜세웠다.

"좀 더 대담하게 바탕색을 강조하면 더 좋았을 것 같군요."

계속해서 혼잣말처럼 뇌까리며 그림에서 눈을 못 떼는 고우타의 모습에 가요는 비로소 경계심을 풀며 표정이 부드러워졌다.

이 날의 우연한 만남이 오싱의 인생에 있어서나 가요의 인생에 있어서 얼마나 큰 변화를 가져오게 되는지 아는 사람은 그들 가운데 아무도 없었다.

무슨 일에나 적극적인 성격의 가요는 고우타가 자신의 그

림에 관심을 가져 주는 것이 우선 반가웠다. 그래서 가요는 아예 오싱을 제쳐 놓고,

"여태까지 그림을 그린답시고 열심히 해 왔지만 오늘처럼 칭찬을 듣기는 처음이군요. 댁에서도 그림을 그리세요?"

하고 표준어를 쓰려고 애를 쓰며 물었다.

"그릴 줄은 모릅니다만 그림을 감상한다는 건 아주 즐거운 일이지요."

"어떤 화가를 좋아하세요?"

"요즘은 고갱에 빠져 있습니다."

"그러세요? 나도 고갱을 무척 좋아하는데……"

옆에서 두 사람의 대화를 지켜보던 오싱이 조바심을 참지 못하며 끼어들었다.

"가요 아가씨, 마님이 기다리세요."

고우타가 비로소 오싱에게 고개를 돌리며,

"이거 나 때문에 늦었군요. 공연히 뛰어들어 갑작스레 무례한 짓을 했습니다. 용서하십시오. 덕택에 급한 고비는 넘겼습니다. 그럼 이만 실례하겠습니다."

고우타가 정중히 인사를 하고 가려 하자 가요가 불쑥 말을 가로챘다.

"사카다에 살고 계세요?"

"아닙니다."

"그럼 어디로 가시는 길이에요?"

"여관을 잡아 놨습니다."

"그럼 제가 여관까지 바래다 드릴게요. 또 미행하는 사람이 있을지 모르니까요."

그러자 오싱이 나섰다.

"아가씨! 그러시면……"

"걱정 말고 오싱은 먼저 집에 가."

"안돼요. 아가씨와 함께 가야 해요."

그러자 고우타가 난처한 표정이 되어 가요와 오싱을 번갈아 보며 말했다.

"난 이제 괜찮습니다. 두 분께선 어서 집으로 돌아가세요."

가요는 지지 않고 웃으며 말을 받았다.

"만에 하나라는 게 있어요. 조심해서 손해볼 건 없어요. 공연히 큰소리치다가 나중에 후회하는 것보다는 처음부터 신중히 하는 게 훨씬 나아요."

가요는 이즐과 캔버스를 챙겨서 오싱에게 건네주며,

"오싱, 이걸 가지고 먼저 집에 가. 나도 곧 들어갈 거야."

하고 고우타 곁으로 바짝 다가가서 팔짱을 꼈다.

"어때? 연인처럼 보이니? 형사가 봐도 모르겠지?"

"가요 아가씨, 그러시면 안돼요. 빨리 집에 가셔야 해요."

"걱정 마. 엄마한테는 친구 집에 갔다고 해 줘."

난처해진 고우타는 가요의 청을 재차 사양했다.

"나는 정말 괜찮으니 제발 댁으로 가세요. 일부러 찾으러

나온 분도 생각하셔야지요."

그러나 가요는 막무가내였다.

"이대로는 집에 갈 수 없어요. 이대로 갔다가는 선생님이 걱정이 되어 잠도 못 잘 거예요."

고우타는 더 이상 버티지 못하고 쓴웃음을 머금은 채 가요와 팔짱을 낀 상태 그대로 걸음을 옮기기 시작했다. 오싱은 가요의 화구를 어깨에 멘 채 터덜터덜 두 사람의 뒤를 따라 걸었다.

몇 발짝을 걸어가던 가요가 오싱을 의식한 듯 뒤돌아보며 소리쳤다.

"오싱, 넌 먼저 집으로 가라니깐."

"안돼요. 나도 같이 가겠어요. 아가씨가 처음 보는 사람과 함께 가는데 어떻게 모른 척하겠어요."

"오싱!"

가요의 음성이 약간 차갑게 느껴졌다. 이때 고우타가 씁쓸하게 웃으며 입을 열었다.

"그건 그렇습니다. 이분 말이 맞아요. 내가 살인을 했는지 강도짓을 했는지 알 게 뭡니까? 쫓겨다닌다는 사실만으로도 아주 나쁜 사람일 수도 있어요."

"선생님은 절대 나쁜 사람이 아니에요. 난 알아요."

가요는 상대방이 어떻게 생각하든 개의치 않고 더욱 적극적으로 매달리며 걸음을 재촉했다.

오싱은 가요가 싫어하는 줄 알면서도 아가씨를 끝까지 보살펴야 한다는 의무감과 또 난생 처음 대해 보는 멋진 남자에 대한 호기심으로 머쓱하게 두 사람의 뒤를 따랐다.

마침내 세 사람은 고우타가 묵고 있다는 여관이 바라다보이는 길모퉁이에 이르렀다.

"오늘 정말 고마웠습니다. 그럼 여기서……"

고우타가 작별 인사를 했으나 가요는 굳이 여관 앞까지 가자고 우겼다.

"바로 앞이니 이젠 아무 일도 없을 겁니다. 여기서 그만 헤어지도록 하죠."

고우타가 오싱에게로 눈길을 돌리며,

"정말 폐가 많았습니다."

하고 다시 한번 진심으로 인사를 했다.

이때 가요가 두 사람 사이에 끼어들었다.

"전 가가야 쌀 도매집의 딸로 이름은 가요라고 합니다. 이 애는 어렸을 때부터 우리 집에 와서 형제처럼 자란 오싱이에요. 여러 가지로 믿을 수 있는 아이지요."

고우타는 비로소 알겠다는 듯이 새삼스러운 눈으로 오싱을 뚫어지게 바라보았다. 오싱은 건성으로 고개를 끄덕이며 인사에 대신했다.

"이젠 선생님도 자신에 대해서 소개가 있으셔야죠?"

그러나 고우타는 선뜻 입을 열지 않았다.

"우리 두 사람을 경계하시는 모양이군요. 좋아요. 초면이고, 더구나 쫓기는 몸이라서 그러시겠죠. 객지에서 혹시 불편한 일이나 어려운 일이 생기시거든 언제든지 연락을 하세요. 도와 드릴 테니까요."

가요는 주머니에서 종이쪽지를 꺼내어 데생 연필로 주소와 전화번호를 적었다.

"우리 집 주소와 전화번호예요. 사카다에 언제까지 계실지 모르지만 다시 뵙게 되기를 바라겠어요. 그럼……"

"고맙습니다. 조심해서 가세요."

고우타는 종이쪽지를 건네받고는 망설이지 않고 뒤돌아서서 여관을 향해 빠른 걸음으로 걸어갔다.

"아휴! 이젠 살 것 같다."

오싱이 비로소 안도의 숨을 내쉬며 말했다.

"아가씨가 끝내 저 사람을 따라갈까 봐서 가슴이 조마조마했다구요."

"오싱, 그 사람 참 멋지게 생겼지?"

가요는 연신 싱글거리며 지껄였다.

"글쎄요."

"산다는 건 때로는 즐거운 일이기도 해. 이렇게 멋진 우연도 생기니까 말이야."

"가요 아가씨."

"저 사람 말이야, 보통 남자가 아니야. 일부러 시골 장사꾼같이 꾸미고 있긴 하지만 상당한 인텔리야. 고갱을 좋아하고, 그림에 대한 안목도 상당히 높아."

"뭘 하는 사람인지는 몰라도 남에게 쫓겨 다니는 걸로 봐서는 훌륭한 사람이라고 할 수는 없잖아요."

"넌 몰라."

가요는 꿈꾸는 듯한 표정이 되어 시종 싱글거리기만 하고 오싱은 그러한 가요의 태도를 도무지 이해할 수 없었다.

날이 저물도록 가요가 돌아오지 않고 찾으러 나간 오싱마저도 소식이 없자 미노는 대문 밖에서 초조하게 기다리고 있었다.

"찾으러 간 애까지 소식이 없으니 원…… 못 만난 걸까?"

기다리다 지쳐 거실로 들어가자 기요타로가 물었다.

"가요는 또 어디 갔어?"

"또 그림 그린다고 나간 모양이에요. 오싱을 보내 불러오게 했는데 아직 안 오는군요."

"도대체 당신은 딸아이를 어떻게 가르치길래 항상 그 모양이요? 들어오기만 해 봐라. 이젤이고 물감이고 모조리 **빼앗아 버릴 테니!**"

이때 구니가 끼어들어 한마디 했다.

"그림 그리는 것 가지고야 해라 말아라 할 것 없지 않느냐? 여자아이라고 해서 한두 가지쯤 취미를 가진다고 해서 나쁠 건 없느니라."

"취미로 끝내면 되겠지만 글쎄 학교도 그만두고 도쿄에 가겠다고 성화라서 큰일이지요."

미노의 기어들어가는 듯한 목소리에 기요타로는 벌컥 언성을 높였다.

"잠꼬대 같은 소리! 그런 말 입 밖에 내지도 못하게 해!"

"그만한 나이에는 누구라도 한 번쯤 그런 생각이 들 게다. 말하자면 일종의 홍역과도 같은 것이니라. 영리한 아이일수록 호되게 겪는 법이란다. 하지만 홍역도 덧들리면 큰일이지."

구니는 역시 부잣집 맏며느리답게 사리 판단이 빠르고 도량도 넓었다.

"만에 하나 일을 그르치기 전에 서둘러 사위를 보도록 하자꾸나. 지금은 그렇게 날뛰지만 제 살림을 하게 되면 저절로 철도 들고 안정되기 마련이란다."

"참 어머니도⋯⋯ 마음만 먹는다고 어디 그리 쉽게 사윗감을 고를 수 있나요."

기요타로가 난색을 표했다.

"걱정 마라. 내가 다 봐 둔 데가 있다."

아들 내외는 어머니의 그 말에 놀라서 눈을 크게 뜨고 다음 말을 기다렸다.

"너희들도 알겠지만 별당집 둘째 아들 말이다(별당이란 요즘의 감사원 직원을 뜻한다)."

"예에, 학교를 졸업하고 요코하마의 무역회사에 다닌다는 사람 말씀이죠?"

"그렇다. 외국과의 무역도 배울 겸 거기에 다니도록 했다는데 퍽 똑똑하고 장사에도 밝은 모양이더라. 내 전부터 마음에 두고 보아 왔다."

미노가 근심스럽게 말을 받았다.

"가요가 시키는 대로 따랐으면 좋겠습니다만……"

"너희들이 교육을 잘못 시킨 탓이다. 자식이 귀엽다고 어려서부터 화초처럼 애지중지 키운 탓이야. 이대로 뒀다간 가가야는 우리가 늙으면 끝이다. 그런 응석받이가 어떻게 가가야의 후계자가 될 수 있단 말이냐?"

기요타로가 머쓱해진 표정으로 결연히 말했다.

"오늘 밤에 들어오기만 하면 따끔하게 혼을 내주겠습니다."

"갑작스레 너무 심하게 다루지 마라. 한동안 모르는 척하다가 빨리 혼담이나 성사시키도록 하자꾸나. 그 애한테 의향을 묻고 어쩌고 하면 아무 일도 안된다."

"알겠습니다."

"그리고 그림 그리는 일을 너무 말리지 마라. 혼담이 익어갈 때까지는 되도록 조용히들 있거라."

이때 오싱이 서둘러 들어와서 인사를 했다.

"늦었습니다."

"가요도 들어오느냐?"

미노가 서둘러 묻는 것과 동시에 가요가 모습을 나타냈다.

"여태 뭘 하고 다녔느냐?"

"석양 풍경을 그렸어요. 오싱은 옆에서 기다리게 하고…… 그렇지, 오싱?"

오싱은 난처해서 얼떨결에 고개를 끄덕이기만 했다.

기요타로가 다시 가요에게 다그쳤다.

"그건 그렇고, 너 학교는 어떻게 할 거냐?"

가요는 주저하지 않고 대답했다.

"학교는 안 가겠어요."

"그 이유가 뭐냐?"

"내 인생은 어느 누구의 것도 아닌 내 것이에요. 내 장래는 내가 정할 거에요. 할머니나 아버지, 어머니가 무슨 말씀을 하셔도 소용없어요!"

"가요! 너 정말……"

기요타로가 버럭 소리를 지르자 구니가 손을 내저어 말렸다.

"가기 싫다는 학교 억지로 갈 필요는 없다. 집에 그냥 좀 있거라. 가요, 너 당분간 집에 있으면서 일도 좀 배워라. 오싱은 다도에서부터 꽃꽂이, 바느질은 물론 음식까지 막히는 것이 없단다. 넌 몰라도 너무 몰라."

"그런 건 배워서 뭘 해요? 그런 일은 사람을 부려서 시키면 돼요. 우리 여자들도 이제부터는 밖에서 할 일이 무척 많아요. 집안에서 시집갈 준비나 하고 있을 때가 아니란 말이에요."

"가요, 너 오싱을 조금만 닮아 봐라. 오싱은 일곱 살……"

가요는 미노의 말허리를 불쑥 자르며 단호하게 말했다.

"사람은 모두가 가는 길이 다르고 태어난 성품이 달라요. 오싱에게는 오싱이 가야 할 길이, 내겐 내가 가야 할 길이 다 달라요. 나하고 오싱을 같이 취급하지 말아 주세요!"

가요는 이렇게 내뱉고는 횡하니 나가 버렸다.

구니가 쓴웃음을 머금은 채 말했다.

"야마가다에 가서 제멋대로 신식 바람만 쐬고 다니더니 제법 그럴듯한 소리는 혼자 다 하는구나. 한창 들떠서 하는 소리니까 너무 걱정들 말아라. 저렇게 기세 좋게 큰소리치는 때가 좋은 시절 아니겠느냐."

한바탕 잔소리를 듣고 난 가요가 자기 방으로 돌아가서 될 대로 되라는 식으로 털썩 주저앉아 한숨을 내쉬고 있는데, 옆방의 미닫이가 열리며 사요가 얼굴을 내밀었다.

"언니, 많이 당했어? 그림 같은 거 못 그리게 하겠다고 엄마 서슬이 시퍼렇던데."

"걱정 마. 부모라고 해서 자식의 의지를 강제로 꺾을 수는 없어. 인간은 태어날 때부터 누구나 자유야."

"하지만 언니……"

"사요, 가가야는 네가 물려받아야 해. 앞으로 너는 가가야의 후계자가 된다는 자부심을 가져야 한다. 언니는 오로지 자유만 있으면 되니까."

"난 도무지 언니를 이해할 수 없어."

"내 일은 내게 맡겨 줘. 그 애긴 그만두고 너 가서 오싱 좀 불러 다오."

잠시 후 오싱이 들어왔다.

"가요 아가씨, 부르셨어요?"

"응, 좀 앉아서 얘기 좀 하려구. 사요, 넌 네 방으로 가 있거라. 오싱과 단둘이 할 얘기가 있으니까."

사요가 나가자 가요는 단도직입적으로 말했다.

"오싱, 부탁이 하나 있어. 내일 아침 맛있는 것 좀 만들어서 도시락에 싸 줄래?"

오싱은 의아한 눈길로 바라보며 물었다.

"어디 가세요? 갑자기 도시락이라니."

"아니야. 그분에게 갖다 드릴 거야."

"그분이라뇨?"

"오늘 만났던 사람 말이야."

"아가씨?"

"언제부터 사카다에 와 있는지는 모르지만 계속해서 여관 음식만 먹었을 테니 안됐잖아. 오싱, 솜씨를 좀 내 봐."

"아가씨, 왜 그런 사람에게 신경을 쓰세요? 어떤 사정인지는 몰라도 쫓겨 다니는 사람이잖아요. 무서워요."

"오싱은 쓸데없는 걱정 말고 도시락이나 만들면 돼."

"그런 위험한 짓 그만두세요. 만일 이상한 일에 말려들기라도 하면 큰일이에요."

"오싱에게 누를 끼치는 일은 없을 거야."

"그게 아니고……"

"피곤할 텐데 그만 가서 자. 오싱, 너만 믿는다."

오싱은 더 이상 말을 붙여 보지도 못한 채 조용히 가요의 방을 나왔다.

다음 날, 아침 일찍 오싱은 서둘러 도시락을 만들어 가요와 약속한 대로 뒷문 밖으로 나갔다. 가요는 기다리고 있다가 반색을 하며 도시락 꾸러미를 받아 들었다.

"오싱, 고마워. 아침 일찍 수고가 많았지. 엄마한테는 야마가다에서 친구가 와서 놀러갔다고 해 줘."

가요가 종종걸음으로 떠나 버리자 오싱은 근심스런 표정으로 망연히 뒷모습을 바라볼 뿐이었다.

단숨에 여관 현관에 도착한 가요는 여주인에게 급히 물었다.

"저어…… 도쿄에서 오신 손님 여기 계시죠?"

"야스다상 말인가요?"

가요는 그가 가명을 쓰고 있으리라 짐작을 했다.

"네, 맞아요. 지금 계시면 가요가 왔다고 전해 주세요."

"가요상이라구요?"

여주인은 곧 이층으로 올라갔다.

객실 안에서 책을 읽고 있던 고우타는 손님이 왔다는 여주인의 말에 흠칫 놀라며 금방이라도 창문 밖으로 뛰어내릴 자세를 취한 채 물었다.

"찾아온 사람이 누구입니까?"

"가요상이라는군요."

고우타는 겨우 마음을 가라앉히고는 차갑게 말했다.

"없다고 해 주십시오."

그러나 어느 틈엔지 가요가 미닫이문 틈으로 안을 들여다보며 생글거리고 있었다.

"지금 방에 계신 것을 확인했는데요."

고우타는 몹시 난처해 했다.

"이런 델 뭐하러……"

"걱정 마세요. 전 괜찮아요. 다른 사람에게 쓸데없는 말을 지껄이지는 않을 테니까요. 객지에선 우선 음식이 가장 중요해요. 이거 잡숴 보세요."

가요는 여전히 얼굴 가득 미소를 머금은 채 도시락 꾸러미를 내밀었다.

"이렇게까지 하시면 정말 곤란해요."

"걱정 마세요. 전 어디까지나 선생님 편이니까요."

가요는 흘끔 책상 위에 펼쳐져 있는 책에 눈길을 던지고는,

"역시 제가 생각했던 대로 댁은 인텔리시군요. 도쿄의 대학생이세요?"

고우타는 몹시 못마땅한 표정으로 입을 다물고만 있었다.

"농촌운동을 하시는 분, 정말 멋져요."

"멋대로 생각하지 말아요. 난 그저 평범한 장사꾼일 따름이니까."

"끝내 숨기려고만 하시는군요. 저에겐 숨기지 마세요. 저도 이래봬도 새 시대의 새 여성이에요. 잘 모르긴 하지만 약한 사람 편에 서서 철학을 가지고 일한다는 것은 매력적이에요."

"남의 속도 모르고 함부로 얘기하면 곤란하다니까요. 난 그저 평범한……"

가요는 상대방의 말을 가로막았다.

"어제 댁을 만났을 때 전 결코 우연은 아니라고 생각했어요. 이곳 사카다는 아직도 옛 인습에 얽매인 구시대 사람들만 모여 있으니 숨이 막힐 지경이에요. 젊은이의 꿈과 낭만을 털어놓고 얘기할 상대는 눈 씻고 찾아도 찾을 수가 없어요. 그러던 터에 마치 난데없이 땅에서 솟아나기라도 한 것처럼 댁이 나타났을 때는 솔직히 가슴이 두근거렸어요. 영감 같은 것이 번쩍이기도 했구요. 이제 겨우 이야기할 상대가 나타난 거예요. 서로 이해한다는 것은 정말 즐거운 일이에요."

"아가씨, 난 정말 아가씨가 생각하고 있는 그런 사람이 아닙니다. 인텔리도 아니고, 특별한 철학을 가진 사람도 아닙니다. 그저 평범한……"

"거짓말은 그만하세요. 절 믿으세요. 저는 비록 댁처럼 농촌운동을 하는 사람들이 가장 미워하는 부잣집 딸이지만 그건 어디까지나 내 의사와는 상관없는 환경일 뿐이에요."

고우타는 더 이상 할 말이 없어서 어떻게 처신을 해야 할지 막막하기만 했다. 고우타는 결코 공산주의자는 아니었다. 다만 가난에 찌든 소작농들의 무지를 일깨워 그들의 권익을 위해 앞장서고 있을 뿐이었다.

그러나 지주들에게는 고우타 같은 청년은 항상 귀찮은 존재였다. 아무것도 모른 채 가난을 타고난 운명으로 받아들이고 묵묵히 일에만 열중하는 농민들에게 새로운 의식을 일깨우는 것이 탐탁할 리가 없었다. 결국 지주들이 고우타를 불온사상을 가진 자로 모함하여 쫓기는 몸이 되게 한 것이다.

사회 곳곳 웬만한 지식층에서는 부르조아 사상이다 뭐다 하여 떠들고 다녀야만 행세를 하는 것처럼 되어 있었다. 새 시대의 여성으로 자처하는 가요가 고우타를 보자 첫눈에 깊이 빠져 버린 것도 일종의 허영심의 발로였다. 뭔가 남다른 의식을 갖고 있다는 사실만으로 그가 마치 무슨 영웅이나 된 듯한 착각을 하고, 또 그런 사람과 상대하는 자신이 남보다 앞서간다는 생각에서였다.

그로부터 사흘 후였다. 오싱에게 난데없이 전화가 걸려왔다.

"여보세요, 오래 기다리시게 해서 죄송합니다. 제가 오싱인데 누구신가요…… 네?"

오싱의 얼굴에 놀라는 빛이 역력했다.

"일전에 해변에서 폐를 끼친 사람입니다. 염치없지만 또 한차례 죄송한 부탁을 드려야겠습니다. 미안하지만 곧 제가 있는 곳으로 와 주셨으면 고맙겠습니다. 여관에 오셔서 야스다를 찾으시면 됩니다. 그리고 가요상이나 그 댁 분들께는 아무 말씀 말아 주십시오. 부탁입니다."

오싱은 수화기를 든 채 무어라 대답해야 좋을지를 몰라 서 있기만 했다. 그 사이 전화는 끊겼다.

다시 부엌으로 돌아온 오싱이 외출 채비를 하고 있는데 구니가 들어와서 물었다.

"방금 전화 어디서 왔느냐?"

오싱은 흠칫 놀라며 망설이다가 생각나는 대로 둘러댔다.

"네…… 저…… 시골의 아는 사람이 사카다에 왔다구요."

"그렇다면 별일 아니구나. 난 네가 하도 놀라기에 혹 시골에서 무슨 일이라도 난 건 아닌가 걱정했구나."

"아닙니다. 아무 일도 아닙니다. 틈이 있으면 잠시 만났으면 해서요."

"오래간만인 모양인데 만나고 오려무나."

"네, 고맙습니다."

"괜찮다면 집으로 와서 점심이라도 함께 하지 그러느냐."

"그렇게까지 배려하실 거 없으십니다. 그럼 잠깐 다녀오겠습니다."

오싱은 마치 나쁜 짓을 하다 들킨 사람처럼 식은땀을 흘리며 한숨 돌리고 밖으로 나섰다.

여관을 향해 걷는 오싱의 마음은 너무도 착잡했다. 그 청년과 가요 사이에 분명 무슨 일이 생긴 것만 같은 예감에 매우 신경이 날카로워졌다.

여관에 도착한 오싱은 여주인의 안내로 곧 이층으로 올라갔다.

고우타는 매우 반가운 표정으로 오싱을 맞았다. 가요가 도시락을 들고 찾아왔을 때와는 아주 대조적인 반응이었다.

"일부러 여기까지 오시게 해서 정말 미안합니다. 어서 들어오세요."

오싱은 몹시 서먹서먹해 하며 마지못해 고우타의 안내로 방 안에 들어섰다. 고우타는 오싱에게 정중히 절을 했다.

"아가씨에게 이런 부탁을 드릴 처지가 못되는 것은 잘 알고 있습니다. 그런데 아가씨 이외에는 달리 도와줄 분이 없습니다. 저번에도 무례하게 폐를 끼쳤는데 정말 입이 안 떨어지는 일이지만…… 사카다에서 누군가를 만나기로 되어 있는데 그를 못 만나는 바람에 여관비조차 못 내는 신세가 되어 버렸습니다. 그래서……"

"미안하지만 난 돈이라곤 한 푼도 없습니다. 월급을 타는 대로 시골집에 부쳐 주기 때문에요."

"아닙니다. 아가씨한테 돈을 빌리려는 게 아닙니다. 저희 집에 전화를 걸어 송금을 해 달라고 했는데 이 여관 주소를 밝힐 수 없는 사정 때문에 가가야의 오싱상 앞으로 송금해 달라고 했습니다."

"제게 송금을요?"

"누구에게도 내 거처를 알려서는 안될 사정이 있습니다. 그래서 오싱상에게 전신환으로 송금해 달라고 했지요. 정말 죄송하지만 오싱상이 그 전신환을 받으면 우편국에서 현금으로 찾아 주셨으면 하는 겁니다. 물론 사례는 하겠습니다."

"그런 심부름을 왜 제게 시키시죠?"

"죄송합니다. 사카다에는 달리 아는 사람이 없습니다. 도와줄 사람도 물론 없습니다. 뻔뻔스런 부탁인 줄은 압니다. 그러나 달리 방법이 없습니다."

"죄송하지만 사양하겠습니다. 어떤 사정인지도 모르면서 함부로 그런 일에 끼여들고 싶지 않아요."

"이미 때는 늦었습니다. 제 임의로 오싱상에게 전신환을 보내라고 했으니 벌써 그쪽에서는 송금을 했을 겁니다. 그 돈이 내 손에 들어오지 않으면 난 여기서······"

"아무리 그러셔도 전 도와 드릴 수가 없어요. 댁의 집에서 정당하게 부친 돈이라면 본인이 직접 받아야지 잘 알지도 못하는 사람에게 시킬 이유가 뭐예요? 지금이라도 그 전신환을 취소시키세요."

"제발 사정을 좀 봐 주십시오. 부모님께 내 거처를 알릴 수 없는 사정 때문이고 또 내가 직접 우편국에 갈 수도 없는 딱한 형편이랍니다."

"전 이만 실례하겠습니다."

오싱은 도망치듯 그 방에서 나오려 했다. 고우타는 몹시 당황하며 다시 고개를 숙여 절을 했다.

"지난번에 가요상이 오싱상이라면 믿을 수 있다고 하기에 급한 김에 그렇게 했습니다. 사례는 충분히 드리겠습니다."

"아무리 사례를 많이 한다고 해도 내용도 모르는 일에 끼어들 수는 없어요. 난 갑작스런 전화를 받고 혹시 우리 가요 아가씨에게 무슨 일이 생겼나 해서 와 봤을 뿐이에요."

고우타는 씁쓸하게 웃으며 말을 받았다.

"난 가요상과 아무런 관계도 없습니다."

"그렇다면 안심이군요. 그런 이만 실례하겠어요."

오싱이 나가려고 하자 고우타는 다시 한번 집요하게 말했다.

"오싱상이 나를 무슨 극악한 죄인으로 생각하는 모양인데 난 결코 그런 사람이 아닙니다. 하기야 형사한테 쫓기는 몸인 것만은 사실이지요. 그러나 나에게는 꼭 해내야 할 사명감이 있기 때문에……"

고우타는 무슨 결심이라고 한 듯이 비로소 자기 심정을 솔직하게 털어놓기 시작했다.

"오싱상은 소작농에 대하여 알고 있습니까?"

소작농이라는 말에 오싱은 귀가 번쩍 트였으나 잠자코 그의 말을 듣고만 있었다.

"나도 대지주의 아들입니다. 언제부터인지 나는 우리 집안의 호강이 가난한 소작농들의 피와 땀의 결실인 것을 알고 무언가 시정되지 않으면 안된다고 생각했습니다. 무턱대고 지주가 나쁘다는 주장은 아닙니다. 도조의 분배율을 5대 5에서 7대 3 정도로 낮추고 장려쌀의 이자도 내려야 합니다. 그래야만 가난과 무지에 찌든 소작농들도 부지런히 땀 흘려 일한 보람을 찾게 되는 겁니다. 이런 내 주장을 못마땅하게 여긴 몇몇 지주들이 터무니없이 공산주의자로 몰아붙이는 바람에 그만 이런 신세가 되고 말았지만 후회하지는 않습니다."

오싱은 비로소 고우타가 쫓기는 사정을 알게 되었다. 따라서 일시적으로 그를 의심했던 마음도 눈 녹듯 사라졌다.

"전신환이 오면 곧 우편국에 가서 찾아다 드릴게요."

"고맙습니다."

"저도 소작농의 딸이에요. 무밥을 먹고 자랐지요. 흉년이 들어 밥을 굶게 되자 일곱 살 때부터 남의 집 더부살이를 했어요."

"그랬군요. 이해해 주시니 정말 고맙습니다."

고우타도 오랜만에 밝은 표정을 지었다.

"빨래할 거 있으면 주세요. 빨아다 드릴게요. 그렇게라도 돕고 싶어요."

"고맙소, 오싱……"

고우타는 얼떨결에 오싱의 손을 붙잡았다. 오싱은 깜짝 놀라 손을 빼고 고우타 역시 순간적으로 일어난 일이라 몹시 수줍어하며 슬그머니 물러났다.

도망치듯 객실을 뛰쳐나온 오싱은 여관이 보이지 않을 때까지 단숨에 달려가서 전봇대에 몸을 기댄 채 길게 숨을 내쉬었다. 그리고 자신의 두 손을 소중한 것을 감싸듯 얼굴 가까이 대고 내려다보았다. 난생 처음 남자의 체온과 접해 본 두 손이었다. 오싱이 이렇듯 야릇하고 황홀한 기분을 느껴 본 것은 세상에 태어나서 처음 있는 일이었다.

발그스름하게 상기된 얼굴로 가가야에 돌아온 오싱을 보자 같이 일하는 다마가 말했다.

"어머, 얼굴이 빨개지셨네. 좋은 일이라도 있었나 봐요?"

"좋은 일은…… 너무 오래 비워서 미안하게 됐다."

"그동안 안채 청소는 다 끝냈습니다."

"수고했어. 그럼 점심 준비를 해야겠구나."

"참, 가요 아가씨가 오싱 언니를 찾으시던데요."

순간 오싱의 환한 얼굴에 엷게 그늘이 졌다.

가요는 자기 방에서 한창 유행 중인 양복으로 갈아입고 흡족한 표정을 지은 채 거울을 보고 있었다.

"오싱입니다. 찾으셨어요?"

"응, 들어와. 시골에서 누가 왔다면서?"

오싱은 머뭇머뭇 방으로 들어서며 마치 무슨 죄를 짓기라도 한 것처럼 눈을 내리깔고 나직이 말했다.

"찾으실 때 없어 죄송하게 됐습니다."

"오싱을 찾아오는 사람이 다 있다니 신통한 일인데?"

가요는 여전히 거울에 비친 자신의 맵시를 요모조모 뜯어보았다.

오싱은 그 말에는 대꾸하지 않고,

"무슨 일로 찾으셨어요?"

하고 정색을 하며 물었다.

"또 도시락을 부탁하려고 그랬어."

"야스다상한테 말씀이에요?"

"야스다란 이름은 가명이야. 그런 사람들은 세상 눈을 속이려고 흔히들 가명을 쓰지."

"야스다상이 자신에 관해 얘기를 하던가요?"

"아니, 그런 사람은 자신에 관한 얘기도 좀처럼 하지 않는 법이야. 나도 그 정도는 알아. 오싱은 남자에 대해 잘 모르겠지만 그런 남자야말로 매력 만점이야. 생각해 봐. 목숨을 걸어 놓고까지 가난한 사람들을 위해 앞장서고 있잖아……"

오싱은 가요의 말에 반신반의하는 기분이 되었다.

신여성으로 자처하며 구습에 얽매이지 않고 자유로운 생활을 표방하는 가요의 사고방식이 무척 위험한 것 같으면서도 어떻게 생각하면 그럴듯하게 들리기도 하여 도무지 종잡을 수가 없었다.

"남자뿐만 아니야. 지금 뜻 있는 여성해방 운동가들도 다 그래. 부모가 정혼을 해 놓았는데 일방적인 결혼에는 응할 수 없다며 집에서 뛰쳐나온 사람, 공부를 하고 싶은데 학교에 다니지 못하게 해서 나온 사람, 예술에 뜻이 있으나 가족의 반대에 부딪쳐 나온 사람, 모두 그런 사람들이야. 그들은 모든 일본 여성의 권리를 되찾고자 온갖 고생을 다 하고 있어. 그런데 사카다에 눌러사는 사람들 좀 봐. 산송장이나 다름없잖아."

"그렇지만 아가씨, 고향에서 부모님 모시고······"

"그만둬, 시시한 소리. 난 반드시 도쿄에 가고 말겠어. 오싱은 여기서 결혼해서 행복하게 살면 되는 거야. 오싱의 행복과 나의 행복은 근본부터가 달라. 난 이제야 비로소 마음에 드는 남자를 만났어. 내 힘이 닿는 데까지 그를 돕고 싶어."

오싱은 할 말을 잊은 채 가요의 얼굴을 빤히 바라보았다.

"오싱, 도시락 좀 잘 부탁해."

"네."

"이렇게 깊은 속마음을 터놓고 얘기할 사람은 오싱뿐이야. 오싱과는 어려서부터 서로 못하는 얘기가 없이 지내 왔잖아. 이제부터 오싱과 나는 서로 다른 길을 가는 거야. 그렇더라도 오싱은 언제까지나 내 편이 되어 주리라 믿어. 오싱, 우리 절대 맘 변하는 일 없도록 약속하자, 응?"

첫사랑

성급하게 다짐을 하며 손가락을 내미는 가요 앞에서 오싱은 어찌할 바를 몰랐다.

가요의 급진적인 사고방식도 위험하다고 느껴왔지만 무엇보다도 걱정되는 점은 고우타에 대해 물불 가리지 않는 가요의 집요함이었다. 그녀가 고우타에게 집요하게 굴든 말든 상관없다고 해 버리면 간단하겠지만, 자신에게 질투란 감정이 있음을 어렴풋하게나마 의식했기에 오싱의 기분은 참담했던 것이다.

오싱으로서는 자신의 처지, 자신의 신분을 다시 한번 돌이켜보지 않을 수 없었다. 주인댁 따님과 한낱 더부살이 신세인 자신은 너무나도 동떨어진 세계에 속해 있었다.

어쨌든 오싱은 난생 처음 남자의 체온이 어떤 것인가를 체험했고, 질투라는 감정이 무엇인가도 어렴풋하게나마 한꺼번에 느껴본 셈이다.

유난히도 많은 일들을 겪은 하루라고 생각하며 오싱은 부엌으로 들어가서 가요가 시키는 대로 정성 들여 도시락을 만들었다.

다음 날 아침.

안방마님 구니를 비롯하여 기요타로 내외와 가요, 사요 등 다섯 식구가 오붓하게 아침 식사를 하고 있고, 오싱은 공손하게 앉아서 시중을 들고 있었다.

"가요, 오늘부터 다도 선생님이랑 꽃꽂이 선생님이 오시니까 차분히 좀 배우도록 해라."

구니의 말에 가요는 밥을 먹다 말고,

"난 그럴 틈이 없어요."

하고 한마디로 잘라 말했다.

"가요! 너 할머니께 무슨 말버릇이냐?"

옆에서 참다 못한 미노가 날카롭게 쏘아붙여도 가요는 막무가내였다. 모녀간의 대화가 사뭇 거칠어질 것 같아서인지 구니는 되도록 부드러운 어조로 말을 이었다.

"네가 여학교 따위 싫증난다고 하는 것까지는 웬만큼 이해할 수 있다만 다도나 꽃꽂이 같은 건 여자라면 반드시 익혀야 할 부도(婦道)이니라. 이 할미 얘기는 그런 걸 솜씨로 익히라는 게 아니다. 조상대대로 물려받은 전통을 계승하라는 거다. 이 할미는 가요 너를 보고 있자면 꼭 풍선이 둥실거리듯 언젠가 어디론가 후딱 가 버릴 것 같아 늘 걱정이란다."

"할머니, 제발 설교는 좀 그만하세요. 넌더리가 난다니까요."

가요가 숟가락을 놓고 벌떡 일어서서 밖으로 나가자 기요타로도 따라 일어서며 버럭 소리를 질렀다.

"너 정말 혼 좀 나야겠다!"

하고 쫓아 나가려는데 구니가 옷소매를 붙잡고 말렸다.

"내버려 둬라. 저만한 나이 때는 어쩔 수 없는 모양이다. 지나치게 속박하면 더 반항심만 생길 테니 말이다. 그러니까 빨리 혼담을 마무리 짓도록 하자꾸나. 혼담만 성사되면 내

어떤 방법으로라도 가요를 달래 놓겠다."

옆에서 모자간의 대화를 듣고만 있던 미노가 길게 한숨을 내쉬며 오싱에게 고개를 돌렸다.

"너와는 혹시 무슨 얘기가 없었니? 요즘 와서 가요가 엄마와도 도무지 얘기를 하지 않으려 드는구나."

오싱은 고개를 저을 수밖에 없었다. 가요가 상당히 많은 변화를 겪고 있는 걸 알지만 섣불리 말을 꺼낼 수도 없는 노릇이었다.

이때 점포 지배인이 오싱을 불렀다.

"너에게 전신환이 왔구나."

오싱은 움찔 놀랐다. 직감적으로 고우타에게 온 돈이라는 것을 알았다. 그러나 큰방마님과 주인 내외가 함께 있는 자리에서 전신환을 운운하는 것은 너무 당돌한 것 같아서 자꾸만 가슴이 뛰었다.

"고맙습니다, 지배인님."

조심스럽게 봉투를 받아서 품속에 넣는 오싱에게 기요타로가 참견을 했다.

"웬일이냐? 너한테 전신환이 다 오고."

"시골에서 알던 사람이 도쿄에 가서 사는데 사카다의 건어물을 좀 사서 보내 달라고 돈을 부치겠다 했습니다. 도쿄의 생선은 도무지 맛이 없대요."

그야말로 참새 가슴이 되어 둘러대기는 했으나 오싱은 큰

죄를 지은 것 같아서 어쩔 줄을 몰라했다. 구니는 오싱의 그러한 태도를 놓치지 않고 지켜보았다.

오싱은 바쁜 일을 끝마치고 우체국에 가서 전신환을 현금으로 찾은 즉시 고우타가 있는 여관으로 갔다.

"고맙소, 오싱상! 이제 비로소 살았습니다. 이건 적지만 제 성의입니다."

돈다발을 받자마자 고우타는 연신 절을 하며 5엔짜리 지폐를 꺼내어 오싱 앞에 내밀었다.

"안돼요. 전 그런 뜻으로 도와 드린 게 아니에요."

"아닙니다. 처음부터 오싱상의 양해를 얻고 한 일이라면 저도 이렇게까지 하지는 않겠습니다. 이번 일은 사전에 의논도 없이 불쑥 저지른 일이라서 오싱상이 제 작은 성의를 받아 주시지 않는다면 마음이 편치 않습니다."

오싱은 슬그머니 화제를 바꾸었다.

"그건 그렇고 너무 액수가 많아서 놀랐어요."

고우타는 시무룩한 표정을 지었다.

"부모님께 폐 끼치지 않으려고 결심을 했지만 당장 오도가도 못할 형편이라서 어쩔 수 없었습니다."

"얼마나 걱정들을 하시겠어요."

"부모님은 나를 포기한 지 오래되었습니다. 어디서 뭘 해도 좋으니 건강하기만을 바라시는 부모님을 생각하면 불효막심하다는 자책감에 잠 못 이룰 때가 많지요. 아버지는 큰

부자랍니다."

고우타의 얼굴에 자조의 웃음이 엷게 떠올랐다.

"이래저래 난 못난 사내입니다. 부모님께는 불효를 저질렀고, 그렇다고 해서 뜻한 바대로 가난한 소작농을 위해 한 일도 없이 쫓기는 신세만 되었습니다. 게다가 내 스스로 해결하지 못할 어려움이 있을 때면 구차하게 부모님께 돈이나 받아 쓰니 말입니다."

오싱은 다소곳이 고개를 숙인 채 그의 말을 듣기만 하다가 조그만 목소리로 말했다.

"전 이만 가 봐야겠어요."

"차라도 한잔 하셔야지요."

"아니에요. 남의 집에서 일을 하는 몸이라서 그렇게 한가할 짬이 없습니다. 혹시 가요 아가씨가 오시거든……"

고우타는 결연한 목소리로 오싱의 말을 가로챘다.

"가요상에겐 더 이상 오지 말라고 분명히 말했습니다. 나로서는 부담스러워서 감당을 못하겠더군요."

"그렇지만 가요 아가씨는 무척 관심이 많던데요. 잘은 모르지만 댁에 관해 많이 파악한 것 같았어요."

"가요상은 무척 예리하고 눈치가 빠르더군요. 사실 지금 나이가 가장 위험할 시기입니다. 무턱대고 새로운 것에 대한 동경에 빠져 전통이나 인습에서 뛰쳐나가려는 반항심으로 똘똘 뭉쳐져 있더군요."

여기서 고우타는 슬그머니 화제를 바꾸었다.

"오싱상, 여하튼 도시락은 맛있게 먹었습니다. 여관에서 주는 식사가 형편없으니까요. 그걸 가져온 사람은 가요상이지만 오싱상의 정성이 담긴 것이라 생각하니 훨씬 더 맛있더군요."

"변변치 못한 솜씨입니다."

"오싱상, 오늘 밤에는 여길 떠나야 합니다."

고우타는 비장한 각오라도 한 듯이 가슴 깊은 곳에서 우러나는 목소리로 힘주어 말했다.

"그렇지만 반드시 돌아오겠습니다. 오싱상, 돌아오면 만나겠다고 약속해 주십시오."

오싱은 고우타의 진지한 말에 가슴이 심하게 울렁거림과 동시에 콧날이 시큰해왔다.

"가자마자 곧 편지 쓰겠습니다."

오싱은 아무 말 없이 자리에서 일어났다.

"오싱상, 기다려 줘요……"

고우타는 감정에 겨운 목소리로 말끝을 흐리더니 오싱의 가녀린 손을 두 손으로 힘주어 감싸 잡았다.

오싱은 어떻게 해야 좋을지 몰랐다. 고우타의 따뜻한 손에 붙잡힌 자기의 손을 빼낼 생각조차 못한 채 이글이글 타는 듯한 고우타의 두 눈을 바라볼 뿐이었다.

첫사랑 123

질투

 꼭 70년 전의 일이었다. 쓰라린 가난과 더부살이의 슬픔 속에서도 그토록 아름다운 추억이 있었구나 생각하며 이제 팔순의 오싱은 과거의 자취와 숨결을 더듬어 손자 게이를 데리고 사카다의 어느 여관에 묵고 있는 것이다.

"야! 할머니께서 이렇게 술을 잘 마시는 줄은 몰랐네요!"

오싱은 벌써 몇 잔째의 술로 인해 불그레해진 얼굴로 빙그레 웃으며 대답했다.

"평생을 일에만 매달려 쫓기는 생활을 해 오다 보니 벌써 몇십 년째 느긋하게 술을 마셔 보지 못했구나."

"이제부턴 매일 밤 술을 좀 드세요."

"싫다, 이 녀석아! 술에 취하면 안 해도 될 소리를 지껄이게 되고 마니까. 오늘 밤만 해도 그렇지, 술만 안 마셨다면 너에게 그런 소리 안 해도 됐을 텐데 말이다."

게이는 펄쩍 잡아떼는 시늉을 하며 너스레를 떨었다.

"전 오늘 할머니가 정말 멋져 보여요. 평생 일밖에 모르시는 줄만 알았더니 그 나이에 그토록 멋진 로맨스도 하셨을 줄이야. 정말 다시 봐야겠어요."

"이 녀석아! 오늘 할머니가 술김에 한 얘기 누구에게도 해서는 안된다!"

"알았어요, 할머니."

게이는 할머니의 빈 잔에 또 한잔 술을 따르며 새삼스럽게 방 안을 둘러보았다.

"혹시 이 여관이 그때 그분이 묵었던 여관이 아니에요?"

그러나 할머니는 허무한 듯 고개를 흔들었다.

"그 여관은 벌써 없어졌더구나. 하기야 벌써 70년 전 일이니…… 사실은 그 여관이 남아 있기만 하면 꼭 한번 들르고 싶었는데."

"말하자면 할머니의 첫사랑이었던 셈이군요."

"돌이켜 생각해 보면 정말 덧없는 일이었다. 비록 철없을 때의 일이지만 지금도 그때만 생각하면 낯간지러워. 그냥 두어 번 만난 사람에게 홀딱 반했으니 말이다."

"어쩌면 바로 그런 경우가 참된 사랑인지도 몰라요. 요즘 사람들처럼 무슨 계산 같은 게 전혀 없는 순수한 애정이잖아요. 말하자면 한눈에 반한다는 거, 얼마나 멋져요!"

"아닌 게 아니라 철부지 열여섯 살 때의 이 할미 눈에는 정말 멋있어 보였단다. 자신의 앞일을 팽개치고 가난한 농민들을 위해서 뛴다는 게 그땐 왜 그렇게 앞뒤 생각할 겨를도 없이 황홀하기만 했던지. 막연하게나마 죽은 준사쿠 오빠와 비슷한 데가 많아서 그렇게 좋았는지도 몰라."

"준사쿠라는 분은 비인도적인 전쟁의 참상에 회의를 느꼈고 고우타라는 분은 가난한 사람의 권익을 위해 목숨을 걸고 뛰었으니 두 분 다 개성이 강한 분들이군요. 그러고 보니 할머니는 어렸을 때부터 눈이 높으셨던가 봐요. 비록 더부살이는 하셨지만 그런 인텔리들과 인연이 있었으니 말예요."

술이 꽤 거나해진 오싱은 손자와의 대화에 점점 깊이 빠져들며 자기도 모르게 목소리가 상기되었다.

"지금 돌이켜보면 그 당시의 인텔리라는 사람들은 거의가 공산주의 사상에 심취했던 것 같아. 공산주의의 본질은 제대로 알지도 못하면서 무슨 운동이다, 무슨 단체다 하고 설치고 다녀야만 인텔리로 자처할 수 있다고 생각했지. 일종의 유행병 같은 것일 거야. 고우타상은 결코 공산주의자는 아니었어. 그야말로 인도주의적으로 가난한 사람들을 위해 앞장섰을 뿐이지. 그 당시 농민들은 무지해서 피땀 흘려 일을 하고도 입에 풀칠도 못한 반면 지주들만 호사를 누렸지."

"고우타상은 바로 그런 참상을 조금이라도 개선해 보려고 띈 거였죠?"

"그렇단다. 그분의 노력이 결코 허사로 끝나지는 않았지. 그런 분들의 희생적인 노력은 결국 결실을 보게 되었단다. 아무튼 이 할미는 그 사람을 처음 만났을 때, 도대체 부잣집 아들이 무엇이 아쉬워서 그 고생을 하는가 하고 놀랐었지. 이 세상에는 이렇게 멋진 삶도 있구나, 위대한 사람이란 바로 이런 사람이구나 하고 밤이면 잠을 못 이룰 정도로 반했었지."

"그때 그 일을 후회하세요, 할머니?"

게이의 딱 부러진 질문에 오싱은 주저하지 않고 고개를 가로저었다.

"결코 후회하지 않는다. 그땐 그때대로 나 자신에게 가장 충실했고 솔직한 감정이었다고 생각하니까. 나로서는 세상에 태어나서 처음으로 이성을 좋아하는 감정이 어떤 것인가를 알았단다. 그 이후로는 이날 이때까지도 순수한 사랑의 감정을 느껴 보지 못했으니까. 아마도 고우타상이 내 앞에 나타나지 않았다면 난 영영 절대적이고 순수한 사랑의 감정이 무엇인지 모른 채 늙어 버리고 말았을 거다."

80평생을 산전수전 다 겪으며 외길을 걸어온 오싱도, 첫사랑의 그 애틋한 감정만은 새하얀 머리카락만큼이나 여린 잔상으로 영원히 남아 있는 것일까……

게이는 오늘 밤처럼 행복해 보이는 할머니는 처음 본 것 같다고 생각하며 또 한잔의 술을 따랐다.

"할머니, 오늘 밤만은 저를 믿고 실컷 취해 보세요. 전 앞으로 할머니를 훨씬 더 사랑할 거예요. 존경도 하구요."

"원 녀석도. 사랑은 뭐고 존경은 또 뭐냐."

물기로 촉촉해진 그윽한 눈길로 게이를 바라보던 오싱은 자기도 모르는 사이에 눈앞의 손자를 와락 끌어안았다.

외출에서 돌아온 가요의 얼굴은 몹시 상기되어 있었다.

집에 들어오자마자 오싱을 찾아 자기 방으로 데리고 들어가더니 우선 방문부터 잠갔다.

"오싱, 내가 묻는 말에 솔직하게 대답해. 너 혼자 고우타상한테 간 일이 있다며?"

오싱은 고개를 떨군 채 아무런 대꾸도 하지 못했다.

"고우타상이 갑자기 자취를 감췄어. 내가 여관에 가서 주인 여자에게 물어봤더니 오싱이란 여자애가 두어 번 다녀갔다고 그러던걸? 어떻게 된 거야? 왜 나한테는 아무 말도 하지 않고 혼자 갔지?"

오싱은 대꾸할 말을 찾지 못했다.

"처음에는 설마 했어. 오싱이 그런 경솔한 행동을 할 사람은 아니라고 믿고서 몇 번이나 주인 여자에게 확인을 해 봤는데 틀림없는 오싱이더군. 얘기 좀 해 봐. 어떻게 된 거야?"

오싱으로서는 아무리 하기 싫은 말이라도 대답하지 않을

수가 없었다.

"저…… 하도 부탁을 하기에 그냥 심부름을 했을 뿐이에요."

"심부름을?"

"네, 다른 사람에게는 절대 말하지 말라고 신신당부하길래 가요 아가씨에게도 여쭙지 않았어요."

"무슨 심부름인지 말해 봐."

"아가씨, 죄송해요. 절대 누구에게도 말하지 않기로 그분과 약속을 했어요."

"나한테까지 못할 얘기란 말이야?"

가요의 두 눈에 이상한 광채가 번뜩이는 듯했다.

"그렇다면 너 고우타상에 대해 아는 것도 많겠구나?"

"아니에요. 그저 한번 심부름을 했을 뿐인걸요."

"좋아, 그럼 고우타상은 어딜 간 거야?"

"그런 걸 제가 어떻게 알겠어요? 그분은 나에겐 아무 말도 안 했어요."

"오싱, 넌 분명 내 편이었잖아?"

"그렇지만 모르는 것은 모른다고 할 수밖에요."

"오싱, 정말 이러기야? 무슨 심부름을 했는지는 말할 수 있잖아?"

오싱은 잠시 머뭇거리다가 하는 수 없이 무겁게 입을 열었다.

"집에서 부친 돈을 내가 대신 받아 주었을 뿐이에요. 자기 거처를 부모님께 알릴 수 없는 사정이라고 해서요."

"그 말 믿어도 돼?"

"정말이에요. 그 이상 아무 일도 없었어요."

"알았어. 그런 일이라면 굳이 오싱에게 부탁할 게 뭐람. 나에게 말하면 간단할 텐데."

"만일 아가씨가 아신다면 자기의 궁핍한 처지를 아가씨가 돕겠다고 나설까 봐 일부러 숨긴 것 같아요."

가요는 그때야 비로소 마음을 놓는 것 같았다.

"공연한 데까지 신경을 다 쓰는군. 사카다에 다시는 오지 않을 작정인가. 그렇더라도 난 결코 단념하지 않을 거야. 반드시 연락이 오겠지. 그분은 이미 내 마음을 다 알고 있으니까."

가요는 여전히 불안한 마음으로 마주 앉아 있는 오싱을 똑바로 바라보며 다짐했다.

"오싱, 그분이 또 심부름 같은 것 부탁해 오면 그땐 틀림없이 나한테 알려 줘야 해, 알았지?"

싫든 좋든 오싱은 고개를 끄덕이지 않을 수가 없었다.

며칠 후 오싱이 가게에서 구니와 장부 정리를 하고 있을 때 우편배달부가 편지 몇 통을 주고 갔다.

우편물을 하나하나 살피던 구니가,

"이건 오싱에게 온 것이구나. 오싱에게 편지가 다 오다니 신통한 일이구나. 그런데 발신인 주소가 없네."

하고 편지의 앞뒤를 번갈아 보다가 오싱에게 건네주었다.

편지를 받아든 오싱은 쿵쿵 뛰는 가슴을 진정시키지 못한 채 얼른 품속에 간직했다.

"덤벙대는 사람이라서 아마 주소 쓰는 것을 잊은 모양이군요."

"누가 써 보낸 건지는 알고 있느냐?"

"네, 친척 아저씨예요."

오싱은 아무것도 아닌 척 시치미를 떼고 다시 장부에 눈을 돌렸지만 자꾸만 계산이 틀려 여러 차례 주판을 다시 놓곤 했다. 구니는 오싱의 그런 심상치 않은 태도를 하나도 놓치지 않고 보고 있었다.

이때 사쿠라기의 아들이 불쑥 가게로 들어왔다.

"아주 날씨가 좋습니다."

그의 출현에 오싱은 움찔했다.

"어서 와요."

구니가 반색하며 그를 맞았다.

"근처에 모임이 있어 왔다가 잠시 들렀습니다. 이거 변변치 않습니다만……"

준비해 온 과자 상자를 내밀며 그는 오싱에게 고개를 돌렸다.

"오싱상은 언제나 바쁘시군요."

오싱은 그의 인사에는 답례를 하는 둥 마는 둥 하고는,

"차 준비를 하겠습니다."

하고 구니에게 작은 목소리로 말하고 서둘러 일어서서 나갔다.

사쿠라기는 오싱의 동작 하나하나를 놓치지 않고 마치 넋이 나간 사람처럼 바라보았다.

부엌으로 온 오싱은 설거지를 하고 있는 다마에게,

"점포에 손님이 오셨으니 차 좀 내줄래?"

하고 일러두고는 곧장 뒤뜰로 가서 품속에 간직해 둔 편지를 꺼내 조심스럽게 겉봉을 뜯었다.

안녕하십니까? 별일 없이 잘 지내시리라 믿습니다. 저는 지금 사이조가와의 상류지대 농촌을 순회하고 있습니다. 모내기로 바빠지기 전에 젊은 농군들과 얘기를 나누고 싶어서입니다.

앞으로 한 열흘 후면 사다에 가게 될 것 같습니다. 그때 꼭 만나게 되기를 고대합니다.

5월 12일 오후 3시, 처음 만났던 해안에서 기다리고 있겠습니다. 만약 오싱상이 사정이 있다 하더라도 기다리다가 가겠습니다. 너무 무리해서 나오지는 마십시오.

고우타 드림.

오싱은 다 읽고 난 편지를 소중하게 가슴에 품어 보았다. 처음 그에게 손을 잡혔을 때의 그 짜릿하고 황홀했던 순간이 떠올라 자기도 모르는 새 스르르 눈을 감았다.

그때 불쑥 다마가 단꿈을 깨뜨렸다.

"큰방마님이 찾으시는데요."

오싱은 깜짝 놀라서 얼른 편지를 감추고 서둘러 큰방마님에게로 갔다.

거실에서 오싱을 기다리고 있던 구니는 준엄한 목소리로 나무랬다.

"사쿠라기상이 오셨는데 왜 네가 직접 차를 가져오지 않고 다마를 시켰느냐?"

오싱은 말없이 고개만 떨구었다.

"손님 대접을 어찌 그렇게 소홀히 할 수가 있느냐? 사쿠라기상이 섭섭했던지 금방 가 버리지 않느냐."

"그분한테 미안하게 됐습니다."

오싱의 목소리는 모깃소리만큼이나 가늘게 떨려 나왔다.

"미안하다고 해서 될 일이 아니다."

구니의 음성은 더욱 엄해졌다. 그녀는 오싱의 다소곳한 자태를 날카로운 눈길로 바라보며 말을 이었다.

"너 혹시 사쿠라기상한테 시집갈 마음이 없는 게 아니냐?"

오싱은 여전히 묵묵부답이었다.

"나도 신중을 기하느라고 아직 확답은 안 했다만 난 네가 혼인할 의사가 있는 걸로 간주하고 그 댁과 그런 관계로 대해 오고 있다. 물론 그 댁에서는 우리보다 더 적극적이라 얘기가 다 된 걸로 알고 있고…… 그런데 오늘 너의 태도는 마치 신랑될 사람을 피하는 것 같은 인상을 주었으니 사쿠라기 상이 얼마나 속이 상했겠느냐."

"거기까지는 생각이 미치지 못했습니다."

기어들어가는 오싱의 말에 구니는 한차례 짧게 기침을 하고 나서 더욱 엄한 표정이 되어 말했다.

"네가 그 정도의 사리 판단도 못하는 아이라고 생각하지 않는다."

"죄송합니다."

"굳이 네가 싫다면 나 역시도 꼭 사쿠라기상에게 시집가라고 강요하지는 않겠다. 그러나 너의 신상을 위해서는 이보다 좋은 혼처는 쉽지 않다고 판단되어서 이 혼담을 서둘렀던 거야. 그 집으로 시집갈 생각이 정히 없다면 분명하게 얘길 해라. 신랑 될 집에서는 빨리 매듭을 지어 올 가을에 식을 올렸으면 하고 바라더라. 네 속마음을 확실히 알아야 좋겠다."

"네."

난데없이 이것도 저것도 아닌 오싱의 대답에 구니는 양미간을 모으며 말했다.

"막연하게 '네'라면 무슨 뜻이냐? 너 혹시 마음이 변한 거냐?"

"처음이나 지금이나 저에게는 너무 과분한 혼처라고 생각했습니다."

오싱의 대답은 여전히 애매했다.

"그러니까 좋다는 거냐? 싫다는 거냐? 시원스럽게 대답을 좀 해 봐."

오싱은 마지못해 고개만 끄덕였다. 그렇듯 애매한 태도를 구니는 다른 각도에서 이해했다. 한창 수줍어하는 나이에 아무리 좋은 혼처라도 선뜻 좋다고 말할 수는 없는 노릇이라고.

"네가 그 집으로 시집갈 각오만 분명히 됐다면 고향의 부모에게 빨리 알려야 한다."

오싱은 큰방마님의 마음 씀이 그토록 고마울 수가 없었다. 자신의 입장에 이보다 좋은 혼담이 어디 있겠는가. 그럼에도 불구하고 오싱의 여린 가슴에는 고우타라는 커다란 그림자가 너무 짙게, 그리고 깊게 드리워져 있었다. 하지만 고우타와는 아무런 일도 기약할 수 없는 처지가 아닌가. 큰방마님의 고마운 뜻을 그대로 받아들이지 못하고 고우타에게 향한 막연한 정열만으로 갈팡질팡하는 자신이 몹시 한심스럽다고 생각되었다.

드디어 고우타와 약속한 5월 12일이 되었다. 오싱은 거의 뜬눈으로 밤을 새우다시피 하고는 유난히 일찍 일어나서 서둘러 일을 마쳤다.

안에서 혹시 찾거든 볼일이 있어서 잠깐 나갔다고 이르라고 다마와 사쿠에게 당부해 놓고는 행여 누가 볼세라 두리번거리며 발길을 재촉하여 해변가로 향했다.

고우타와 만남들 아무 소용없는 일이라고 몇 번이나 스스로에게 타이른 오싱이었다. 도저히 이루어질 수 없는 인연인 줄 뻔히 알면서 약속한 날짜가 다가오자 밤잠을 못 이루면서까지 가슴 설레는 자신이 원망스럽기까지 했다.

해안의 모래톱에 다다른 오싱은 주위를 살펴보았으나 사람의 그림자도 보이지 않았다.

속절없는 짓이었구나 싶어 실망하고 있을 때 개펄가에 있는 폐선의 그늘에서 누군가가 저벅저벅 걸어 나오더니 아무 말도 없이 똑바로 발걸음을 옮겼다.

오싱은 획 고개를 돌려 그의 모습을 똑바로 살펴보았다. 틀림없는 고우타였다.

고우타는 여전히 앞을 보고 걷기만 했다. 혹시 누군가가 자기들의 만남을 엿보고 있지나 않을까 하여 일부러 취한 행동인 것 같았다.

오싱은 뛰다시피 하여 그의 곁으로 다가가 옆에 나란히 서서 같이 걸었다.

"용케 나오셨군요."

고우타의 목소리는 여전히 굵고 교양 있어 보였다.

"편지 고마웠습니다."

오싱은 만나면 무슨 말부터 해야 좋을지 생각은 많이 해 보았으나 이런 말이 불쑥 나오리라고는 전혀 예기치 못했다.

"오늘 안 나오셨으면 오싱상을 잊어야겠다고 결심했습

니다."

 고우타 역시 오싱이 전혀 예상하지 않았던 말을 꺼냈다.

 "뭔가 내가 뜻한 바를 성취하자면 평범한 남자들처럼 평범한 가정을 가질 수 없습니다. 그럼에도 불구하고 정말 나를 이해해 줄 사람, 곁에 있기만 해도 마음이 포근해지고 의지가 되는 사람, 늘 그런 사람이 그리웠습니다. 오싱상을 처음 만났을 때, 나는 비로소 그런 사람을 만났다고 느꼈습니다."

 "전 결코 그럴 만한 여자가……"

 "전에 우리 집에 야마가다의 농가에서 일하러 온 처녀가 있었습니다. 오싱상은 그 처녀와 아주 닮은 데가 많아요. 그 처녀에 대한 내 감정을 눈치챈 어머니는 가차없이 처녀를 쫓아냈고, 시골로 간 그녀는 얼마 후 병으로 세상을 떠나고 말았습니다. 그녀의 집에 찾아갔던 나는 비로소 소작농의 참상을 알게 됐던 겁니다. 그들의 피땀으로 호강을 하고 공부를 한 우리 청년들이 그들의 권익을 위해 노력하지 않으면 안된다는 지극히 인도적인 생각이었습니다."

 오싱은 고우타의 말이 참으로 고맙게 느껴졌다. 가난의 설움을 어려서부터 너무도 뼈저리게 겪은 오싱이기에.

 "오싱상은 내 인생에 있어서 참으로 소중한 사람이 되어 버렸습니다. 때때로 사카다에 들르겠으니 꼭 만나 주십시오. 뭐 대단하게 여길 건 없습니다. 만나서 이렇게 얘기를 하는 것만 해도 나로선 큰 위안이 될 테니까요."

고우타의 이 말에 오싱은 공감한다는 듯 처음으로 고개를 끄덕였다.

"비록 이루어질 수 없는 꿈일지라도 언젠가는 반드시 오싱상을 데리러 와서 함께 사는 날이 있겠지 하는 생각만으로 어떤 어려움이든지 이겨낼 수 있습니다. 오싱상은 나에게 바로 그런 존재입니다. 진심입니다."

마지막 말에 유난히 힘을 주면서 고우타는 오싱의 손을 잡았다. 이번만은 오싱도 손을 빼려 하지 않았다.

"따뜻하고 포근한 손이군요."

고우타의 뜨거운 시선에 오싱은 고개를 돌리며 화제를 바꾸었다.

"또 어디론가 떠나세요?"

"네, 떠납니다. 그렇지만 반드시 다시 오겠습니다. 언젠가는 반드시 오싱상을 여기서 데려가겠습니다. 그러나 오싱상에게 나를 믿고 꼭 기다려 달라고 못을 박고 싶진 않습니다. 엄밀히 따져서 난 그런 말을 할 자격이 없는 사람입니다. 다만 나의 오싱상에 대한 감정이 결코 일시적인 것이 아님을 알려 두고 싶을 뿐입니다."

고우타는 잠시 말을 멈추더니 먼 하늘을 한동안 우러러보았다. 보일 듯 말 듯 자조의 웃음을 입가에 머금은 채 나직이 말을 이었다.

"자기밖에 모르는 형편없는 이기주의자지요? 그렇지만 이해하십시오. 이런 얘기라도 털어놓지 않으면 꼭 오싱상이 어디론가 없어져 버릴 것만 같은 기분이 들어서요. 또 설혹 오싱상이 없어진다 하더라도 할 말은 없습니다. 그러나 나에겐 오싱상이 있다는 꿈을, 그런 꿈을 간직하도록만 해 주십시오."

오싱은 고우타의 진지한 말에 뜨거운 감정을 억제하지 못하여 두 손으로 얼굴을 감싸고 흐느껴 울기 시작했다. 이렇게 행복한 순간에 서러움이 밀려오는 이유는 무엇일까.

"저같이 보잘것없는 여자에게……"

고우타는 오싱의 들먹이는 어깨를 다소곳이 감싸 안으며 나직한 목소리로 달랬다.

"울지 말아요, 오싱. 꼭 데리러 오겠소."

그의 품속은 참으로 아늑했다. 일곱 살 때 긴상온천여관으로 어머니를 찾아가서 어머니의 품에 안겨 오붓한 밤을 보냈던 기억 이래 처음으로 오싱은 안온하고 따뜻한 가슴에 안겨본 셈이다. 그러나 그 안온하고 따뜻한 감촉은 어머니의 품속과는 너무도 다르다는 사실도 오싱은 처음으로 깨달았다.

고우타와 아쉬운 이별을 하고 뛰다시피 가가야로 돌아온 오싱에게 다마가 기다리고 있었다는 듯이 쪼르르 달려왔다.

"볼일은 다 보셨어요? 지금 안에서 찾으세요. 언니의 어머니가 오셨다나 봐요."

어머니라는 말에 오싱은 긴장하며 거실로 들어갔다.

어머니 후지와 구니가 마주 앉아 무엇인가 이야기를 나누다가 오싱이 들어오자 하던 말을 중단했다.

"늦어서 죄송합니다. 좀 살 게 있어서 나갔었습니다."

오싱은 큰방마님과 어머니에게 번갈아 고개를 숙이며 작은 목소리로 말했다.

"안에 여쭙지도 않고 멋대로 어디를 갔었느냐? 마님께서 걱정을 하셨단다."

후지가 조용한 어조로 나무라자 구니는 손을 내저어 보이며 말을 막았다.

"아니에요. 괜찮습니다. 제 할 일 다 알아서 하니까 가끔 제 볼일도 봐야지요."

"부끄럽습니다. 마님께서 너무 귀여워해 주시니까 영 버릇이 없군요."

잠깐 사이를 두었다가 오싱은 불쑥 물었다.

"엄마, 집에 무슨 일 있어요?"

구니가 대신 대답을 했다.

"내가 와 달라고 했다."

후지는 구니에게 조심스러운 눈길을 던지고 나서 약간은 흥분된 억양으로 말했다.

"마님께서 그렇게 훌륭한 댁과 혼담을 말씀하신다는 편지를 주셔서 그야말로 내 정신이 아니었단다. 더욱이 뱃삯까지 보내 주셨으니 세상에 이렇게 고마울 데가 어디 있겠느냐.

이 엄마는 아직도 믿을 수가 없구나."

"오싱, 너의 어머니께서도 퍽 만족하신 모양이니 참 다행이다."

구니와 후지는 마치 이 혼담을 다 성사된 것처럼 기뻐하는 반면, 오싱은 무거운 것이 가슴을 짓누르는 것 같은 압박감에 숨이 막혀 왔다.

"오싱, 하늘같이 높으신 마님의 은혜를 어떻게 갚아야 하느냐. 넌 정말 복동이로구나."

후지는 감격을 억제하지 못해 눈물을 흘리기까지 했다. 그러나 어머니의 감격과는 너무도 대조적으로 오싱의 가슴은 얼어붙는 것만 같았다. 고우타와 헤어진 직후 그의 넓고 포근한 가슴에, 난생 처음 이성의 품에 안겨 본 짜릿한 경험의 여운이 채 가시기도 전에 딴 남자와의 혼담을 확정지으려는 듯한 어머니의 내방은 열여섯 살 오싱의 여린 가슴에 못을 박는 것만 같았다.

그날 밤 후지는 오싱과 단둘이 잠자리에 들었다.

"오싱, 너 어려서부터 유난히 고생만 하더니 이제 정말 복 받았구나. 이렇게 좋은 방에서 재워 주시다니. 오늘 밤 이 엄마는 마치 천상에라도 오른 기분이다."

오싱은 어린애처럼 좋아하는 어머니의 표정을 보는 것이 즐거웠지만 혼담 문제만 생각하면 가슴이 터질 듯했다.

"집안 식구들은 모두들 잘 지내시나요?"

"오냐, 걱정 말아라. 원래는 아버지가 오셔야 하는 건데 지금 모내기 준비가 한창이라서 엄마가 왔단다."

"작년에도 병충해 때문에 수확이 형편없었는데 올해는 제발 풍년이 들었으면 좋겠어요."

"하루빨리 네가 그런 걱정일랑 하지 않고 네 일에나 전념하도록 형편이 좋아져야 하는데…… 걱정을 덜어 주는 건 고사하고 맨날 너한테만 의지하고 있으니 아무리 부모 자식간이지만 너한테 면목이 없구나."

"엄마도 별말씀을 다 하시네요. 그런 신경은 쓰지 마세요. 제가 이 댁에 있는 동안은 돈 쓸 일이 없잖아요."

"하지만 시집을 가고 나면 더 이상 너에게 의지할 수는 없는 노릇이 아니냐. 그래서 사실 네 아버지는 이번 혼인을 달갑게 여기지 않는단다. 그러나 난 어떤 고생이 있어도 그저 네가 좋은 댁에 시집가서 행복하게 살 수만 있다면 더 이상 바랄 것이 없겠다."

"그렇지만 하루 언니랑 미쓰 언니가 아직 시집갈 생각도 않는데 어떻게 내가 먼저 시집을 가겠어요."

"그런 건 상관 말아라. 사쿠라기상이라는 사람, 주식하고 쌀장사로 엄청나게 돈을 벌었다며? 신랑 될 사람이랑 부모들까지 너를 그렇게 탐내고 있다니 이보다 좋은 혼처가 어디 또 있겠느냐."

"그렇지만……"

오싱은 어머니의 손을 붙잡고서 차분한 음성으로 조심스럽게 말했다.

"엄마, 나 지금 시집가기 싫어요. 집안 형편이 이렇게 어려운데 혼자만 편하겠다고 훌쩍 가버릴 순 없어요. 제가 돈을 보내지 않으면 우리 집 사정은 갈수록 어려워져요. 그러니까 아직 시집 못 보내겠다고 거절하세요."

뜻밖의 말에 후지는 가슴이 덜컥 내려앉는 듯했다.

"너 지금 무슨 소리냐? 나이는 좀 들었지만 네 아버지 육신 멀쩡하고 쇼지도 이젠 완전히 한몫을 하니 들일은 부자간에 충분히 할 수 있다. 하루와 미쓰도 월급 받는 대로 부쳐 오고 동생 둘도 더부살이 나갔으니 식구라야 세 식구뿐이 아니냐. 네가 시집간다고 해서 꾸려 나가지 못할 이유가 조금도 없다. 엄마도 다시 일하러 나서기로 했다."

"집안 살림은 누가 하고요? 남자들뿐이잖아요."

"이가 없으면 잇몸이다. 어쩌겠느냐, 흉년이 든 해에 빌린 장려쌀 이자를 아직도 못 갚고 있지, 게다가 물건값은 날이 새면 오르기만 하지. 그래서 우리 형편을 잘 아시는 큰방마님이 엄마더러 사카다에서 일을 하게끔 주선해 주셨단다."

"무슨 일을 하실 건데요?"

"응, 창고에서 나루터까지 쌀가마를 나르는 일이란다. 아직은 나도 쌀 한 가마니쯤은 거뜬히 옮길 수 있어."

"그만둬요, 엄마. 그거 보세요. 엄마가 남자도 힘든 그런 일을 하는데 내가 어떻게 시집을 가겠어요? 엄마, 제발 부탁이에요. 내 혼담은 없었던 것으로 해 주세요."

땅이 꺼져라 한숨을 내쉬고 나서 후지는 오싱의 머리를 쓰다듬으며 다정한 목소리로 물었다.

"그렇다면 애초에 거절을 했으면 좋았을걸 그랬다. 이제 와서 그런 얘길 꺼내기가 여간 거북하지 않구나."

"엄마, 죄송해요."

"너 혹시 좋아하는 남자라도 생긴 것 아니냐?"

"………"

오싱의 무거운 침묵이 후지의 들뜬 기분에 찬물을 끼얹은 셈이 되고 말았다.

"너 분명하게 얘기 좀 해라. 어서! 이 엄마에게 숨길 필요는 없지 않니."

그러나 오싱의 굳게 다문 입은 열리지 않았다.

후지는 오싱에게 알고 지내는 남자가 있다고 확신했다. 그것은 어머니와 딸 사이가 아니고는 어떠한 물리적 작용으로도 불가능한 육감이었다.

"오싱, 말해 다오. 어떤 사람이냐? 이미 혼인 약속까지 한 사이냐? 말 좀 해 봐. 혼인 약속은 안 했더라도 함께 살 작정이냐?"

"모르겠어요, 엄마. 용서해 줘요. 뭐가 뭔지 모르겠지만 누군가를 기다리겠다고 약속은 했어요."

후지는 입이 얼어붙은 듯 심각한 표정으로, 딸의 격렬한 몸부림이나 다름없는 한마디 말을 기다렸다.

"엄마, 정말 부끄러워요. 죄송하구요. 엄마나 큰방마님께 큰 죄를 지은 것만 같아서 도저히 제 입으로는 이제 와서 혼인 못하겠다는 말을 못할 것 같아요."

잠시 침묵이 흘렀다. 후지의 얼굴에 안도의 빛이 아련하게 떠오르는 듯했다.

"오싱, 걱정 말아라. 엄마도 생각이 있으니 딴 걱정일랑 하지 말고 내일 당장 그 사람을 만나게 해 다오. 만나게 해 주는 거지?"

애절한 어머니의 질문에도 오싱은 고개를 가로저을 수밖에 없었다.

"사카다에 있는 사람이 아니에요."

"사카다에는 없다고? 그럼 어디 가야 만날 수 있느냐? 당장 달려가서 만나 보고 싶구나."

"어디 있는지 알 수가 없어요."

"이런 바보 같으니."

"엄마, 용서해 주세요. 부탁이에요."

"안돼!"

후지의 두 눈에 슬픔과 분노가 뒤범벅되었다.

"엄마, 제가 이렇게까지 막무가내로 엄마에게 매달려 본 적이 없었을 거예요. 언제까지라도 그 사람을 기다리고 싶어요."

"안된다!"

어머니 반응은 너무나도 단호했다.

"내일 당장 큰방마님께 아뢰겠다. 무조건 이 혼담은 성사되어야 한다! 더 이상 망설일 것 없다!"

"엄마, 제발……"

"이 바보야, 모두 널 위해서야."

"그렇지만 아주 좋은 사람이란 말예요."

"듣기 싫다! 아직 머리에 피도 안 마른 열여섯짜리가 사람을 볼 줄 알면 얼마나 안다고 그러느냐?"

"그래도……"

"철없는 소리 좀 그만해라. 너 일곱 살 때부터 가난한 설움을 뼈에 사무치도록 겪지 않았느냐. 큰방마님이나 엄마 말만 들으면 절대 후회하지 않는다."

후지는 잠시 말을 끊은 뒤 다시 온화한 표정으로 달랬다.

"오싱, 여자라면 누구나 시집가기 전에 한두 번쯤은 지금의 너처럼 고민에 빠지게 된단다. 이는 결코 너만의 고민이 아니야. 마치 홍역을 앓듯 한바탕 앓고 나서 결국은 시집을 가게 되고, 또 시집을 가면 언제 그런 일이 있었느냐 싶게 까맣게 잊고 산단다. 그게 여자의 길이야."

이렇듯 간절한 어머니의 소망 앞에서 오싱은 더 이상 고집을 부리지도 못한 채, 그렇다고 승복하지도 못하는 기로에 서고 말았다.

딸의 침묵을 승낙한 걸로 지레짐작을 한 후지는 다소 마음을 놓는 것 같았다.

"엄마가 빨리 집에 다녀오마. 잘됐지 뭐냐. 너 시집가더라도 엄마가 이렇게 가까이 있게 됐으니 자주 만날 수도 있고…… 시집살이란 으레 괴롭기 마련인데 네 하소연은 밤을 새면서라도 들어주마."

오싱은 와락 어머니 품에 매달렸다. 그렇다. 엄마 말을 들어야 한다. 누가 뭐래도 나를 가장 위해 주는 사람은 엄마이니까. 이럴 줄 알았으면 좀 더 일찍 고우타를 만났어야 하는 건데…… 그랬더라면 아무리 혼처가 생기더라도 한마디로 거절을 했을 텐데…… 얼마나 떳떳했겠는가.

이제 와서 큰방마님과 어머니의 강력한 주장을 도저히 물리칠 용기가 나지 않는 오싱은 모든 걸 숙명으로 돌리고 순응해야겠다는 다짐을 했다. 그러면서도 마음 한구석에서는 내일 당장이라도 고우타가 나타나서 데려가 주었으면 하는 마음이 간절했다.

애절한 오싱의 환상과는 아랑곳없이 혼담은 척척 진행되어 한 달도 못되어 양가에서는 혼인하기로 결정을 보았다.

1916년 6월 20일.

사쿠라기가의 중매인이 사주단자를 갖고 와서 전달하는 의식이 거행되었다.

오싱은 사주단자를 받는 순간까지도 고우타에 대한 환상을 떨쳐 버리지 못해 속으로는 안절부절못했다.
 더욱이 이 중요한 날에 어머니가 참석 못하는 것이 오싱에게는 감당하기 힘든 서러움이었다. 가가야에서 모든 혼담을 위임받은 터이므로 굳이 오싱의 부모가 참석할 필요는 없었던 것이다.

갈등

 가가야의 거실에 마련된 사주단자 앞에는 큰방마님 구니를 비롯한 모든 식구가 둘러앉아 오싱의 정혼을 축하하는 음식상을 차려놓고 담소를 나누고 있었다.

 기요타로가 오싱에게 축하의 말을 했다.

 "오싱, 축하한다. 이제 사주까지 받았으니 다 된 일이구나. 참 잘됐다."

 그의 처 미노도 한마디 거들었다.

 "가을에는 식을 올릴 테니 그때까지 장사하는 요령이나 잘 익혀 둬라."

 며느리의 말에 구니도 한마디 했다.

 "그렇고 말고. 요즈음은 옛날과는 다르다. 여자라고 해서 집안에 틀어박혀 있기만 할 때는 지났다. 남자에게 지지 않을 만큼 경험을 쌓아야 점포라도 한둘쯤은 꾸려 나갈 수 있다."

"오싱처럼 일 잘하고 예쁘고 얌전한 아이도 흔치 않으니 사쿠라기상네가 정말 며느리 잘 얻어 간다."

기분 좋게 술을 마시던 기요타로의 말을 가요가 대뜸 가로챘다.

"오싱, 너 정말 시집가는 거야? 좋아하지도 않는 사람과 어떻게 살아?"

"너 또 무슨 말버릇이냐?"

아버지의 꾸지람도 아랑곳하지 않고 가요는 계속 열을 올렸다.

"난 죽어도 그런 식으로 시집가지는 않아요. 시시하게 그게 뭐예요. 일생을 같이할 남자라면 우선 맘에 들어야 해요. 마음이 통하지 않는 남자와 평생 지낸다는 건 악몽 같은 생활이에요."

"너 조용하지 못하겠느냐? 오늘처럼 기쁜 날 무슨 쓸데없는 소리냐?"

"내 말이 틀렸어요? 자신의 감정이 무시된 혼사란 물건이 왔다갔다하는 거나 조금도 다를 게 없잖아요?"

"너 요즘 유행하는 신여성이니 어쩌니 하는 병에 단단히 걸렸구나. 여자란 부모가 시키는 대로만 하면 틀림없다. 누구보다도 딸자식 위하는 사람은 부모란다."

"아무리 부모라지만 자식이 자기 소유라고 생각하시면 안 돼요. 딸도 엄연히 독립된 인간이에요. 부모의 인형이 아니란 말이에요."

부녀간의 대화를 듣고만 있던 구니가 참다 못해 끼어들었다.

"가요, 다시 한번 말해 두겠다만 넌 가가야의 후계자다. 너에겐 가가야를 지켜 나가야 할 의무가 있어. 네가 그림 공부를 하겠다는 건 반대하지 않겠다. 딴마음 먹지 말고 오싱이 식을 올리는 가을에는 너도 혼인할 각오를 하거라. 이미 신랑감도 봐 두었다."

할머니의 이 말에 가요는 충격을 받은 듯 젓가락을 내동댕이치고 벌떡 일어섰다.

"할머니, 사요도 가가야의 훌륭한 후계자가 될 수 있어요. 큰딸이라고 해서 원하지도 않는 큰 짐을 지우려들지 마세요!"

가요는 휑하니 밖으로 나가 버렸다.

"이제 저 애를 단단히 다루어야 할 때인 것 같다. 가만뒀다가는 무슨 엉뚱한 일을 저지를지 모르겠구나."

기요타로와 미노는 정말 암담한 기분이었다. 같은 동갑인데 오싱은 얌전하고 순진한 데 비해 가요는 너무도 제멋대로인 것이 아무래도 부모의 책임인 것 같아 어머니 앞에 고개를 제대로 들지 못하는 것이다.

분위기가 갑자기 이상해지자 오싱도 공연히 자기 때문인 것 같아 우울했다. 가요의 극성 때문에 오싱의 정혼을 축하하는 조촐한 자리는 서먹한 분위기로 끝이 났다.

방에서 그림을 그리고 있던 가요는 그림이 제대로 되지 않는지 정성 들여 그리던 화폭에 붓으로 찍찍 긋고는 신경질적으로 거실로 갔다.

거실의 탁자 위에는 얌전하게 편지 한 통이 놓여 있었다. 무심코 편지를 집어든 가요는 앞뒤를 살펴보다가 고개를 갸웃거렸다. 받는 사람은 오싱으로 되어 있었으나 발신인이 적혀 있지 않았다.

이상한 예감이 가요의 머리를 스쳤다. 가요는 얼른 자기 방으로 들어가서 조심스럽게 편지 겉봉을 뜯었다. 편지를 읽어 내려가던 가요의 얼굴빛이 순간 백짓장처럼 하얗게 되었다.

잘 있으리라고 믿습니다. 그동안 북부 지방의 곳곳을 순회하였는데 도쿄에 갈 일이 생겨서 가는 길에 잠시 사카다에 들를까 합니다.

6월 20일 오후 3시, 예전의 그 해안에서 기다리겠습니다.

나는 이렇게 편지를 쓸 수 있지만 내 거처가 일정치 않아 오싱상의 편지를 받지 못하는 게 안타까울 따름입니다.

요즈음은 오싱상을 생각하며 하루하루 보내는 것이 중요한 일과처럼 되어 버렸습니다. 꼭 나와 주시리라 믿습니다.

고우타 씀.

가요는 치밀어 오르는 분노를 참지 못하여 들고 있던 편지를 갈기갈기 찢어 버렸다.

"이럴 수가……"

걷잡을 수 없는 질투와 배신감을 주체하지 못하여 흥분된 가요의 눈이 벽에 걸린 달력에 멈췄다. 바로 오늘이 만나기로 약속한 6월 20일이었다.

가요는 옷장을 열더니 서둘러 외출복으로 갈아입었다. 그리고 여행용 가방을 꺼내어 주섬주섬 옷가지들을 꺼내 담았다.

이때 잠깐 밖에 나갔던 오싱이 집안으로 들어왔고, 가요의 날카로운 목소리가 들렸다.

"오싱, 나 좀 봐."

가요의 방으로 불려 들어간 오싱은 죄인처럼 가요 앞에 앉았다.

"난 정말 우리 부모보다도 오싱 너를 더 믿어 왔어. 그런데 그동안 고우타상과 만나고 편지를 하고, 그러면서도 시치미 뚝 떼고…… 세상에, 어떻게 이럴 수가 있지? 이렇게 사람을 배신해도 되는 거야?"

"가요 아가씨, 전 다만……"

서슬이 시퍼런 가요의 비난 앞에서 오싱은 할 말을 찾지 못했다.

"오싱, 너 분명히 들어 둬. 너와는 지금 이 순간부터 인연을 끊겠어. 절교야. 이제부터 너와 나는 아무 상관도 없는 남남이니까 그런 줄 알아."

"아가씨……"

"네 얼굴도 보고 싶지 않았지만 이 얘기만은 분명히 해 두려고 널 불렀으니까 그런 줄 알아."

가요는 오싱에게 단 한마디 변명할 여유조차 주지 않은 채 찬바람이 일도록 휙 돌아서서 뒷문으로 나가 버렸다. 그녀는 이미 집을 나갈 작정을 하고 가방까지 챙겨서 뒤뜰에 감추어 둔 것이다.

그 길로 가요는 고우타를 만나기 위해 해안으로 갔다.

애가 타도록 오싱이 나타나기만을 기다리던 고우타는 뜻밖에도 오싱 대신 가요가 나타나자 노골적으로 못마땅한 표정을 지으며 그냥 돌아서 가려고 했다. 그러자 가요가 고우타를 붙들어 세워 놓고 말문을 열었다.

"오싱은 오늘 이 자리에 안 나와요. 곧 시집을 가게 됐어요. 오늘 사주단자를 받았어요. 사쿠라기라고 사카다에서는 알아주는 부자예요. 오싱은 가난에 진저리가 난 아이예요. 그 애의 부모도 대환영이지요. 그게 오싱으로서는 가장 행복한 길일 거예요. 어떤 사람이라도 자기의 갈 길은 따로 있어요."

고우타는 가요의 말에 충격을 받은 듯했다.

"저 도쿄에 갈 거예요. 고우타상이 데리고 가 주세요."

고우타는 아무 말도 하지 않은 채 묵묵히 걸음을 옮기기 시작했고, 가요도 바싹 옆에 붙어서 함께 걸었다. 그녀의 손에는 달랑 가방 하나가 들려 있었다.

해질녘 가가야는 손님 맞을 준비로 들떠 있었다. 가요의 신랑감이 오기로 된 날이다.

미노가 밖에 나갔다 들어오더니 저녁 준비로 부산하게 움직이는 오싱에게 말했다.

"아까 너에게 편지가 왔길래 거실의 탁자 위에 놔두었다."

"고맙습니다."

오싱은 자기도 모르게 얼굴을 붉히며 고개를 숙였다.

"너는 매사에 신중하니까 신경 쓰진 않겠다만 발신인 없는 편지를 보니까 왠지 마음에 걸리더구나. 누구한테서 오는 편지냐?"

"시골 친구예요."

엉겁결에 둘러대 놓고도 오싱은 가슴이 조마조마해서 숨이 막힐 것만 같았다.

기대와 가벼운 흥분에 들떠 있는 오싱은 바삐 거실로 가서 편지를 찾았으나 아무리 보아도 편지는 눈에 띄지 않았다.

오싱은 이때야 비로소 가요의 격앙된 행동이 고우타로부터 온 편지를 뜯어 보았기 때문이라고 짐작했다. 이번 편지에는 무엇이라고 썼을까? 오싱은 왠지 모든 것이 와르르 무너져 내리는 것 같은 예감이 들어 부르르 몸을 떨었다.

오싱은 견딜 수가 없어서 부랴부랴 밖으로 뛰어나가 곧장 고우타가 묵었던 여관으로 갔다. 혹시 고우타가 그 여관에 묵고 있을지도 모른다는 생각에서였다. 그러나 고우타는 여관에 나타나지 않았고, 아무런 기별도 없었다는 얘기를 주인 여자로부터 확인한 오싱은 그 길로 해안으로 달려갔다.

인적이라곤 전혀 없는 해안은 유난히 썰렁해 보였다. 개펄가에 있는 못 쓰게 된 낡은 배의 뒤켠에서 금방이라도 고우타가 나타날 것만 같은 환상에 오싱은 몇 차례나 현기증을 느껴야만 했다.

자기 앞으로 온 편지를 뜯어 본 가요가 돌아오지 않은 것을 보면 고우타가 꼭 사카다에 왔다가 가요를 만났을 것만 같은 예감이 들었다. 오싱은 참담한 기분으로 한참을 해안에서 서성거리다가 하는 수 없이 가가야로 돌아왔다.

가가야는 발칵 뒤집혀 있었다. 신랑 될 사람이 올 시간이 되었는데 가요가 나타나지 않는 것이다.

오싱은 돌아오자마자 미노에게 불려갔다.

"볼일이 있어서 여쭙지도 않고 잠깐 나갔다 왔습니다. 죄송합니다."

미노는 이렇다 저렇다 말이 없이 불쑥 편지 한 장을 내밀었다.

"이걸 읽어 봐라."

생각하는 바가 있어서 집을 나갑니다. 찾을 생각은 마십시오. 결혼할 생각도, 가가야의 후계자가 될 생각도 전혀 없습니다. 모든 것을 제 힘으로 스스로 해결하겠습니다.

아버지, 어머니, 할머니, 안녕히 계십시오.

가요.

오싱의 얼굴에서 완전히 핏기가 사라졌다.

"뭐 짚이는 거라도 없느냐? 가요가 너한테만은 숨기는 일이 없는 줄로 알고 있다."

오싱은 고개를 숙인 채 가로저었다.

"너 지금 빨리 정거장에 나가 봐라. 집을 나간 시간으로 봐서 벌써 사카다를 떠났겠지만 어디로 갔는지라도 알아야겠다."

오싱은 그 길로 사카다의 정거장으로 달려가서 개찰구의 역원을 붙들고 가요의 행방을 물어보았다.

"가가야의 따님이 아까 우에노행 기차표를 샀소. 볼일이 있어서 다녀오겠다고 하더군요."

"기차는 벌써 떠났겠죠?"

"우에노 직행은 아니었지만 상행이 있어서 그걸 탔지요."

"우리 아가씨 혼자였나요? 일행으로 보이는 사람이 누구 없었나요?"

"글쎄 일행인지 아닌지는 몰라도 웬 젊은 남자가 우에노행 차표를 산 일은 있지요."

"같은 기차를 탔나요?"

"맞아, 같은 기차요. 도쿄행 손님은 그리 많지 않아서 기억할 수 있소."

불길한 예감은 차츰 맞아 들어가고 있다. 우에노까지 차표를 샀다는 젊은이는 고우타가 분명할 것이다. 그렇다면 가요는 집을 나와 고우타를 따라갔음이 더욱 분명해진 것이다.

달리는 열차 안에서 가요와 고우타는 마주 앉아 있었다.

아까부터 가요는 뭔가 계속 지껄이고 있는 반면 고우타는 굳게 입을 다문 채 창밖으로 시선을 던질 뿐이었다.

"오싱에게는 오싱의 인생이 따로 있는 거예요. 사람이란 누구나 행복해지고 싶잖아요? 오싱은 어렸을 때부터 가난에 넌더리가 났으니까 돈 많은 집 아들에게 시집간다고 해서 비난할 수는 없어요."

고우타의 시선은 여전히 바깥 풍경에만 고정되어 있었다.

"난 가난 같은 거 두렵지 않아요. 나 자신에게 충실하면 그만이에요. 그렇기 때문에 모든 걸 버리고 따라나선 거예요."

고우타는 여전히 입을 굳게 다물고만 있었다. 상대방 말을 듣는지 안 듣는지조차 알 수 없을 만큼 무표정했지만 가요는 그런 건 아무래도 좋다는 듯이 앞으로 도쿄에서의 생활에 대하여 계획을 얘기했다.

"여학교 친구의 언니되는 분이 도쿄에서 피아노를 배우고 있어요. 그 언니에게 하숙을 찾아 달라고 부탁하면 될 거예요. 그리고 나도 일을 하겠어요. 도쿄에는 여자가 할 일도 얼마든지 있대요. 당분간 쓸 돈은 내가 준비한 게 있어요. 그러니까 내 걱정은 하지 마세요. 다만 고우타상이 내 곁에 있다는 것만 믿고 가출할 결심을 한 것이니 그 점만은 잊지 말아주세요."

고우타는 끝내 입을 열지 않았다. 우연인지 필연인지 뜻밖에도 반강제로 가요와 함께 도쿄로 가고 있기는 하지만, 지금 눈앞의 여자가 가요가 아니고 오싱이면 얼마나 좋을까 하는 상념에 깊게 빠져 있다는 사실을 가요가 모를 리 없었다.

오싱이 사카다 역에서 한참을 서성거리다가 허탈해진 기분으로 가가야에 돌아와 보니 큰방마님을 비롯한 모든 식구들은 넋이 나간 듯 초상집 같은 침통함에 빠져 있었다. 신랑 될 사람의 집에 구니가 가까스로 연락을 취해 다음 날로 연기를 해 놓았으나 이게 무슨 망신이냐며 모두가 한숨만 내쉬고 있었다.

갈등 159

도쿄로 갔으리라는 오싱의 말에 구니는 가요가 돈을 얼마나 가지고 있었는가부터 물었다.

그림을 그리려면 물감이다 뭐다 해서 돈이 많이 든다고 해서 별생각 없이 여유 있게 주었는데, 그걸 모아 두었다가 여비로 쓸 심산이었던 것 같다는 며느리의 대답에 구니는 다소 안심하는 것 같았다.

"너무 상심들 하지 마라. 그 애는 고생을 모르고 큰 탓에 돈이 떨어지면 제 발로 걸어 들어올 것이다."

이어서 구니는 오싱에게 넌지시 물었다.

"가요에게 사귀는 남자가 있었느냐?"

오싱은 잠시 머뭇거리다가 대답했다.

"아가씨로부터 그런 얘기는 전혀 듣지 못했습니다."

"남자하고 같이 가지만 않았다면 크게 걱정할 것 없다. 곧 돌아올 거다."

"그 철딱서니 없는 것이 객지에 나가 어떻게 지낼지……"

미노가 눈물을 흘리며 탄식을 했다.

"오히려 전화위복으로 삼아라. 새 시대니, 신여성이니 하고 허황된 꿈에 부풀어 건방진 소리나 하고 다녔지만, 부모 품을 떠나 객지에서 배고픈 설움이라도 겪다 보면 늦게나마 철이 들지도 모른다."

기요타로 부부는 어머니의 말이 전혀 틀린 것은 아니라고 생각하면서도 노심초사하여 어찌할 바를 몰랐다.

오싱의 심정은 더욱 착잡했다. 가요의 부모들은 모르고 있는 사실을 알고 있기에 더욱 괴로운 것이다.

당장이라도 가가야를 떠나 버리고 싶은 게 오싱의 솔직한 심정이었다. 행여 고우타에게서 무슨 기별이 있지 않을까 하여 애를 태우며 기다렸지만 열흘이 지나도록 고우타는 물론 가요에게서도 아무런 소식이 없었다.

그로부터 며칠 후 오싱은 점포에서 구니 곁에 앉아 주판알을 튕기고 있었다. 그때 전화벨이 울렸다.

"여보세요, 가가야입니다. 네, 잠깐 기다리세요. 바꿔 드리겠습니다."

먼저 수화기를 든 기요타로가 실망의 빛을 감추지 못하며 어머니에게 수화기를 넘겼다.

"사쿠라기상입니다. 받으세요."

오싱도 행여나 하고 기대를 했다가 맥이 빠져 버렸다.

수화기를 받아든 구니는 한동안 상대방 얘기를 듣기만 하더니,

"그럼 오싱을 보내도록 하겠습니다. 잘 부탁합니다."

하고 전화를 끊었다.

"오싱, 사쿠라기 댁에서 창포놀이를 한단다. 정원 자랑도, 연못 자랑도 하고 싶은 게지. 사카다의 유명 인사를 많이 부른다며 오싱이 도와주었으면 하고 전화를 했구나. 도와 달라는 건 구실일 뿐이고 사실은 손님들에게 오싱을 며느리감으

갈등 161

로 소개하고 싶은 게야."

오싱은 몹시 당황하였다.

"그렇지만, 제가 어떻게……"

"사주도 받았고 하니 거절하기가 어렵잖느냐."

"마님, 그렇지만 가요 아가씨 일도 있고 한데……"

"가요 얘기는 우리 식구 이외에는 아무도 모르니 거절할 이유가 못된다. 또 가요 일과 너의 일은 전혀 별개다. 아무쪼록 점잖은 분들이 모인 자리인 만큼 몸가짐 조심하고 정성껏 솜씨를 발휘하여 칭찬 듣도록 잘하거라."

이제 더 이상 거절할 수가 없었다. 전혀 내키지 않은 일이지만 큰방마님의 기대를 저버릴 수는 없는 노릇이었다.

제2의 가출

　손질이 잘된 사쿠라기가의 넓은 정원에는 창포꽃이 탐스럽게 만개해 있었다.
　정해진 시간에 맞추어 손님들이 속속 도착하자 만면에 웃음을 띤 사쿠라기 부부는 손님들에게 연신 허리를 굽혀 인사를 했다.
　곱게 차려입은 오싱은 부엌에서 바비큐 요리를 하랴 정원에서는 차를 끓이랴 정신없이 바빴다.
　사쿠라기는 며느리 될 오싱을 자랑하고 싶어 꽤 조급한 것 같았다. 온 얼굴에 웃음을 띠고 으쓱하며 손님들에게 말했다.
　"손님 여러분, 다들 모이시기 전에 우선 차라도 한잔씩 하시지요."

여자 손님 중 하나가 사쿠라기의 비위를 맞추기라도 하듯이 오싱을 눈여겨보며 맞장구를 쳤다.

"어마! 아주 대단한 솜씨군요."

사쿠라기 부인이 얼른 말을 받았다.

"이 아이가 저의 둘째 며느리가 될 오싱입니다."

오싱은 보일 듯 말 듯 엷게 미소를 머금은 채 다소곳이 머리를 숙였다.

"오호! 이 댁 둘째 아드님이 홀딱 반했다는 가가야의 오싱이군요?"

"네, 바로 그렇습니다."

"역시 이 댁 내외분께서는 눈이 높으시군요. 예의범절이 몸에 배어 있고 음식 솜씨 훌륭하겠다, 대가의 규수에 비해 조금도 손색이 없군요. 더욱이 어려서 고생을 많이 했다니 세상 물정도 밝을 테고요."

여러 사람들의 칭찬과 평판을 못 들은 척하고 오싱은 묵묵히 까다로운 법도에 맞추어 정성스럽게 차를 끓였다.

잠시 후 손님들이 방으로 안내되어 떠들썩하게 얘기를 나누며 음식을 들고 있는 가운데 오싱은 정원에서 차 도구 등을 챙기고 있었다.

이때 사쿠라기의 둘째 아들 도쿠오가 오싱의 곁으로 다가왔다.

"오싱상, 그런 일은 일꾼들에게 맡기고 들어가서 손님들께 술 한잔씩 따라 드려."

"네, 곧 가겠어요."

도쿠오의 시선을 피하며 오싱은 서둘러 차 도구를 챙겼다. 그때 도쿠오가 재빠르게 오싱의 손을 잡았고 오싱은 깜짝 놀라 손을 빼냈다.

"그렇게 부끄러워할 게 뭐야? 우리들은 이제 부부나 다름없는데."

도쿠오는 와락 오싱을 껴안았다.

"그만두세요, 이러시면 안돼요."

"오싱, 이젠 내 아내야. 귀여워해 주고 싶어."

도쿠오는 막무가내로 오싱을 껴안은 채 나무 그늘 쪽으로 들어가려고 했다.

오싱은 안간힘을 다하여 그의 품속에서 빠져나오려고 버둥거렸지만 사내의 완력에는 당할 수가 없었다.

"비키세요, 누가 봐요."

"괜찮아, 볼 사람 없어."

거나하게 술기운이 오른 도쿠오는 오싱이 버둥거릴수록 더욱 흥분이 고조되는 듯했다.

도쿠오가 좀 더 노골적으로 포옹하고자 약간 팔의 힘을 빼는 순간 오싱은 있는 힘을 다해 도쿠오를 밀쳐 버렸다. 뜻밖의 공격에 도쿠오는 몇 발짝 뒷걸음치더니 그만 연못에 빠져 버리고 말았다.

이렇게까지 되리라고는 상상도 못했던 오싱은 당황하기도 하고 놀라기도 했으나 물에 빠진 사람을 건질 생각조차 못한 채 뒷문으로 도망쳐 버렸다.

"오싱, 오싱, 이럴 수가……"

물속에서 허우적거리며 짧게 소리치는 도쿠오의 다급한 음성이 오싱의 귀에 쟁쟁하게 들리는 듯했다.

오싱은 단숨에 달음질쳐서 어머니가 일하는 쌀 창고 앞까지 왔다. 지금 이 기분으로는 도저히 가가야로 들어가 큰방마님 앞에 나설 용기가 나지 않았다. 다른 여자 일꾼들과 함께 쌀을 나르던 후지가 창고 한모퉁이에 서 있는 오싱을 발견하고는 깜짝 놀랐다.

"아니, 오싱…… 너 왜 거기 있느냐?"

갑자기 긴장이 풀리고 설움이 복받쳤는지 오싱은 어머니를 보자마자 와락 울음을 터뜨렸다.

"오싱, 무슨 일이냐?"

"아무것도 아니에요. 그냥 엄마가 보고 싶어서……"

후지는 무언가 심상치 않은 일이 있으리라 생각했지만 오싱이 끝내 말을 하지 않으므로 더 이상 캐묻지 않았다.

모녀는 한동안 이런저런 얘기만 나누다가 헤어졌다.

불안과 허탈한 기분으로 타닥타닥 가가야로 돌아온 오싱은 대문을 들어서자마자 큰방마님 구니에게 불려갔다.

"다녀왔습니다."

인사를 받을 생각도 하지 않고 구니는 다짜고짜로 다그쳤다.

"너 도대체 어쩔 작정이냐? 세상에 이런 망신이 어디 있단 말이냐. 남편 될 사람에게 그게 무슨 짓이냐. 혼담을 깨자며 화가 머리끝까지 나서 전화가 왔더구나."

오싱은 벙어리 냉가슴 앓듯 아무런 대꾸도 하지 않았다.

"좌우간 지금 당장 잘못을 사과하러 가자. 나도 함께 가야겠다."

"마님, 전 사과하지 않겠어요."

오싱은 작지만 또렷한 목소리로 힘주어 말했다.

"너 무슨 당돌한 소리냐? 사쿠라기댁과는 이미 사주가 오간 사이야. 사쿠라기상은 이제 부부나 다름없다는 생각으로 술기운도 있고 해서 그랬던 거야. 그만한 일로 오늘같이 좋은 날 그런 불상사를 저질렀으니 이 무슨 낭패냐."

"그렇지만……"

"넌 사과할 뜻이 없다지만 만일 이 혼담이 깨진다면 정말 후회하게 될 거다. 물론 어린 네가 처음 당해 본 일이라서 부끄럽기도 하고 당황해서 순간적으로 본의 아니게 그랬으리라는 점은 나도 이해한다. 또 그 댁 분들도 사과만 잘 하면 이해해 주실 거다."

오싱은 내친김에 망설이던 생각을 폭탄선언처럼 말해 버렸다.

"마님, 죄송합니다. 전 사쿠라기상한테 시집갈 마음이 없어요. 오늘 일은 오히려 잘된 것 같아요."

"뭐라고? 너 지금 무슨 소리냐? 이제 와서 왜 그러느냐? 그렇게 맘에 없었으면 처음부터 거절을 해야지 이제 와서 왜 그러느냐 말이다."

"죄송합니다. 절 아껴 주신 큰방마님이나 가가야의 체면에 먹칠을 하고 말았습니다."

"지금 그런 말을 할 때가 아니다. 어렸을 때부터 네가 총명하고 똑똑했기에 친자식 못지 않게 가르치고 키워 왔다. 나이가 찼으니 좋은 신랑 만나 좋은 집안으로 시집보내는 게 내 도리인 것 같고 너도 행복해지리라는 생각으로 애써서 찾은 혼처 아니냐. 그런데 일시적인 실수로 그렇게 혼담을 깨 버릴 순 없잖느냐. 모두가 너의 장래를 생각해서 하는 일이다."

오싱은 말문이 막혀 잠자코 울상을 짓고만 있고 구니도 답답해 못 견디겠다는 듯 설레설레 머리를 흔들며 푸념했다.

"너도 그렇고 가요도 그렇고 도무지 요즘 아이들 생각은 알 수가 없구나."

잠시 무거운 침묵이 흘렀다.

"마님, 그동안 정말 고마웠습니다. 저…… 이젠 이 댁을 나가겠습니다."

순간 구니의 눈썹이 꿈틀했다.

"오싱! 너 무슨 소리냐? 내가 여태 침이 마르도록 얘기했는데도 끝내 사쿠라기상한테 시집 안 가겠다는 얘기구나!"

구니는 잠시 사이를 두었다가 예리하게 캐물었다.

"너 좋아하는 남자가 있는 게로구나! 어떤 사람이냐? 사카다 사람이냐?"

열화같이 다그치는 구니의 서슬에도 오싱은 의외로 침착했다.

"더 이상 폐를 끼치고 싶지 않습니다. 저를 나가도록 승낙해 주십시오."

이번에는 구니가 할 말을 잃어버렸다.

"그동안 정말 친자식 이상으로 귀염받고 살았습니다. 아무것도 모르는 저를 이만큼 키우고 가르쳐 주신 은혜 평생 잊지 못할 것입니다. 아무런 보답도 못한 채 오히려 은혜를 원수로 갚는 짓이나 하고 떠나게 되어 정말 괴롭습니다. 하지만 뻔뻔스럽게 더 머무르는 것은 죽기보다도 괴로운 일이니 제발 허락해 주십시오."

"너 그 남자와 함께 살 거냐?"

"아닙니다, 결코……"

"너만은 믿었다. 가까이서 지켜보고 싶었는데……"

땅이 꺼질 듯이 무겁게 한숨을 내쉬는 구니 앞에서 오싱은 머리를 땅에 박고 엎드린 채 흐느껴 울기만 했다.

오싱의 인생에 또 하나의 큰 변화가 생기고 말았다. 집을 나간 가요가 고우타와 함께 살고 있다는 사실을 알면서도 오싱은 반드시 고우타로부터 소식이 오리라 믿고 있었다.

초조하고 지루한 기다림에 지치고 큰방마님과 어머니의 권유에 못 이겨 사쿠라기에게 시집가기로 마음을 굳혀 보기도 했지만 고우타를 만나기 전에는 어느 누구에게도 시집가서 살 수 없다고 여긴 것이다.

밤새 고민한 끝에 결심을 굳힌 오싱이 자기 방에서 짐을 꾸리고 있을 때 다마가 들어왔다.

"어머니가 오셔서 만나고 싶으시대요. 지금 뒤뜰에서 기다리세요. 빨리 가 보세요."

오싱은 하던 일을 멈추고 곧 뒤뜰로 갔다. 후지는 오싱을 보자 근심스런 얼굴빛으로 말했다.

"큰방마님이 와 달라고 하셔서 왔다. 대강 얘기는 들었다. 어제 낮에 넌 아무 일도 아니라고 했지만 엄마도 짐작은 했었단다."

"큰방마님께 정말 배은망덕한 짓을 했어요."

"그렇게 죄를 진 것 같으면 다시 마음을 고쳐먹도록 해 봐라. 큰방마님이 엄마더러 마지막으로 한 번 더 타일러 보라고 그러시더라. 얼마나 고마우신 분이냐. 너도 그렇지, 들어온 복을 차 버리다니…… 그것도 그만한 일로 말이다."

"………"

"엄마는 오늘 처음 알았다만, 가요 아가씨가 집을 나갔다며? 참 담도 큰 아가씨지. 이런 판국에 너까지 그만두겠다니 큰방마님이 얼마나 서운하시겠냐. 그분의 은혜를 생각한다면 제발 다시 한번 생각해 봐라."

후지는 정말 간절하게 딸을 설득시키려고 했다.

"너한테 좋아하는 사람이 있다는 걸 알고 계시더라. 하지만 어디에 있는지조차 모르는 사내를 위해 일생을 바친다는 건 너무 어리석은 짓이다. 가난이라면 뼈에 사무치도록 겪어본 우리가 아니냐. 헛된 꿈일랑 잊어버려라. 이 문제는 네 일생을 결정하는 중대한 문제다."

어머니의 간절한 심정을 모르는 오싱이 아니었다.

"엄마, 나 그 사람과 함께 살 수 있으리란 생각은 단념한 지 오래예요."

"그런데 왜 사쿠라기상한테 시집가지 않겠다는 거냐?"

"어쨌든 다른 사람에게는 시집을 못 가겠어요. 어제 그 사실을 알았어요."

"오싱, 이 엄마는 정말 모르겠구나."

"지금까지는 저도 큰방마님이나 엄마처럼 시집을 가면 남편에게 안겨서 살겠거니 하고 당연하게 생각했어요. 그게 여자의 길이라고 말이에요. 그런데 어제 그 사람에게 손을 잡히자 소름이 끼칠 정도로 정이 떨어졌어요. 손끝조차 닿기 싫은 사람한테 어떻게 시집을 가겠어요? 참고 견디라고 하겠지만 죽어도 그렇게는 못 살겠어요. 그러니 어쩌면 좋지요?"

"오싱······"

"엄마, 그것만은 용서해 주세요."

"그 기분 충분히 알겠다. 여자란 말이다, 좋아하는 사람이 생기면 딴 남자에게는 손가락 하나 건드리지 못하게 하는 법이지. 어휴! 이게 다 그 정처 없이 떠돌아다니는 그 남자 때문이다! 어차피 결혼도 못할 처지이면서 참 죄 많은 사람이구나."

"나도 빨리 잊고 싶어요. 빨리 잊어버리지 않으면 안된다고 늘 생각하고 있어요. 그런데 그렇게 되질 않아요. 내가 생각해도 참 한심해요."

"너무 속상해 하지 말아라. 그런 마음을 가지고 맘에도 없는 시집을 간들 편하게 살 수 있겠느냐. 오히려 더 불행해질지도 모른다. 알겠다. 큰방마님께 네 심정을 잘 말씀드리마. 그러나 시집을 안 간다고 해서 굳이 가가야를 그만둘 필요는 없지 않느냐. 혼담은 혼담이고 가가야엔 더 머물러 있어야 하지 않겠니?"

"이 댁 어른들의 얼굴에 먹칠을 해 놓고 어떻게……"

"정 그렇다면 가요 아가씨가 돌아올 때까지만이라도 큰방마님 곁에 있도록 해라. 마님은 너와 헤어지기가 몹시 서운하신가 보다. 네가 좀 불편하더라도 이 댁 어른들의 은혜에 조금이라도 보답한다 생각하고 좀 눌러 있거라."

오싱은 굳은 결심을 하고 무겁게 입을 열었다.

"엄마, 사실은요…… 가요 아가씨가 내가 좋아한다는 그 남자와 도망을 간 거예요."

"뭐라고?"

"그 일만은 내가 죽는 한이 있어도 이 댁 어른들께 말씀드릴 수가 없어요. 그런데 그런 비밀을 간직한 채 어떻게 날마다 그분들을 대할 수 있겠어요. 아무리 섭섭하더라도 이제 가가야와 인연을 끊어야 해요. 가요 아가씨도 잊어버리겠어요. 내가 여기 눌러 있으면 그런 생각들을 지울 수가 없어요."

"그래, 얼마나 괴로웠겠니. 다 듣고 보니 네 심정이 이해는 간다. 그러나 집에 돌아간들 기다리고 있는 건 가난과 괴로움뿐일 텐데……"

"괜찮아요. 그런 일은 얼마든지 참고 견딜 수 있어요."

떠날 채비를 갖춘 오싱은 거실로 가서 모든 식구들에게 다소곳이 인사를 드렸다.

"정말 오랫동안 고마웠습니다."

기요타로가 맨 먼저 입을 열었다.

"여덟 살에 우리 집에 와서 열여섯이 되었으니 꼭 8년이구나. 그동안 정말 잘 해내었다. 그런데 이렇게 헤어지게 돼서 매우 섭섭하구나."

"큰방마님의 태산 같은 은혜를 저버리고 제가 철이 없는 탓에 혼사 문제로 소란을 피운 점을 어떻게 사죄해야 좋을지 모르겠습니다."

"언니도 없고 오싱까지 가면 난 너무 쓸쓸해지는데……"

사요가 오싱과 아버지를 번갈아 보며 말하자 미노가 쓸쓸하게 웃으며 말했다.

"너는 오싱이 다 기른 거야. 오싱의 은혜를 잊으면 안된다. 오싱, 집에 가면 무슨 일을 할 거니?"

"어디 또 일을 가야겠지요."

"이제 좀 큰 고생을 면하는가 했더니 좀처럼 고생이 끊이질 않는구나."

미노는 오싱의 앞길이 걱정되는지 몹시 마음 아파했다.

침묵만을 지키고 있던 구니가 비로소 조용히 말문을 열었다.

"이제 더 이상 붙잡지 않을 테니 홀가분하게 떠나도록 해라. 다른 아이들에 비해 열 배, 백 배 강인한 네가 이토록 고집을 부릴 때는 그만한 이유가 있을 게다. 네 나름대로 마음고생이 있었을 줄로 안다. 앞으로 어떤 생활을 하든 곤란한 일이 생기면 서슴지 말고 찾아오너라. 내 눈에 흙이 들어갈 때까지는 꼭 너를 돕고 싶다."

참고 참던 눈물이 주르륵 쏟아져서 오싱은 부끄러운 줄도 모르고 어깨를 들먹이며 흐느껴 울었다. 구니는 오싱의 어깨를 쓰다듬으며 준비해 두었던 돈 봉투를 내밀었다.

"적은 돈이지만 내 섭섭한 마음의 표시다."

눈물로 범벅이 된 얼굴을 들고 오싱은 두 손을 내저으며 울먹이는 소리로 말했다.

"아닙니다. 은혜를 원수로 갚은 제가 어떻게…… 못 받겠습니다."

"힘들여 일한 대가로 받은 월급을 다달이 한 푼도 축내지 않고 집으로 보낸 것을 내 다 알고 있다. 조금이라도 돈이 있어야 곤란한 일을 당했을 때 헤어날 수 있느니라. 수중에 돈이 없고 마음이 급하면 좋은 일자리를 구하기 더 힘들다. 일자리를 구할 때까지만이라도 마음에 여유를 갖도록 해라."

오싱으로서는 도저히 그 돈을 받을 수가 없었다. 그러나 기요타로와 미노 심지어는 사요까지도 어찌나 끈질기게 권하는지 오싱은 마지못해 봉투를 받았다.

"고맙습니다, 감사합니다. 큰방마님, 이 은혜를 어떻게 잊을 수 있겠습니까. 모두들 안녕히 계십시오."

오싱은 울음 반 인사말 반으로 말을 끝맺지도 못한 채 정든 가가야를 물러 나왔다.

구니와 미노는 오싱의 뒷모습을 바라보며 흐르는 눈물을 닦아 냈다.

"정말 착한 아이인데……"

오싱은 곧 어머니가 일하는 창고로 갔다.

"정말 떠나는구나."

"가까스로 엄마 옆에 있게 되었구나 싶었는데 다시 헤어져야 하는군요. 난 이제 다시는 사카다에 오지 않을 거예요. 사카다는 괴로운 곳이니까."

"잘 생각했다. 가요 아가씨도, 그 남자의 일도 빨리 잊어버리도록 해라. 그런데 집에 가더라도 네 아버지나 쇼지가 반가워하지 않을 거다. 내가 있었으면 감싸 주기라도 하련만."

"각오하고 있어요. 곧 일할 곳을 찾아야지요."

"정말 딱하구나. 일곱 살 때부터 더부살이를 하여 그동안 번 돈을 모조리 집에 보냈으면서도 이렇게 곤란한 사정이 생겨 잠시 집에 가게 되어도 마음이 편치 못하고, 식구들 눈치를 보게 되었으니……"

"엄마, 나 처음부터 다시 시작할게요. 열심히 일해서 꼭 엄마를 편안하게 해 드릴 거예요."

오싱은 애써 밝은 표정을 지으며 말했으나 딸의 앞날이 걱정된 후지의 얼굴에는 상심의 그늘이 깊게 드리워졌다.

괴로운 귀향

 사카다의 강가에 앉은 오싱은 흐르는 강물을 바라보며 70년 전과 조금도 변함이 없다고 생각했다.
 그때 뜻하지 않은 고우타와의 만남 이후 사카다를 떠날 때 그 강가에서 얼마나 발길이 떨어지지 않았던가.
 그러나 지금 오싱은 손자 게이와 나란히 그때의 아픔을 강물처럼 가슴속에 흘려 보내고 있었다.
 "그때 이 근처에서 배가 떠나 사이조가와를 거슬러 올라갔단다. 다시는 사카다에 오지 않을 것이라 생각하니 슬퍼지기도 하고…… 하여튼 온갖 생각들이 엇갈렸었지. 가가야에선 나를 정말 친자식처럼 위해 줬어. 내 일생 중 그때가 제일 행복한 때였단다."

눈을 가늘게 뜨고 먼 곳을 바라보는 할머니의 모습이 왠지 가련하게도 느껴졌으나 게이는 궁금증을 감추지 못하고 물어보았다.

"그럼 그 후에 다시는 사카다에 오지 않았어요?"

오싱은 게이의 말에는 대답하지 않고,

"지금 생각하면 어떻게 그렇게까지 외곬으로 빠질 수 있었나 싶다. 하지만 그게 다 열여섯의 젊음이었던 게야."

라며 쓴웃음을 지었다.

"그럼요. 이해타산 없이 순수하게 뭔가에 빠질 수 있는 때는 그 나이 때뿐인걸요."

오싱은 또다시 깊은 한숨을 쉬며 말했다.

"바보였어. 도저히 결혼할 수 없다는 걸 알면서도 자나깨나 그 사람 생각만 했으니……"

"만일 그 사람을 만나지 않았으면 할머니는 아무 망설임 없이 사쿠라기라는 분에게 시집갔겠지요?"

"그랬을 거다. 여자란 그렇게 해서 시집을 가야 하는 것으로 믿었으니까."

"그랬으면 할머니의 인생도 전혀 다를 뻔했네요. 저와 이런 이상한 여행도 하지 않았을 것이고요."

그러나 오싱은 게이의 말이 그냥 귓전을 스쳐 지나 버린 듯이 지그시 눈을 감았다.

"어떻게 되었을까. 사카다엔 그분들 집도 없어졌는데……

그걸 생각하면 인간의 운명이란 정말 모를 일이야. 하찮은 작은 일이 일생을 바꿔 놓으니까 말이야. 하긴 지금의 내가 원래 타고난 팔자인지도 모를 일이지."

오싱이 옛 기억에서 깨어나듯 눈을 떴을 때 눈에 고인 흥건한 눈물을 게이는 미처 보지 못했다.

"그 고우타라는 분은 가요 아가씨와 결혼했어요?"

오싱이 대답을 하지 않자 그 침묵을 긍정으로 받아들였는지 게이는 고개를 끄덕이며 말했다.

"그렇군요. 할머니의 첫사랑은 그렇게 덧없이 사라져 버린 거군요. 그렇지만 너무했다. 할머니한테는 달콤한 말로 인생이 확 바뀌도록 열중하게 만들어 놓고 말예요."

오싱의 입가에 알 듯 모를 듯한 미소가 엷게 번졌다.

"가요 아가씨도 그래요. 할머니하고 고우타라는 분의 사이에 끼어들어 채어 가다니……"

게이의 말에 오싱은 씁쓸한 표정으로 가볍게 고개를 저었다.

"가요 아가씨는 훌륭했어. 자신에게 충실한 삶을 살았으니까. 지금 세상에선 당연한 일이겠지만 그 시절에 그렇게 소신 있게 살려면 얼마나 용기가 필요했겠니. 잘잘못을 따지기 전에 참 대단한 사람이었어. 난 지금도 가요 아가씨가 부럽단다."

"참 할머니는 마음이 너무 좋으세요. 첫사랑을 빼앗기고도 원망 한마디 않고 오히려 칭찬을 하시니."

이해가 안 간다는 듯한 표정으로 게이가 물어 오자 오싱은 빙긋 웃으며 말했다.

"꼭 빼앗겼다고만 말할 수 없는 상황이었어. 가요 아가씨다운 방식으로 열심히 살다 보니 그리 된 거지."

"고우타라는 분도 할머니를 좋아한다고 얘기하고도 딴 여자에게 얼른 돌아누웠으니 별로 신통한 남자가 아니었나 봐요."

"사정이 있었던 거지. 그분 나름대로 꽤나 괴로웠을 거야."

오싱은 꼼짝도 없이 다시 옛일에 빠져드는 듯 멀거니 강물을 응시했다.

가가야의 집에 편지 한 장만 달랑 남겨 놓고 무작정 기차를 탄 가요는 도쿄의 어느 하숙집에 머물고 있었다.

그림을 좋아하고 자유롭기만 하던 신여성 가요가 처음 만난 낯선 남자에게 사랑에 빠진 것은 누구도 예측할 수 없던 일이었다.

가요가 도쿄에 하숙을 정하고 며칠이 지난 후, 방 안에서 캔버스랑 이즐 등을 정리하고 있을 때였다. 복도에서 여주인의 목소리가 들려왔다.

"가요상, 손님이에요."

가요가 미닫이문을 열자 마당에 우두커니 서 있는 고우타의 모습이 눈에 들어왔다. 순간 가요의 얼굴이 갑자기 환해졌다.

"어서 오세요. 친구 언니에게 고우타상이 오면 여기를 가르쳐주라고 해 놓았는데 안 오시기에 나를 잊으신 건가 했지요. 게다가 계신 곳도 몰라 편지를 할 수도 없고 답답했어요."

가요는 서둘러 뛰어나와 고우타의 옷소매를 잡아끌었다. 고우타는 멈칫멈칫했으나 이내 가요의 손에 이끌려 방에 들어왔다.

가요는 고우타에게 방석을 내밀며,

"차를 드시겠어요, 아니면 술을?"

하고 미소 띤 얼굴로 고우타의 표정을 살폈다.

그러나 고우타의 표정은 어둡게 그늘져 있었다.

"미안하지만 여기 잠시 동안 있게 해 주겠소?"

"정말요?"

"집과는 완전히 인연이 끊겼소. 게다가 나와 뜻을 같이하는 친구들도 경찰에 잡히거나 피해 다녀 연락이 안되오. 당장 있을 만한 데가 없소. 곧 찾을 터이니 좀 있게 해 주시오."

가요는 아무런 망설임도 없이 선뜻 대답했다.

"네, 좋아요. 난 언제든지 고오타상의 편이니까요. 고우타상을 위하는 일이라면 무엇이든 하겠어요. 그래서 도쿄에 온 거니까요."

쉽게 말하는 가요의 반응에 고우타는 놀라면서도 조심스럽게 말문을 열었다.

"사카다에는 연락을 했소?"

"아무도 몰라요, 여기 있는 거. 마음 놓으셔도 돼요."

"걱정들 하실 텐데."

"됐어요, 괜찮아요. 그러다가 단념들 하겠지요. 고우타상, 오싱에겐 편지했어요?"

"결혼하기로 된 여자에게 편지를 쓰면 뭐하겠소? 잘된 거요. 나 같은 사람과 살다간 일생 동안 쓰라린 경험만 하는 게 고작일 게요. 가요상도 일찌감치 단념하는 게 나을 거요."

"나는 오싱과 달라요. 이것저것 다 알면서도 고우타상과 같은 길을 가기로 한 것이니까요. 고생쯤은 각오하고 있어요. 이제 일자리도 마련했어요. 카페의 여급이지만 화가, 문학인들이 자주 오는 곳이래요. 낮에는 그림을 그려야겠어요. 꼭 그림으로 성공하겠어요. 내 자신이 우선 낡은 인습에서 탈출해서 내 발로 걷겠어요. 고우타상에게 걸맞는 여자가 되어 보겠어요."

이렇게 말하는 가요의 눈에는 희망과 애정이 가득 흘러넘쳤다. 고우타를 바라보는 그 눈빛은 사랑을 불태우는 여자의 환희, 그것이었다. 그런 가요를 마주 보는 고우타의 표정 역시 어떤 넘치는 감동을 억누를 수 없어 눈이 부신 듯 넋 나간 사람처럼 가요의 모습에 빠져들고 있었다.

우중충한 장마철의 먹구름처럼 오싱의 마음은 깊은 늪 속으로 자꾸만 가라앉는 듯했다.

뜻하지 않은 일로 8년 동안 가가야에서 겪었던 많은 날들이 하루아침에 물거품처럼 사라져 버리고 터덜터덜 고향길을 걸어가는 오싱의 마음은 한없이 허전하기만 했다.

오싱이 조그만 보따리를 들고 8년 전에 보았던, 그러나 좀처럼 낯설지 않은 고향 마을 어귀를 막 들어서자, 들일을 하던 마을 사람들의 시선이 일제히 오싱에게로 와서 꽂혔다. 오싱은 그들의 시선을 뒤로한 채 집으로 향했다.

8년만에 보는 그리운 집이다. 그러나 선뜻 들어가기에는 왠지 문턱이 높았다. 갑작스런 자신의 귀향을 아버지나 오빠 쇼지가 어떤 얼굴로 맞을 것인가. 그것은 오래 생각해 보지 않아도 뻔한 사실이었다. 그들에게 무슨 말을 할 수 있을까. 앞으로 나는 어떻게 해야 할까? 오싱은 앞일이 암담하기만 했다.

그녀의 앞날이 평탄치 못함을 예고나 하듯 찌푸렸던 하늘이 추적추적 비를 뿌리기 시작했다. 그러나 집 앞에서 비를 맞고 서 있는 오싱의 발걸음은 굳게 얼어붙은 듯 떨어질 줄 몰랐다.

억수 같은 비는 아니었지만 제법 흩뿌리는 비는 어느새 오싱의 옷을 적시고 마음속까지 젖어 들게 했다. 그처럼 오싱은 8년만에 돌아온 집 앞에서 넋을 잃고 서 있었다.

오싱이 잠에서 깨어난 사람처럼 부스스 정신을 차린 것은 잠시 뒤였다. 마침 들일을 나갔다 돌아오던 사쿠조는 그렇게 서 있는 오싱의 모습을 보고 자신의 눈을 의심했다.

"아니, 너 오싱이 아니냐?"

오싱은 화들짝 놀라 사쿠조를 발견하자 말없이 천천히 고개를 숙여 인사했다.

가만히 오싱을 뜯어보듯 바라보던 사쿠조의 얼굴에는 어느새 대견함과 놀라움이 엇갈렸다.

"다 큰 처녀가 됐구나. 몰라 보겠다. 잘 왔다. 말미를 얻었니?"

그러나 오싱은 아무 말도 못했다. 무슨 말도 할 수가 없었다.

"가을에는 잔치를 한다기에 한 번쯤 집에 다녀갈 것이라 생각했지. 자, 들어가자."

기분이 몹시 좋은지 싱글거리는 아버지의 모습을 더 이상 보기가 민망해서 오싱은 쭈뼛거리며 집안으로 들어갔다.

오싱은 방 안에 들어와 그 자리에 멈춰 서서 한 바퀴 휘둘러보았다. 예전에 아홉 식구가 함께 살던 방, 예나 지금이나 조금도 변함없는 방이었다. 오히려 오싱에게는 더 황량해 보였다. 그런 눈치를 얼른 알아차린 사쿠조가 재빨리 민망함을 감추듯 말했다.

"쇼지와 나 단둘이 아니냐. 여자가 없으니까 가뜩이나 더러운 집이 더 엉망이구나."

"제가 곧 치울게요."

오싱은 곧장 방 안에 아무렇게나 흐트러진 것들을 대충 치웠다.

"됐다, 됐다. 좀 쉬거라. 모처럼 집에 왔는데 좀 편해야지. 아무리 가가야에서 잘 대해 준다고 해도 더부살이는 더부살이다. 사카다에 가면 또 일에 빠질 테니 집에 있는 동안만이라도 좀 쉬거라."

아버지의 말을 들으면서 오싱은 방 한구석에 마련된 불단으로 눈길을 돌렸다. 그 앞으로 다가간 오싱은 향을 피우고 불단 앞에 꿇어앉아 두 손을 모아 합장했다.

"할머니, 돌아왔어요. 할머니한테 오랫동안 향도 못 피우고…… 용서하세요."

오싱의 목소리가 가볍게 흔들렸다. 그런 오싱을 지켜보던 사쿠조가 오싱을 달래듯 말했다.

"할머니가 살아 계셨으면 기뻐했을 거다. 이렇게 다 큰 처녀가 됐으니. 더구나 시집을 가게 된 걸 알면……"

오랜만에 들어보는 착잡한 억양은 오싱의 마음을 더욱 무겁게 짓눌렀고 더욱더 아무 말도 할 수 없게 만들었다.

"오싱, 얼마나 있다가 갈거냐?"

그 말에 오싱은 큰맘 먹은 듯 매우 신중하게 그리고 기어들어가는 목소리로 입을 열었다.

"저 이제 사카다에 안 가요."

"뭐라고?"

"가가야 그만뒀어요. 시집 얘기도 거절했어요. 그쪽에서 그만두자고 했어요."

"아니, 너?"

놀라는 아버지의 얼굴을 똑바로 바라볼 수가 없어 오싱은 당황해서 얼른 시선을 피했다.

"금세 일자리를 구하겠어요. 잠시만 집에 있게 해 주세요."

오싱은 금방이라도 벼락이 떨어질 것을 예측하며 조심스럽게 얘기했다.

"혼인 얘기는 어떻게 된 거냐?"

"얘기가 길어요. 저 아직 열여섯인데 시집가는 게 뭐 그리 급하겠어요. 몇 년 더 일하다가 가지요."

생각 밖으로 사쿠조의 반응은 담담했다. 그런 아버지가 더욱 두려워진 오싱은 변명하듯 말끝을 흐렸다.

"엄마하고는 서로 얘기했어요."

그러나 여전히 사쿠조가 아무 반응이 없자 오싱은 더욱 불안하기만 했다.

"어쩔 수 없었어요. 용서하세요."

그런데 다음 순간 사쿠조의 반응은 의외였다.

"아니다, 아예 잘됐다. 신랑집이 부자라지만 둘째라서 큰 재산을 이어받기는 틀렸고 네가 마음대로 쓸 돈은 없을 게다. 시집가 봐야 기껏 공짜로 일을 해 주기 십상이다. 나는 처음부터 반대했지."

"아버지!"

그 순간처럼 아버지가 야속했던 적은 없었다. 어린 가슴에 못이 박히도록 쓰라린 기억도 많았지만 이미 희미해진 아픔들이 8년이 지난 지금에 와서 새삼스럽게 다가왔다.

"남의 집에서 그만큼 일을 해 봐라, 많은 돈을 벌 테니. 오랜 빚살림으로 쪼들리다 보니 아직 이자도 다 못 갚았구나. 네 동생들이 더부살이를 갔지만 아직 어려 제 몫을 못 받고 있다. 그동안 네가 보내준 돈이 큰 몫을 하긴 했다. 나도 쇼지도 뼛골 빠지게 일하지만 하늘에 달린 일이라 어쩌겠니. 냉해다 벌레다 해서 추수는 신통할 때가 없구나. 안 쓴다 안 쓴다 하면서도 장려쌀을 쓰게 되는구나."

오싱은 더욱 착잡하고 비참해지는 감정을 어떻게 표현할 수가 없었다. 그러나 사쿠조는 8년만에 돌아온 딸을 앞에 두고 짜증 섞인 넋두리를 그치지 않았다.

"도조에서, 장려쌀에서 평생을 못 헤어나는구나. 정말 이놈의 소작 신물이 난다. 너희 엄마가 또 벌이를 나갔지만 여자 벌이가 몇 푼이나 되니? 세상 참 불공평한 게지. 놀고 있어도 돈이 굴러들어오는 집이 있는가 하면 허리가 휘도록 밤낮 일해도 식구가 뿔뿔이 흩어져야 하는 사람들도 있고 말이다."

오싱은 가라앉은 자신의 마음을 드러내지 않으려 애쓰며 짐짓 밝은 음성으로 말했다.

"제가 또 열심히 일할게요. 언니들은 잘 있대요?"

"제사공장이 고된 모양이더라. 일만 실컷 하고 돈은 쥐꼬리만큼 받는다고 미쓰가 자릴 옮길 모양이더라."

한가닥 희망을 건 오싱의 질문이었지만 그것은 사쿠조에 의해 여지없이 끊어진 셈이었다.

"어디 좋은 데가 있대요?"

오싱은 또다시 가느다란 희망이라도 기대하는 듯이 아버지의 대답을 기다렸다.

"그럼, 마음만 먹으면 있지. 이 마을 아이들 몇이 꽤 많은 돈을 집에 보낸다더라."

"무슨 일인데요?"

오싱은 그 말에 눈을 둥그렇게 떴다. 자신의 처지를 생각하면 그 말은 귀를 번쩍 뜨이게 하고도 충분했다.

"너무 서두르지 말고 우선 집에서 좀 쉬거라. 아버지도 일자리를 알아보겠다."

그제야 오싱은 좀 안심이 되는 것 같았다.

"잘됐어요. 전 갑자기 집에 오게 되어 아버지한테 꾸중깨나 듣겠다 싶어 겁이 났었는데."

"잘된 거다. 넌 아직 시집가긴 이르니까."

오싱은 갑자기 상쾌해진 목소리로,

"아버지, 오늘 저녁은 제가 맛있는 거 만들게요. 남자들끼리 있었으니 음식 한번 제대로 드셨겠어요?"

하고 말하며 급히 자리에서 서다 말고 아버지에게 물었다.

"참, 오빠는 아직 밭에 있어요?"

"하루가 다니는 제사공장에 갔다."

"공장에요?"

"공장에서 하루 일로 보자고 해서."

오싱은 하루라는 말에 문득 반가움과 그리움이 치솟았다. 누구보다도 자기에게 잘해 주었고 예전에 그렇게도 갖고 싶어 하던 석판이며 석필을 사 준 사람도 바로 하루 언니였다. 오싱은 갑자기 하루 언니가 보고 싶어졌고 그래서 숨쉴 틈도 없이 물었다.

"혹시 혼인 얘기가 아닐까요? 언니는 벌써 열아홉인데……"

빙긋 웃는 오싱과는 대조적으로 사쿠조의 표정은 어둡게 일그러졌다. 그러나 오싱은 그런 아버지의 얼굴에서 아무것도 눈치채지 못했다.

저녁때가 되자 조금씩 흩뿌리던 비도 완전히 멈추고 다시금 푸근하고 정겨운 고향의 날씨를 되찾았다. 오싱은 즐거운 마음으로 저녁 준비를 하기 시작했다. 오싱이 우물가에서 채소를 씻고 있을 때, 누군가를 등에 업고 쇼지가 급히 집안으로 들어왔다.

오싱은 깜짝 놀라며 얼른 가까이 다가갔다.

쇼지 역시 몹시 놀라는 기색이었다.

"오싱, 너 웬일이냐?"

쇼지의 묻는 말에 대답할 겨를도 없이 오싱의 시선은 쇼지의 등으로 가 멎었다.

"등에 업힌 사람 누구예요?"

"하루다."

오싱은 하루라는 말에 가슴이 철렁 내려앉는 듯했다. 놀란 가슴을 누르며 오싱은 조심스럽게 하루의 얼굴을 들여다보았다.

앙상하게 여윈 얼굴이었다. 죽은 듯 피로에 젖은 채 늘어져 있는 모습이었다.

"헛간에 누일 테니까 빨리 준비해라."

그 말에 오싱은 믿을 수 없다는 듯이 눈을 휘둥그렇게 떴다.

"헛간에요? 왜?"

"내 말대로 하기나 해!"

오싱은 꼼짝도 하지 않고 쇼지를 쏘아보며 말했다.

"그럴 수가 있어요? 하루 언니 병들었지? 그런데 환자를 어떻게 헛간에 둔단 말이야?"

그런 오싱의 말을 들었는지 하루는 가늘게 눈을 뜨고 겨우 작은 소리로,

"헛간이 좋아."

하고 신음처럼 중얼거렸다.

"하루 언니! 나 오싱이야, 알겠어? 왜 뭣 때문에 그런 소리를 해? 여긴 언니 집이야. 조금만 기다려, 내가 금세 자리를 만들게."

그렇게 말하고는 오싱은 쏜살같이 방 안으로 들어가서 부

지런히 이부자리를 폈다.

곧이어 하루를 업은 쇼지가 들어오자 오싱은 얼른 부축하여 자리에 눕혔다. 그런 모습을 사쿠조는 무표정하게 바라보았다.

오싱은 하루의 이마를 짚어 보더니 깜짝 놀라며,

"열이 높아요, 오빠. 의사를 불러야 되겠어요."

하며 하얗게 질린 얼굴로 쇼지와 사쿠조를 번갈아 보았다.

그러나 쇼지는 멀뚱멀뚱 서 있었고 사쿠조는 시선을 외면할 뿐이었다.

하루의 목소리는 실처럼 가늘게 이어졌다.

"그만둬…… 진찰하지 않아도 알고 있어."

하루의 힘없는 목소리를 들은 척도 하지 않고 오싱은 애절하게 사쿠조를 바라보았다.

"의사니 약이니 다 헛일이야."

다시 한번 하루는 중얼거렸다.

"언니, 식은땀으로 이렇게 옷이 젖었네. 내가 갈아입혀 줄게."

오싱은 급히 하루의 우비를 풀고 옷을 벗기려고 했다. 그런 오싱을 보고 퉁명스럽게 쇼지가 내뱉었다.

"그러다가 너도 옮는다."

"옮다니요?"

"그래, 오싱, 나 혼자 할게, 헛간에 가는 게 좋겠어. 여기 있다간 모두에게 옮겨."

하루는 모든 것을 체념한 듯이 말하고는 기침을 심하게 하기 시작했다. 괴로운 표정으로 전신을 요동치며 기침하는 하루의 모습에 오싱은 당황하여 등을 쓸어 주었다.

하루 언니가 이때처럼 가엾게 느껴진 적도 없었다. 하루는 기침을 참으려 애쓰며 온 힘을 쏟아 수건으로 입을 막았다. 하루가 입을 막았던 수건은 금방 선혈로 물들었다. 오싱은 암담한 표정이 되어 어떻게 해야 할지를 몰랐다.

쇼지가 무뚝뚝하게 말했다.

"폐병이야. 의사가 가족과 떨어져 지내라고 말했어."

정신없이 더러워진 수건을 치우던 오싱이 서둘렀다.

"이대로 놔두면 죽어요. 나 의사 불러오겠어요."

서둘러 방을 나가는 오싱을 향해 쇼지가 소리쳤다.

"의사도 이제 손쓸 수 없어. 그러니까 공장에서 쫓아냈지!"

"그런 도둑 같은 일이 어딨어요? 괜찮아요, 의사가 와서 보고 약 먹이고 맛있는 것 먹이고 편히 조리하면 나을 거예요."

오싱은 급히 다시 나가려 했다.

"의사도 거저 봐주지 않아. 그런 돈이 어딨어!"

"오빠!"

오싱은 쇼지를 날카롭게 쏘아보았다.

"성한 사람도 먹을 게 변변히 없는데."

못마땅하게 말하는 쇼지의 말을 더 이상 듣고 있지 못하겠다는 듯 하루는 비틀비틀 일어서려 했다. 그러나 전신의 기운이 모두 빠져 버린 듯 하루는 힘없이 다시 주저앉았다.

"하루 언니."

오싱은 깜짝 놀라 하루 곁으로 다가가 붙들었다.

"난 헛간에서 잘게. 만일 병을 옮기면 어떡해. 이런 병은 나 혼자 앓는 걸로 충분해. 다른 식구들에게 옮기면 큰일이야."

하루는 안간힘을 쓰며 다시 일어서려 했다. 그러나 하루는 여전히 힘에 겨워 다시 쓰러지고 말았다.

"나한테 신경 쓰지 마. 의사도 약도 필요 없어. 맛있는 거 먹어도 이제 소용없어. 돈만 버리는 거야."

오싱은 그런 언니가 측은해서 차마 눈뜨고 볼 수 없었다.

곁에서 우두커니 서 있는 사쿠조의 얼굴 역시 미미한 그늘로 어두워지는가 했는데 여전히 쇼지의 반응은 냉담했다.

"헛간에 있게 해 줘."

오싱은 갑자기 품에서 지갑을 꺼내어 그 안의 돈을 몽땅 다다미 위에 쏟아 놓았다.

"하루 언니, 돈은 여기 있어. 아무 걱정 말고 푹 조리해! 꼭 나을 거야. 꼭 나을 거라구."

오싱은 하루를 와락 끌어안았다.

"하루 언니, 너무 고생했나 봐. 이런 병이 들도록 일을 했으니. 왜 좀 더 일찍 집에 돌아오지 않았어?"

오싱은 정신없이 울부짖었다. 사쿠조의 얼굴은 괴로움으

로 일그러졌다. 여전히 쇼지의 표정은 덤덤했다.

 그날 저녁 오싱은 먼 길을 달려가 의사를 모셔 왔다.
 오싱의 집에 도착한 의사는 방 안에 누워 있던 하루를 진찰해 보더니 아무 말도 없이 일어서서 방을 나왔다.
 "선생님, 먼 길 오시느라 수고하셨습니다. 내일이라도 약을 가지러 가겠습니다."
 "이렇게 말해서 안됐다만, 저 병엔 약이 없어. 좋아하는 음식이라도 만들어 먹여라. 그동안 너무 무리를 많이 해 온 모양이다. 잘 보살펴 줘라."
 "그렇다면……"
 "엄마도 보고 싶을 게다. 후지상이 올 수 있으면 빨리 와서 만나게 해 주거라."
 "선생님!"
 "이 마을에도 제사공장에서 혹사당하다 같은 병에 걸려 집에 와 있는 아이들이 몇 있단다. 나로선 도무지 손쓸 수가 없으니 안타깝구나. 마음 단단히 먹고 있어야 한다."
 의사가 그런 말을 남겨 놓고 휑하니 나가 버리자 오싱은 하릴없이 먼 산만 바라보았다.
 방 안으로 돌아온 오싱은 방 한구석에 죽은 듯이 잠들어 있는 하루를 보고 가슴이 덜컥 내려앉는 것 같았다. 얼른 그 곁으로 다가간 오싱은 하루의 얼굴에 귀를 갖다 대었다. 자신의 뺨에 여린 숨소리가 느껴지자 겨우 안도의 표정이 되었다. 방 한구석에 앉아 있던 사쿠조와 쇼지는 그런 오싱을 보고 고개를 돌렸다.

"오싱이 그런 일로 집에 오게 됐고 하루도 저 꼴로 돌아왔으니 내가 아무리 일을 하면 뭘 해! 밑 빠진 독에 물 붓기지."

쇼지가 그렇게 투덜대자 오싱은 발끈해서 소리쳤다.

"그러니까 내 돈을 쓰자고 말하고 있잖아? 난 하루 언니한테 해 줄 만큼 해 주고 싶어."

"제일 망할 놈의 병에 걸렸지. 일은 못하고 잘 먹어야 한다니."

오싱은 쇼지를 날카롭게 노려보았다.

"그렇게 말하는 법이 어딨어! 하루 언니가 누구 때문에 저런 병이 걸리도록 일을 한 건데? 우리를 위해 죽도록 고생한 거야. 이제 와서 언니를 학대하면 벌받아!"

"그래도 여기 눕혀 놓는 것은 반대야. 건강한 사람이라도 살고 봐야지. 식구들한테 옮기면 모두 목매어 죽어야 할 판이니까."

쇼지는 하루가 누운 쪽은 거들떠보지도 않고 얼굴을 찌푸리며 말했다. 오싱은 그런 쇼지가 한없이 미웠다.

"그래 저런 환자를 헛간에 팽개쳐 두겠다는 거야? 피 한 방울 안 섞인 남이라도 그렇게 매정하게는 말 못 할 거야."

그래도 여전히 쇼지의 태도는 누그러지지 않았다.

"죽어가는 사람보다 산 사람 걱정을 먼저 해야지. 날 매정하다고 말하지 말아라. 원망할 놈은 딴 데 있으니."

그때까지 무겁게 침묵만 지키고 있던 사쿠조가 어렵게 입을 열었다.

"맞다. 그 제사공장 놈들이 죽일 놈들이지. 악착같이 부려먹고 못쓰게 해 놓고는 헌신짝 버리듯 집으로 쫓아 보내다니. 병은 제 놈들 때문에 난 건데."

"이제 와서 그런 푸념을 한들 뭘 해요. 할 수 없는 일이지요. 내가 업고 오게 될 줄은 몰랐어요. 그 냉정한 놈들이 당장에 데려가라지 않아요?"

짜증스럽게 말하는 쇼지의 태도에 오싱은 더 이상 아무 말도 하지 못했다.

"하루를 업는데 너무 가벼워 얼마나 놀랐는지."

쇼지도 내심 하루가 측은하게 여겨지는 모양이었다.

"나 내일 사카다에 전보치겠어요. 엄마보고 빨리 오라고 할 거예요."

그러자 사쿠조가 냉정하게 말했다.

"그럴 것 없다."

"엄마 얼굴 보게 해 주고 싶어요. 엄마도 보고 싶어 할 거고."

"기껏 일하고 있는 사람까지 불러들일 게 뭐냐!"

"아버지, 그렇지만……"

쇼지도 퉁명스럽게 내뱉었다.

"그래. 엄마 얼굴 본다고 나을 것도 아니잖아. 먹고 노는 게 둘인데 엄마까지 오면 어떡해."

"그러니까 내 돈을 전부 내놓았잖아요?"

"30엔 갖고 큰소리치지 마! 네가 놀고먹으면 그걸로 다야. 무슨 큰돈이나 내는 것처럼 굴지 마."

약이 올라 눈을 흘기는 오싱의 시선은 아랑곳하지 않고 쇼지는 여전히 차디찬 표정이었다.

가족들의 반대를 무릅쓰고 오싱은 기어코 하루를 방으로 들게 하여 함께 잠자리에 누웠다.

얼마나 밤이 깊었을까.

문득 오싱이 잠이 깨어 옆자리를 보니 분명히 그 자리에 있어야 할 하루의 모습이 온데간데없었다. 오싱은 놀라서 방 안을 휘둘러보았다. 어둠 속에서 사쿠조의 모습도, 쇼지의 모습도 눈에 들어왔으나 하루는 없었다.

어떤 불길한 예감이 오싱의 얼굴을 스쳐 갔다. 오싱은 급히 방을 뛰쳐나갔다. 오싱이 아직 어둠이 채 가시지 않은 마당으로 나왔을 때, 헛간 쪽에서 기침소리가 들려왔다. 오싱은 부리나케 소리 나는 쪽으로 뛰어갔다.

오싱이 헛간에 들어와 보니 거의 죽은 듯이 고요한 표정으로 짚단에 기댄 하루가 눈에 들어왔다.

"언니, 왜 여기 있어?"

"여기가 편해."

실처럼 끊어지는 하루의 목소리에 오싱은 울컥 치미는 슬픔을 주체하기 힘들었다.

오싱이 안쓰러워하며 하루를 안으려 하자,

"내 곁에 오지 마!"

하고 하루가 소리쳤다.

"언니!"

"나는 상관하지 마. 폐병이라는 거 무서운 병이야. 너한테 옮으면 큰일이니까."

하루는 괴로운 표정을 감추며 오싱에게서 고개를 돌렸다.

"오싱, 걱정 마. 난 여기 있는 게 편하니까. 식구들과 있으면 기침도 마음대로 못하니까 말이야. 이 병에 걸리면 혼자서 죽음을 기다리고 있는 수밖에 없어."

오싱도 하루도 감당하기 어려운 이 시련 앞에서 무슨 말로 위로하고 위로받을 수 있을지 몰랐다. 오싱의 눈에서도 하루의 눈에서도 눈물은 그칠 줄 몰랐다.

갑자기 하루가 차갑게 소리쳤다.

"오싱, 떨어져. 저리로 가!"

그러나 오싱은 막무가내로 매달려 눈물로 얼룩진 얼굴을 하루의 품속에 파묻었다. 하루의 옷깃은 어느새 오싱의 눈물로 흥건히 젖어 있었다.

그러던 오싱은 문득 무슨 생각이 들었는지 하루의 품에서 몸을 빼내고는,

"언니, 잠깐만 기다려."

하고 황급히 헛간 문을 나섰다.

오싱은 흐르는 눈물을 닦을 새도 없이 방 안으로 가서 하루의 이부자리를 가져 왔다.

헛간으로 돌아온 오싱은 조심스레 짚을 깔고 그 위에 이부자리를 펴 하루가 누울 자리를 만들었다. 하루는 곁에서 초점 없는 눈으로 멀거니 오싱을 바라볼 뿐이었다.

"오싱, 네게 고생만 시키는구나."

"언니두…… 뭘 나한테까지 그렇게 마음을 써."

하루는 입가에 엷은 미소를 지어 보이려 애썼다.

"그런데 오싱이 와 있을 줄은 몰랐구나. 사카다에서 귀염받고 있다고 들었는데 왜 왔니?"

"하늘이 하루 언니를 간호해 주라고 보낸 거야."

"오싱, 고맙다."

오싱은 하루 언니의 두 손을 꼭 맞잡았다. 그리고 다짐하듯 말했다.

"나, 아버지나 오빠가 뭐라고 하든 하루 언니 몸조리 시킬 거야. 일해서 버는 대로 몽땅 집에 보냈고, 하고 싶은 일 한번 제대로 못해 봤잖아. 아픈 동안에 호강은 못해도 편하기라도 해야지. 언니가 말하는 건 다 들어줄게. 뭐든 얘기해 봐."

그런 오싱을 정겨운 눈으로 바라보던 하루는 힘없이 고개를 저었다.

"이젠 아무것도 원치 않아. 하고 싶은 일도 먹고 싶은 것도 없어. 단지 죽어서 다시 태어난다면 소작농의 딸로는 태어나지 않는 게 소원이야."

하루의 그 말에 오싱은 가슴이 저며지는 듯한 쓰라림을 느꼈다.

"부자를 부러워하지는 않지만 소작농만은 질색이야."

"언니, 이해가 돼."

"정말 넌더리가 나!"

하루 언니의 비참한 모습을 눈앞에 두고 오싱은 가슴이 찢어지는 듯했다.

앞으로 어찌 될 것인지 막막했지만 하루의 말 한마디가 피부 깊숙이 파고들어왔다. 소작농은 넌더리가 난다는 하루의 말이 오싱의 머릿속과 마음에 깊고 깊게 박혀 다시는 지워지지 않을 듯했다.

가난의 한

 깊은 상처를 가슴에 안고 돌아온 고향 집에서 죽음을 눈앞에 둔 하루를 보니 오싱은 눈앞이 캄캄했다. 여러 해 동안 제사공장의 중노동을 버티다가 얻은 것은 폐병으로 다 죽어가는 몸뿐이었다.
 1910년대의 폐병은 전염성이 강하고 걸리면 손쓸 길이 없어 모두가 두려워하는 병이었다. 하루의 귀향은 오싱의 귀향에 비하면 몇 배나 더 괴로운 것이었다.
 하루는 집에 돌아온 첫 아침을 헛간에서 맞았다. 오싱이 계란을 넣어 끓인 죽을 들고 헛간으로 들어올 때까지도 하루는 여전히 힘없는 모습으로 누워 있었다.
 "언니 기분이 어때?"

"집에 오니까 그래도 좋다. 잠도 잘 잤어. 이렇게 느긋해 보는 게 몇 년만인지 모르겠어."

"그래도 헛간에서 자게 하니까 난 가슴이 아파."

안쓰러운 듯 바라보는 오싱을 오히려 하루가 위로하듯 말했다.

"오싱, 이젠 내 걱정은 마. 난 오히려 이쪽이 편해. 마음 쓰일 것도 없고."

그 말에 오싱도 조금은 마음이 놓인다는 표정으로 갖고 들어온 쟁반을 내밀었다.

"흰죽을 쒔어. 좀 먹고 빨리 기운차려야 해. 잘 먹고 푹 쉬면 그런 병쯤 나을 거야."

하루의 입가에 쓸쓸한 웃음이 번졌다.

"오싱은 예전과 조금도 변하지 않았구나."

하루의 말에 오싱은 빙긋 웃으며,

"자, 언니 손 좀 닦아 줄게."

하며 하루의 손을 잡아 젖은 수건으로 정성스레 닦아 주었다.

오싱은 야위어서 뼈마디가 불거져 나온 하루의 손을 만지며 또다시 뺨 위로 눈물을 흘렸다.

"이렇게 마르다니…… 언니가 제사공장 갈 땐 좋은 데라고 좋아하더니, 그간 정말 고달팠지?"

"여공을 모으는데 달콤한 소리 안 하면 오겠니? 듣던 것과는 정말 다르더라. 더운 공장 안에서 열두 시간을 꼬박 고치의 실을 뽑는단다. 잠시만 한눈을 팔아도 감독의 불호령이 떨어져."

하루는 공장에서의 기억이 떠오르는지 쓴웃음을 지었다.

"하루에 열두 시간이나?"

"낮 근무는 그래도 나아. 일주일 건너 밤샘을 해야 하는데 밤일은 정말 고됐어. 일주일 동안 계속해서 밤을 새고 나면 체중이 쑥쑥 빠져. 사람은 낮에 일하고 밤에 쉬게 되어 있는 건가 봐. 낮 당번이 되어도 지난주에 빠졌던 살이 반도 못 붙어."

"그럼 공장은 24시간 계속 일하는 거야?"

"응, 실이 잘 팔리나 봐. 주야 2부제로 일해야 해. 반년도 못 견디고 그만두는 아이들이 태반이야."

하루는 괴로웠던 기억에 다시금 진저리를 쳤다.

"아버지가 선돈을 자꾸 빌려 쓰니까 기간이 끝났다 싶으면 또 새로 연장이 되어 있더라. 그냥 있을 수밖에 없었어."

오싱은 경악했다. 아버지가 그럴 정도였다니 그것은 매우 충격적인 일이었다.

"그랬구나. 아버지가 그렇게까지 하실 줄은 몰랐어."

"오싱, 너도 마찬가지지 뭐니. 월급을 몽땅 집에 보내도 아직 장려쌀 이자도 다 못 갚았다니."

그렇게 말하고 하루는 한숨을 내쉬었다.

"공장에서 잠잘 때는 다다미 한 장을 두 사람이 사용해."

"두 사람이 함께?"

"아니, 밤 당번 낮 당번이 번갈아 자는 거야. 그러니까 한 명이 폐병이 들면 그 이불을 같이 쓰는 나머지 한 명도 옮게 되지."

"그런 끔찍한 일이……"

"열두 시간을 꼬박 일하면 그저 자고 싶은 마음밖에 없어. 말로는 꽃꽂이나 다도를 가르친다지만 그런 데 마음 쓸 여유가 없어. 틈만 나면 고꾸라져 잠자기 바쁘니까. 무엇 때문에 사는 건지 몰랐었어. 그래도 싫다는 소리를 못하고 일을 해야 했어. 정말 지옥 같았지. 지난 8년이."

"왜 도망치지 않고 그렇게 될 때까지 참았어? 돈도 돈이지만 몸이 제일이잖아?"

"도망을 치면 뭘 하겠니. 글도 모르지, 셈도 못하지. 배운 것 없는 여자가 기껏 하는 게 몸을 파는 것밖에 더 있겠니. 도망친 아이들은 집에도 갈 수 없고 결국은 다 그렇게 되더라."

그러다 하루의 표정에 가느다란 미소가 보일 듯했다.

"나라고 괴로운 일만 있었던 것은 아니야."

"정말?"

"감독 가운데 퍽 다정하게 대해 주던 사람이 있었어. 날 꽤 두둔해 줬어. 히라노라는 사람인데 나한테 이런저런 얘기를 해 줬어. 또 위로도 해 주었어. 히라노상이 있었으니까 지금까지 견딜 수 있었던 거야."

자신의 병든 몸을 까맣게 잊은 듯 하루의 얼굴에는 연기처럼 가늘게 미소가 떠올랐다.

"몸이 이렇게 안되었으면 계속 공장에 있고 싶었어. 히라노상 곁에 있으면 무슨 일이든 다 견뎌 낼 수 있어. 병이 들어 이젠 그 사람 생각도 잊어야지. 하지만 병으로 죽게 되는 것보다 히라노상을 못 보게 된 것이 더 서러워."

하루는 말끝을 흐리면서 또다시 깊은 우울 속으로 빠져 버렸다.

"언니, 그 사람을 좋아한 거야?"

오싱의 물음에 하루는 당혹해 하면서 대답 없이 거듭 죽을 퍼 넣었다.

"부부가 되자고 약속이라도 한 거야?"

"난 한낱 여공이야. 어떻게 그럴 수가 있겠니? 게다가 몸이 이 꼴이 됐으니까."

오싱은 무슨 말로든 언니를 위로해야 한다고 생각했지만 당장 머릿속에 떠오르는 말이 없었다.

"어쩌다 이런 얘기 하게 됐지? 아무에게도 말하지 않으려 했는데. 오싱, 네가 나빠. 이상한 말을 하게 해서."

쓴웃음이 번져가는 하루의 얼굴을 멀뚱멀뚱 바라보던 오싱의 얼굴에도 어느새 평온한 미소가 번졌다.

"난 그래도 안심했어. 하루 언니가 고생만 죽도록 하고 아무 기쁨도 없었는 줄 알았거든."

"애기하면 무슨 소용이 있겠니. 이제 다시 못 만날 텐데."

"또 만날 수 있어. 병만 나으면 만날 수 있어. 그러기 위해서도 언니는 나아야 해."

다시금 쓸쓸한 미소를 짓는 하루를 쳐다보며 오싱은 언니에게 조그만 희망이라도 주어야겠다고 굳게 결심했다.

그때 헛간 문이 갑자기 열리며 허겁지겁 후지가 뛰어들었다.

하루와 오싱은 갑자기 들어선 엄마의 모습에 놀라 눈을 휘둥그렇게 떴다.

"하루가 아프다는 전보를 받고 뛰어왔다. 어떻게 된 일이냐? 아니, 그리고 왜 여기 누워 있는 게냐?"

순식간에 쏟아지는 어머니의 물음에 아무도 선뜻 입을 열지 못했다.

"엄마……"

하루는 그리운 엄마의 모습을 뚫어지게 바라보았다.

"어디가 아픈 거냐?"

오싱은 더 이상 참지 못하고 엄마의 품에 와락 안겨 울음을 터뜨렸다.

누구에게도 하소연할 수 없는 슬픔과 괴로움이었다. 가난이 죄라지만 오싱은 엄마를 보는 순간 마음속에 응어리져 있던 것이 터져 버린 듯 흐느끼며 엄마의 가슴에 얼굴을 파묻었다.

다음 날 오싱은 하루가 다니던 제사공장을 찾아갔다.

면회실 창구에서 간단한 절차를 밟고 자리에 앉아 기다리는 오싱의 얼굴은 석고처럼 단단하게 굳어 있었다. 그때만큼은 긴장감으로 시간도 멈춰 버린 듯했다.

뚫어지게 출입문 쪽에 시선을 고정시키고 있던 오싱은 급히 문을 들어서던 한 남자와 시선이 맞부딪쳤다.

그 남자는 면회실 안을 둘러보더니 망설임도 없이 오싱 앞으로 걸어왔다. 오싱도 자리에서 얼른 일어섰다.

"하루상의 동생이시죠? 오래 기다리게 해서 미안합니다. 히라노라고 합니다."

"갑자기 찾아와서 죄송합니다."

"뜻밖입니다. 그래 하루상은 어떤가요?"

"히라노상께서 퍽 아껴 주셨다고 고마워하더군요. 감사합니다."

"여기를 떠날 때 몹시 쇠약했는데 하루상에게 무슨 일이라도 생긴 겁니까?"

"네. 저 송구스러운 말씀이지만, 어떻게 짬을 내서 제 언니를 한번 문병 와 주셨으면 해서요. 히라노상께서 언니를 어떻게 생각하고 계신지는 모르지만 언니가 정신이 있을 때 히라노상을 한 번만이라도 볼 수 있게 해 주고 싶어서요."

히라노는 잠시 무슨 생각에 잠긴 듯 아무 말도 하지 않았다.

"언니는 이제 가망이 없어요. 언니의 마지막 소원을 풀어 주고 싶습니다. 폐가 되는 걸 알면서도 언니가 가여워 이런 부탁을 드리는 겁니다. 그리고……"

오싱은 무엇인가 종이에 싼 것을 불쑥 내밀며,

"이거 얼마 안되지만 차비에 쓰시고 제 청 좀 들어주세요."

하고 애원하듯 말했다.

그러나 히라노는 매우 난처해 하는 눈치를 보였다.

"글쎄, 그런데 왜 제가 꼭 가야 합니까?"

"어리지만 나도 여자이기 때문에 언니의 애절한 마음을 알 수가 있어요. 지금 언니의 제일 큰 꿈은 히라노상을 만나는 거예요."

오싱의 말에 히라노는 뜻밖이라는 듯이 놀랐다.

"죽어가는 언니에게 세상에 태어나서 단 한 번의 기쁨을 주고 싶습니다. 설혹 히라노상이 언니를 좋아하지 않았다 하더라도 적선하는 셈치고 친절한 웃음을 한번 보여 주세요. 행복이라는 건 모른 채 고생만 하다 죽어가는 언니한테 잠시라도 삶의 기쁨을 맛보게 하고 싶어요. 언니의 유일한 꿈이 히라노상이었어요."

오싱의 애절한 말에 무겁게 입을 다물고만 있던 히라노가 잠시 후 가라앉은 목소리로 말했다.

"하루상은 좋은 처녀였어요. 얘기도 자주 했습니다. 그런데 하루상이 그런 감정을 갖고 있을 줄은 전혀 눈치채지 못했습니다. 좋습니다. 가겠습니다. 나도 그간 하루상이 걱정

됐으니까요."

오싱은 무슨 말로 고마움을 표시해야 할지 몰라 멀거니 그를 바라볼 뿐이었다.

히라노는 얼굴에 잔잔한 미소까지 띠고 종이에 싼 돈을 도로 내밀었다.

"이런 건 마음 쓰지 않으셔도 됩니다. 하루상은 착한 동생을 두었군요."

오싱은 얼굴을 붉히며 겸연쩍은 표정을 지었다.

"그럼 이걸로 꽃을 사 주세요. 언니는 꽃을 무척 좋아하거든요."

히라노는 얼굴 가득히 미소를 지어 보였다.

"알고 있습니다."

"고맙습니다, 고맙습니다."

오싱은 눈물이 가득 괸 눈으로 몇 번이나 히라노에게 절을 했다. 오싱의 얼굴엔 감사의 빛이 역력했다.

그로부터 이틀이 지났다.

하루의 병세는 날로 악화되어 갔고 헛간에서는 기침소리가 더욱 잦아지고 있었다. 숨이 넘어갈 듯 기침을 해 대는 하루의 모습이 애를 끓는 것처럼 안쓰러워 보였다.

하루는 세숫대야를 끌어 놓고 각혈을 했다. 쏟아지는 붉은 피를 보는 순간 오싱은 섬뜩했지만 자신의 힘으로 어쩔 수 없음이 안타까웠다.

우물가에 와서 하루의 죽음을 예고나 하는 듯한 그런 흔적들을 빨려고 했을 때 오싱은 어떤 인기척을 느껴 문득 고개를 들었다.

거기엔 꽃다발을 든 히라노가 우뚝 서 있었다.

"어마! 히라노상?"

"언니는 좀 어떠세요?"

"고맙습니다. 난 때가 늦었나 생각했어요……"

오싱의 목소리는 자신도 모르게 들떴지만 이내 시무룩하게 변해갔다.

"하루상의 용태가 그렇게 나쁩니까?"

"만나 주세요. 그래도 어쩌면 알아볼 거예요. 히라노상의 얼굴을 보면 꼭 나아질 거예요."

오싱은 서둘러 히라노를 데리고 헛간으로 갔다.

깊은 잠에 빠져 있는 하루의 곁에서 안타깝게 들여다보던 후지가 인기척에 놀라 고개를 돌렸다.

"엄마, 언니가 공장에 있을 때 신세를 많이 진 히라노 감독이세요. 일부러 문병까지 와 주셨어요. 히라노상, 저희 어머니세요."

"안녕하십니까. 히라노입니다."

후지는 엉거주춤 일어나 당황한 표정으로 히라노를 맞았다.

"이렇게 멀고 누추한 곳을 찾아 주셔서 고맙습니다. 이런 병에 걸린 아이를 일부러 찾아 주시다니…… 좀 전에 심한 각혈을 하고 혼수상태에 있으니 일부러 오신 분 얼굴이나 알아볼지 모르겠군요."

후지는 말을 하면서도 금방이라도 주르륵 눈물이 흐를 것 같은 눈으로 하루를 바라보았다.

"언니, 히라노상이 오셨어. 히라노 감독님이 오셨어!"

오싱의 목소리는 어느새 젖어 있었다. 하루는 겨우 가늘게 눈을 떴다.

"언니 알겠어? 히라노상이야!"

히라노는 하루의 앞으로 가까이 다가앉으며,

"하루상, 접니다. 히라노입니다."

하며 얼굴에 미소를 띠었다.

그러나 하루는 애써 흐려진 초점을 맞추듯 힘겹게 히라노를 바라볼 뿐, 아무런 반응도 없이 무표정한 얼굴이었다.

다음 순간 히라노는 엉겁결에 하루의 야윈 손을 두 손으로 감싸듯 잡았다.

"히라노요!"

하루의 얼굴에 핏기가 생기는가 싶더니 이내 거짓말처럼 화사한 웃음이 떠올랐다.

"히라노상…… 정말 히라노상이에요?"

하루는 얼굴에 가벼운 홍조를 띠면서 자신의 눈을 믿지 못하겠다는 듯이 깜박거렸다.

"언니, 정말 히라노상이야. 언니가 보고 싶어서 오셨대."

히라노도 어떤 결심이나 한 듯이 가냘픈 하루의 손을 꼭 쥐었다.

"하루상, 정신 차려요. 마음만 굳게 먹으면 이런 병쯤은 나을 수 있어요. 이따위 병에 지면 안돼요. 빨리 다시 건강해져서 공장에 돌아와야지. 언제까지고 기다리고 있겠소."

하루의 입가에 엷은 미소가 번져 갔다.

"히라노상, 난 이제 영영 못 만나는 것으로 생각했어요. 히라노상이 와 주다니 꿈이 아닌지 모르겠어."

하루는 쓸쓸한 미소를 떠올리는가 싶더니 이내 숨 막힐 듯 터져나오는 심한 기침을 참지 못했다. 오싱은 괴로운 듯 기침을 해 대는 하루의 모습을 더 이상 보고 있을 수가 없었다.

"언니, 꿈이 아니야. 자아 봐, 언니가 꽃을 좋아한다고 예쁜 꽃을 이렇게 많이 사오셨잖아. 꼭 일어나야 돼!"

한차례 격심한 태풍이 쓸고 간 뒤처럼 하루는 축 늘어진 몸을 추스를 기력도 없이 넋 나간 듯 꽃다발을 바라보았다.

"참 예쁜 꽃이네. 언젠가 히라노상이 들국화를 많이 꺾어다 주셨지요. 정말 기뻤어요."

"그랬었지. 공장 뒷산에 핀 들국화를 따다 주었지. 그 꽃이 어딘가 하루상을 닮았다고 생각했었소."

하루는 어렴풋이 옛 기억을 떠올리며,

"그 꽃 책갈피에 끼워 지금도 소중하게 간직하고 있어요."

하며 어린애처럼 즐거워했다.

"얼른 나아서 또 꺾으러 갑시다. 함께 가는 거요."

하루는 보일 듯 말 듯이 고개를 끄덕이며,

"안 죽을 거예요, 나 안 죽을 거예요. 히라노상과 다시 함께 일해 보기 전에는 못 죽어요. 안 죽을 거예요. 죽고 싶지 않아요."

하루의 눈에는 쉴 새 없이 눈물이 흘렀다. 그런 하루의 뺨에 얼룩진 눈물을 히라노는 다정스럽게 닦아 주었다.

"한꺼번에 너무 많은 얘기를 하면 지쳐요. 자, 한숨 자요. 내가 곁에서 지켜보고 있을 테니까."

따스한 히라노의 눈길을 받으며 하루는 야윈 얼굴에 희미한 미소를 띠며 고개를 끄덕였다.

"고마웠어요. 나 오늘 일 죽더라도 잊지 않을 거예요. 정말 고마워요."

하루는 기운이 다한 듯 무겁게 눈꺼풀을 닫고 움직이지 않았다. 히라노는 그런 하루의 손을 꼬옥 쥐고 오랫동안 놓을 줄 몰랐다.

얼마가 지난 후 히라노는 돌아가려고 마당으로 나왔다.

그를 배웅하러 뒤따라 나오는 오싱의 얼굴에는 감사의 빛이 넘쳐흘렀다.

"바쁘신데도 와 주셔서 정말 고맙습니다."

오싱은 히라노가 미안해 할 정도로 감사의 표시를 했다.

히라노가 집을 나가 멀어지는 것을 보고 오싱은 다시 헛간으로 돌아왔다.

그때 하루가 잠에서 깨어 히라노가 두고 간 꽃다발을 물끄러미 바라보고 힘없는 목소리로 중얼거렸다.

"히라노상이 정말 왔었구나."

"하루 언니?"

"이 꽃을 갖고 와 줬구나."

"응."

"이제 나는 언제 죽어도 한이 없어."

하루의 말에 후지는 고개를 돌리고 눈물을 쏟았다.

"오싱, 이 꽃 한 송이라도 좋으니 눌러서 말려 다오."

오싱은 대답 대신 고개를 끄덕여 보였다.

"내가 죽거든 관 속에 넣어 줘."

애써 미소까지 지어 보이는 하루가 더욱 불쌍하게 여겨져 오싱은 입술을 깨물었다.

꽃다발을 멀거니 바라보던 하루의 표정은 금방 환하게 밝아졌지만 오싱과 후지의 마음은 천근만근이나 된 듯 무겁게 짓눌러졌다.

언니의 유언

하루의 히라노에 대한 애틋한 마음을 보게 된 오싱은 문득 자신과 고우타와의 일을 머리에 떠올렸다.

지금쯤 어디서 무엇을 할까. 꼭 연락을 하겠다던 고우타에 대한 그리움이 문득 오싱의 마음에 잔잔한 파문을 일으키고 지나갔다. 한편 죽어 가는 하루의 모습을 눈앞에 두고 오싱은 또다시 가난의 아픔을 절감했다.

아버지의 따가운 시선을 의식해야 할 시간도 점점 늘어만 갔다. 그러나 오싱은 거의 매일같이 하루의 곁을 떠나지 않고 후지와 함께 병간호를 했다.

그러던 어느 날 사쿠조가 소개쟁이 가쓰지를 데리고 집안으로 들어왔다.

후지는 느닷없는 낯선 사람의 출현에 약간 경계의 빛을 띠었다. 사쿠조가 후지와 오싱의 눈치를 보며 목소리를 부드럽게 해서 말했다.

"가쓰지상이 오싱의 일자리를 알아봐 주겠대. 이 근방에선 제일 발이 넓으니까."

가쓰지는 기름진 얼굴에 웃음을 흘리며, 눈을 동그랗게 뜨고 자신을 살피는 오싱의 곁으로 한 발짝 다가갔다.

"오싱이라구? 다 큰 처녀구나."

가쓰지는 또다시 묘한 미소를 띤 채, 오싱을 요리조리 살피는 것이었다.

"이제 열여섯이니 아직 어린애지."

"아니야, 아니야. 터지기 직전의 꽃망울이니 제일 좋을 때지."

하며 야릇한 웃음을 떠올렸다.

"나한테 다 맡겨요. 아주 좋은 곳에다 보낼 테니."

가쓰지가 찾아온 것은 오싱을 요릿집에 소개하려는 목적에서였다. 그 말을 듣고 오싱은 망설이지 않을 수 없었.

사쿠조는 오싱을 설득하려고 무척 애를 썼다.

"뭐가 마음에 안 든다는 거냐? 야마가다에서도 첫째 둘째를 다투는 요릿집이야."

오싱의 대답은 사쿠조를 쏘아보는 눈길만큼이나 단호했다.

"나 그런 곳에 가기 싫어요!"

냉랭한 반응에 가쓰지는 갑자기 태도를 바꿔 부드럽고 친절한 표정을 지었다.

"그냥 손님들 술 시중이나 들면 되는 거다. 청소나 막일을 하는 것도 아니고 좋은 옷 입고 편하게 돈 버는 거야. 내가 얘기해 준 어떤 아이는 손님들한테 인기가 좋아서 하룻밤에 팁만도 10엔을 넘게 번다고 하더라."

오싱은 묵묵히 입을 다물었다. 왠지 가쓰지의 말에 거부감이 앞섰지만 10엔이라는 말만은 오싱의 귓속에 머물러 있는 것은 사실이었다.

"선금 같은 게 정해져 있지 않으니까 많이 받을 수도 있단다."

사쿠조 역시 오싱의 눈치를 살피며 가쓰지의 말을 거들었다.

"가쓰지상은 네가 쓸만하게 생겼다고 그렇게 좋은 조건으로 얘기하겠다는 거다. 고맙게 여겨야지."

"그렇지만, 아버지……"

오싱은 여전히 강한 거부감이 일었으나 사쿠조의 다음 말이 오싱의 마음을 약간 흔들어 놓았다.

"더부살이 가서 몇 푼이나 받겠다는 거냐? 너도 이 집안 식구라면 조금은 집안일을 생각해야지. 맏아들이라고 쇼지가 혼자 애쓰고 버텨 봐야 어쩔 도리가 없구나. 쇼지는 장가갈 나이다. 곁에서 도와주지 않는다면 가엾지 않니? 창녀로 팔아 넘기는 게 아니란 말이다. 요릿집에서 일하는 게 어떻다는 말이냐?"

곁에 있던 가쓰지는 번들거리는 웃음을 감추지 않고 연신 부드러운 어투로 오싱에게 말했다.

"그럼, 요 몇 년 사이에 흉년이 들어 창녀로 팔려가는 소작집 딸이 무척 늘었단다. 그래도 다들 부모나 형제를 위한 거라며 얌전히 가더라. 오싱은 창녀로 가는 게 아니지 않니? 그것만 해도 얼마나 다행한 일이냐."

오싱은 잠시 생각에 잠겼다. 누구보다도 어려운 집안 살림을 잘 아는 터였다.

"쌀은 벌써 다 떨어졌다. 그런데 네 엄마가 일을 그만두고 왔지, 하루는 언제 나을지도 모르는 일이니…… 게다가 그놈의 병은 돈을 잡아먹지. 네가 준 돈은 표시도 안 나게 없어진다. 또 장려쌀을 얻어야 하는데 묵은 빚이 그냥 있으니 지주님인들 좋은 얼굴을 하시겠니? 앞으로 어떻게 해야 할지 막막하기만 하다."

사쿠조는 흘끔 오싱의 눈치를 살피며 한숨을 내쉬었다. 오싱의 표정은 갈팡질팡하는 마음을 그대로 드러내고 있었다.

"네가 마음 한번 잘 먹으면 온 식구가 사는 거다. 3년 기간이니까 그 다음에는 네 맘에 맞는 데를 골라서 가면 되지 않니? 시집도 갈 수 있고."

사쿠조의 말을 이어받아 가쓰지는 다시금 달콤한 말을 쏟아 놓았다.

"마음먹기에 따라 얼마든지 좋은 사람한테 시집갈 수도 있지. 내 소개로 갔던 처녀아이가 돈 많은 장사꾼의 눈에 들어 그야말로 금덩이를 안았지."

여전히 입을 꾹 다물고만 있는 오싱에게 사쿠조는 다짐을 하듯 힘주어 말했다.

"오싱, 가는 거다?"

아버지의 말에 오싱의 표정은 괴롭게 일그러졌다.

"후회하는 일은 없도록 할 테니 마음 놓아라. 그럼 저쪽과 얘기를 마칠 테니 오싱 너는 그리 알아라."

오싱이 난처한 얼굴로 머뭇거리다가 이윽고 무슨 말인가 꺼내려 할 때, 후지가 다급하게 말했다.

"오싱, 하루가 빨리 오란다."

"네?"

"어서 가 보거라. 저녁은 내가 지을 테니."

후지의 부름을 받고 헛간으로 달려온 오싱은 하루의 곁에 바싹 다가앉았다.

"오싱, 꼭 할 얘기가 있다. 중요해."

하루는 괴로운 듯 얼굴을 찡그리더니 겨우 오싱의 부축을 받고 일어나 앉았다.

"오싱, 지금 그 사내의 말에 속으면 큰일이다."

"뭐라고?"

오싱은 하루의 말에 심상찮은 예감을 느꼈다.

"응, 제사공장에 자주 왔었어. 일이 고되어 그만두려는 아이들을 좋은 곳이 있다고 꾀어 창녀로 팔기도 했어."

오싱은 벌어진 입을 다물지 못했다.

"네겐 뭐라고 하던?"

"야마가다의 요릿집 일이라고……"

"예쁜 옷 입고 편하게 돈 벌 수 있다고 그랬지?"

오싱은 놀란 표정으로 고개를 끄덕였다.

"편하고 쉽다고? 그 말 곧이듣고 가면 큰일 난다. 술 시중만 드는 게 아니야. 속아서 팔려간 여공들이 얼마나 울며 사는데. 오히려 공장이 낫다고 후회해."

오싱은 창백하게 질린 채 아무 대꾸도 하지 못했다.

"절대 그 사람 말 듣지 마. 알았지?"

하루는 다짐을 두듯 또다시 오싱을 바라보았다.

"너 벌써 대답한 거니?"

오싱은 머뭇거렸다.

"어쩔 수 없었어……"

"뭐? 벌써 정했다고?"

하루는 병자답지 않은 강한 어조로 말했다.

"오싱, 도망쳐라."

오싱은 깜짝 놀라 고개를 번쩍 들고 똑바로 하루의 눈을 바라보았다.

"여기 있다간 강제로 끌려갈 거다."

"언니······"

오싱은 순간 가슴이 덜컥 내려앉는 것을 느끼며 막연하던 거부감이 이젠 완전히 두려움으로 다가왔다. 하루는 안간힘을 쓰며 품속에서 무엇인가를 꺼내려 애썼다. 하루의 품속에서 나온 것은 뜻밖에도 지갑이었다.

"이거 갖고 가거라."

오싱은 여전히 겁에 질린 안색으로 하루의 얼굴을 살폈다.

"도쿄에 갈 차비다."

"도쿄?"

"그 안에 돈이랑 주소가 들어 있어. 거길 찾아가."

오싱이 지갑을 여니 종이쪽지 하나가 들어 있었다. 오싱은 그것을 꺼냈다.

"그래. 그거야. 넌 읽을 수 있지?"

오싱은 쪽지를 들여다보며,

"이름도 써 있는데? 언니 아는 사람이야?"

하고는 눈을 둥그렇게 떴다.

"만난 적은 없어도 나를 아는 분이야. 내가 일하러 가게 되어 있던 집이니까."

하루는 현기증을 느꼈는지 고통스런 표정을 지으며 잠시 후 다시 말을 이었다.

"제사공장에 다녀 봐야 끝이 없잖아. 게다가 몸이 힘들어

언니의 유언

지기 시작했고…… 아마 그때 벌써 병이 들었던 건가 봐. 공장에 더 있을 자신이 없었어. 그래서 함께 있다가 도쿄에 가서 일하고 있는 친구에게 부탁했지."

여기까지 말을 하고 하루는 낮고 무거운 숨을 길게 내쉬었다. 그러고는 힘겹게 다음 말을 이었다.

"그 친구가 이분에게 말해 준 거야. 미용원을 하는 분이래."
"그럼 이분은 미용사야?"
"가난과 고생을 면하려면 기술을 배워 독립해야 해. 더부살이나 여공으로는 도저히 안돼."

오싱은 하루의 말에서 문득 어떤 생각을 떠올렸다.

'미용 기술을 배우면 얼마든지 혼자 살아갈 수 있어.'

어렴풋이 떠올랐던 생각이 더욱 구체적으로 모습을 드러내어 오싱에게 다가왔다. 오싱은 입을 굳게 다물고 진지하게 하루의 말을 기다렸다.

"히라노상과는 도저히 맺어질 수 없는 일이니 깨끗이 잊고 싶었어. 그래서 도쿄에 갈 결심을 했지. 조금씩 돈을 모았어. 걸어서는 갈 수 없잖니. 기찻삯만 있으면 언제든지 갈 수 있지. 월급은 전부 아버지가 가불을 해 가니 어쩌다 생기는 용돈을 아꼈지. 휴지 한 장도 마음 놓고 못 쓰고 모은 거야."

"언니……"

"빠듯하게라도 기찻삯이 모이니까 병이 심해졌어. 가고 싶어도 몸이 이 지경이니 이젠 틀렸지."

오싱의 마음은 이루 헤아릴 수 없을 정도로 비참했다.

"결국 그 돈을 내 장례비로 쓰게 됐구나 하고 생각했지. 그런데 오싱 네가 유용하게 쓰게 됐으니 모은 보람이 있다."

"그래도……"

오싱은 하루 언니를 보며 애절한 마음을 감추지 못했다.

"넌 나 때문에 네 돈 전부를 내놓지 않았니? 겨우 기찻삯밖에 안되지만, 미용원에 가면 어떻게든 될 테니까."

오싱은 무슨 말을 하려 했으나 무엇인가 목구멍을 꽉 막는 것 같아서 입을 열 수가 없었다.

"오싱, 나 대신 훌륭한 미용사가 되어라. 난 오래 못 견딜 거야. 오싱, 내가 그토록 소원하던 일이었는데 네가 이루어다오. 나 대신 말이야."

하루는 말꼬리를 가늘게 늘어뜨리며 기운이 다했는지 쓰러지듯 엎드렸다.

"언니……"

"나는 괜찮아. 빨리 채비하고 떠나. 아버지한테 알리면 안 돼. 돈을 보이면 또 뺏긴다. 알았지."

꺼져 가는 불꽃처럼 하루의 의식이 흐려지기 시작했다.

"언니?"

오싱이 황급히 하루의 몸을 흔들어 보았으나 꺼져 버린 의식을 되찾을 수는 없었다. 오싱은 가슴이 철렁 내려앉는 것을 겨우 억누르며 급히 마당으로 뛰쳐나갔다.

우물가에서 저녁 준비를 하고 있던 후지는 헐레벌떡 뛰어나오는 오싱의 태도에 어떤 불길한 예감이 앞섰다.

"엄마, 엄마! 언니가 이상해. 빨리 와!"

후지는 씻던 걸 아무렇게나 내동댕이치고 헛간으로 달려갔다. 후지와 오싱이 급히 헛간 문을 들어섰을 때도 하루는 숨도 쉬지 않는 것처럼 누워 있었다. 그런 하루의 모습을 바라보며 후지는 눈물을 쏟아 냈다.

"이제 틀렸나 보다. 그 짧은 일생을 고생만 하다가 가는구나. 이 못난 어미를 용서해 다오, 하루야."

후지는 솟구치는 슬픔을 억누르지 못하고 계속 하루의 이름을 불러 댔다.

오싱은 이 엄청난 고통 앞에서 어떤 반응도 보일 수 없었다.

침묵은 가장 큰 아픔의 반응이며 또한 가슴에 무엇인가 점차로 굳은 응어리를 만들어 가는 것이었다.

"그래도 편안한 얼굴로 잠들어 있구나. 히라노상이 와 준 게 그리도 좋았나 보다."

넋 나간 사람처럼 중얼거리는 후지의 말대로 하루의 얼굴은 이 세상에서 지을 수 있는 가장 안온한 표정이었다.

오싱은 그런 하루의 모습을 머릿속에 깊이 새겨 두기라도 할 듯이 눈길을 떼지 않았다.

결국 그날 밤 하루는 짧은 열아홉의 삶을 마쳤다. 하루의 야윌 대로 야윈 시신을 보며 오싱은 하루가 마지막 힘을 짜

내어 자신에게 했던 말을 되씹었다. 언니가 그렇게도 바라던 일을 내가 대신해서 이루어야지…… 오싱은 하루가 남겨 준 지갑을 품에 꼭 안으며 하루의 간절한 염원을 저버리지 않기로 굳게 결심했다.

그 다음 날, 하루의 싸늘한 시신은 불과 몇 시간만에 불태워져 한 줌의 가루로 변하고 장례식은 쓸쓸하게 끝났다.

오싱으로선 더 이상 고향에 머물 이유가 없었다. 하루의 유언에 따라 도쿄에 가리라. 오싱의 마음속에는 이런 결심이 불끈 솟아났다.

오싱은 가슴속에서 영원히 지워지지 않을 일곱 살 때의 기억을 떠올리며 새삼스럽게 하루가 이 세상을 떠났음을 절감하고 가슴 아파했다. 글공부하라고 석판이랑 석필 살 돈을 주었던 언니가 그렇게 고마울 수 없었던 어린 시절……

한참 동안 골똘히 생각에 잠겼던 오싱이 불쑥 고개를 들고 후지를 불렀다.

"엄마, 나 도쿄에 갈 거예요."

"도쿄에?"

후지는 오싱의 느닷없는 말에 자신의 귀를 의심했다.

"하루 언니가 못 이룬 꿈을 내가 대신 이룰 거야. 언니와 마지막 약속을 했어요."

"그렇지만 넌 이미 갈 곳을 정하지 않았니?"

오싱은 하루 언니가 자신에게 들려주었던 얘기를 엄마에

게 털어놓았다. 아울러 그러한 하루의 유언대로 도쿄에 갈 자신의 결심도 얘기했다.

그러나 오싱을 두 번씩이나 남의 집에 보내는 쓰라림을 겪은 후지였기에 이번에도 왠지 걱정부터 앞섰다.

"미용사가 되려면 월급도 없이 7, 8년이나 제자가 되어 고생고생하며 배워야 한다더라."

후지는 여전히 근심을 떨쳐 버리지 못했다.

"엄마, 나 하나쯤 고생하는 것은 하나도 무섭지 않아요. 일곱 살 때의 재목점 일을 생각하면 어떤 어려운 일도 해낼 수 있어요."

"그래, 그래. 똑똑한 너니까 걱정은 덜 되지만 부모 노릇 변변히 못해 또 남의 밑에서 고생을 시키는구나. 그런 생각만 하면 가슴이 무너지는 것 같다. 그렇지만 야마가다의 요릿집에 가는 것에 비하겠니? 어떻게 하든 네가 가는 걸 돕겠다."

"내가 없어지면 엄마를 닦달할 텐데……"

"너희 아버지 잔소리라면 이골이 났다. 그까짓 따귀 두어 대쯤 맞아도 괜찮다. 네가 네 원대로 살 수만 있다면 말이다. 네 짐은 나중에 부쳐 줄 테니까 맨몸으로 가거라. 아버지가 눈치채면 큰일 날 테니까."

"미안해요, 엄마."

"오싱, 너와는 몇 번씩이나 헤어지기도 했지만 도쿄는 먼 곳이야. 이게 정말 마지막일지 모르겠구나."

오싱은 아무 말도 할 수가 없었다.

"사람은 언젠가는 헤어지게 되는 거란다. 하루처럼 영원히 이별하게도 되고 어떻게든 살아 보려다 생이별을 하는 수도 있지."

"엄마, 용서하세요. 불효인지 알면서도 내 맘대로 해서요."

"부모 자식이 언제까지나 서로 의지한다면 서로 불행해질 뿐이야. 절대 약해져서는 안된다. 오싱, 이제부터 이 세상에 너 혼자뿐인 거야."

오싱은 입을 굳게 다물고 솟구치는 슬픔을 눌렀다.

낯선 도쿄로

먼동이 틀 때까지도 오싱은 두근거리는 가슴을 억누르며 한숨도 잘 수가 없었다. 그날 새벽은 여느 날과는 전혀 다른 느낌으로 오싱에게 찾아들었다.

어둠 속에 잠겨 있던 사물들이 빛을 받아 그 모습을 서서히 드러내듯이, 앞일을 알 수 없는 오싱에게 그날 아침은 막연한 두려움으로 다가온 것이다.

아직도 군데군데 엷은 어둠이 깔려 있는 이른 새벽녘, 오싱은 막옷 차림으로 살며시 방을 나왔다.

그 뒤를 후지가 따라 나오며,

"빨리 보따리 갖고 오너라."

하고 목소리를 낮추어 말했다.

그 말에 재빨리 헛간으로 뛰어들어간 오싱은 짚 더미 속에 숨겨놓은 보따리를 꺼냈다.

곧장 헛간 문을 나가려던 오싱은 문득 뒤를 돌아보며,

"하루 언니, 나 지금 가. 나와 함께 도쿄에 가, 응?"

하고 중얼거리며 아득한 시선을 보냈다.

오싱은 얼마 전까지 그곳에 누워 있던 하루가 지금도 분명히 있다고 믿고 싶었다. 그러나 이내 현실을 깨닫고는 힘없이 문을 나섰다.

오싱이 집을 나설 때 어슴푸레하던 주위가 마을을 거의 벗어날 때쯤에는 완전히 그 모습을 드러냈다. 오싱은 달리던 걸음을 멈추고 가쁜 숨을 몰아쉬며 오던 길을 되돌아보았다. 집과는 아득히 먼 거리까지 정신없이 달려와 있다는 것을 깨닫고 오싱은 자신에게 당부하던 후지의 목소리를 떠올렸다.

"무슨 배든 눈에 띄는 대로 타거라. 애걸을 해서라도 말이다. 저녁때까지 될수록 멀리 가 있거라. 뒤쫓아 갈 수 없게 말이다. 엄마가 저녁까지는 무슨 말을 둘러대서라도 속일 테니."

오싱은 엄마의 말을 다시 한번 마음속에 새기면서도 한편으로는 집에 남은 엄마가 몹시 걱정되었다.

이른 새벽에 집을 나선 오싱은 뛰다시피 걸음을 재촉하여 사이조가와 선착장에 도착했다. 선착장에는 마침 어디론가 출발하는 화물선이 있었다.

오싱은 그 배의 행선지는 상관하지도 않고 간절히 부탁을 해서 짐을 쌓아 놓은 화물칸에 겨우 얻어 탈 수 있었다.

아침나절에 출발한 그 배는 해가 저물 무렵에야 어느 시골의 작은 항구 마을에 오싱을 내려놓고 다시 어디론가 사라져 버렸다.

오싱은 낯선 시골의 작은 역에서 마음을 죄며 기차를 기다렸다. 자신의 앞일에 대한 막연한 기대와 함께 미지에의 두려움을 느끼며, 자신의 운명처럼 다가올 기차를 기다리는 것이다.

절의 경내는 숨소리조차 들릴 정도로 조용했다. 오싱과 게이는 묘지 사이를 걸으며 무언가를 찾는 듯 두리번거렸다.

옛 기억의 감회에 젖은 눈빛으로 이곳저곳을 둘러보던 오싱이 갑자기 들뜬 목소리로 소리쳤다.

"있다, 있어! 바로 저것이야."

오싱은 말을 마치기도 전에 황급히 어느 묘비 앞으로 가까이 다가갔다. 뒤쫓아 온 게이는 비석에 새긴 비명을 눈으로 훑어보더니,

"그렇구나, 할머니의 결혼하기 전 성씨가 다니무라였군요."

하며 고개를 끄덕거렸다.

"전에는 그 마을에 있었는데 폐촌이 되어 아무도 없으니 이 절로 묘를 옮겼단다. 아버지와 어머니도 또 쇼지 오빠도 이 속에 잠들어 있지."

오싱은 아득한 기억 속에 빠져 가족들의 얼굴들을 떠올리며 눈을 감았다. 잠시 후 눈을 뜨고 물끄러미 묘비를 보던 오싱은 그곳에 새겨진 이름 하나를 가리켰다.

"여기 봐라. 하루라고 언니 이름도 있지 않니."

할머니의 말에 게이는 유심히 묘비를 들여다보았다.

"1916년 잠들다. 향년 19세라……"

손자의 중얼거리듯 묘비를 읽는 소리를 듣고 오싱은 약 한 번 제대로 써보지 못하고 비참하게 죽어간 하루의 모습을 선명하게 떠올렸다.

"지금은 폐병 같은 건 병 축에도 끼지 못하지만 그 당시에는 한번 걸렸다 하면 끝장이었단다. 얼마나 많은 사람들이 그 병으로 죽어 갔는지 모른다."

오싱은 길게 한숨을 쉬더니 꽃다발을 묘비 앞에 조용히 내려놓고 향을 피웠다. 오싱은 뽀얀 연기 속에서 하루와 쇼지의 얼굴을 보는 것 같았다.

"이런저런 일로 쇼지 오빠와 인연을 끊다시피 해서 어쩌다 보니 이 절에도 통 오질 않았구나. 생각하면 죄송한 일이지."

"그러고 보니 할머니가 야마가다에 가시는 것을 못 봤어요."

오싱은 묘비에서 시선을 뗄 줄 몰랐다.

"하루 언니가 존재했었다는 걸 아는 사람은 이제 나밖에 없는데…… 미안해요, 언니."

지난날을 돌이키는 오싱의 얼굴엔 깊은 회한이 가득

했다.

"하루 언니라는 분이 없었으면 할머니가 도쿄에 나오지 않았을지도 모르는 거군요. 역시 할머니에게 중요한 분이군요."

오싱은 게이의 말을 귀에 담으면서도 여전히 묘비에서 시선을 떼지 않았다.

"그래서 도쿄에는 무사히 도착했어요? 제대로 그 미용원에 찾아갔어요?"

쏟아지는 게이의 물음에 오싱은 여전히 흔들림조차 없는 시선으로 마치 묘비와 얘기하듯 자신 속으로 깊이 빠져들었다.

"그렇지만 할머니가 미용사였다는 말은 들은 적이 없는데?"

오싱은 게이의 말이 귀에 들어오지 않았다. 이미 오싱은 과거에 자신이 집을 도망쳐 무작정 길을 떠났던 기억 속으로 빠져들었다.

그때 열여섯의 오싱은 달리는 기차 화물칸 한구석에 웅크리고 앉아, 자신의 앞날에 대해 고민하고 있었다.

이제부터 어떤 세계가 기다리고 있을까. 나이 어린 오싱으로서는 상상도 할 수 없었다. 그저 불안하면서도 또 막연한 기대에 들떠 보기도 했다. 그런 중에도 다시 고향에 갈 수는 없다는 것을 재차 다짐하는 오싱이었다. 70년이 흐른 지금도 오싱은 그때 보따리 하나만을 안고 도쿄로 길을 떠났던 자신의 용기가 도저히 믿어지지 않았다.

오싱과 게이는 절을 나오자 그 길로 상행 열차에 몸을 실었다.

"할머니가 열여섯일 때 도쿄까지 몇 시간이나 걸렸어요?"

차창 밖에 온통 시선을 빼앗기고 있던 오싱은 게이의 질문에 비로소 시선을 돌렸다.

"글쎄다, 자세한 건 잊었지만 조금이라도 빨리 야마가다를 떠나지 않으면 아버지한테 붙잡힐 것 같아 닥치는 대로 기차를 탔단다. 그 바람에 중간에 내려 딴 차를 갈아타야 했고 또 어떤 때는 기차를 기다리느라 대합실에서 밤을 새우기도 했단다. 그처럼 마음을 죄었던 기억은 지금도 생생한데 며칠이 걸렸는지 모르겠구나. 도쿄에 가서도 하루 언니가 말한 미용원이 있을지, 그 집을 제대로 찾아낼지, 설혹 찾더라도 그 집에 있게 될지 알 수 없었으니 걱정이 태산 같았단다."

"정말 마구잡이였군요. 편도 차표밖에 없으면서 만일 일이 틀어지면 어쩔 작정이었어요?"

"그때는 그저 도망치는 것밖에 아무것도 염두에 없었단다. 야마가다에 있다간 요릿집에 팔려갈 테니까 말이다. 설령 도쿄에서 굶어죽는 한이 있더라도 야마가다에 가기는 싫었으니까. 할머니는 하루 언니를 철석같이 믿었거든. 그리고 일이 잘 안되더라도 넓은 도쿄니까 어떻게 되겠지 하고 기대했었다. 도쿄라는 곳은 그런 생각으로 사방에서 온 사람들이 모인 곳이니까."

"그건 그렇지만 어린 처녀가 혼자서 어떻게……"

"가요 아가씨도 그렇게 떠나셨으니까."

게이는 가요라는 말에 유난히 눈을 반짝이며 관심을 나타냈다.

"그분의 소식을 알고 계셨어요?"

"아니, 알지는 못했지만 가요 아가씨가 도쿄에 계신다는 것만으로도 왠지 마음이 든든했단다."

가요와의 기억을 떠올렸는지 오싱의 입가에 보일 듯 말 듯 엷은 미소가 잠깐 비쳤다.

"가요 아가씨는 고우타라는 분과 같이 있었을 테니 할머니와는 달라요. 같은 가출이라도요."

문득 어두워지는 할머니의 안색을 눈치챈 게이는 얼른 화제를 돌렸다.

"그때도 역시 우에노에서 내렸어요?"

오싱은 고개를 끄덕이며,

"새벽이었어. 무사히 온 것까지는 좋은데 캄캄절벽이었지. 정말 기가 막히더라. 어린애처럼 손바닥에 침을 쳐 보고 갈 수도 없고……"

오싱은 그때의 난감한 상황을 얼굴에 떠올렸다.

드디어 기차는 오랜 시간을 달려 우에노 역에 도착했다.

역에는 넘칠 듯 많은 승객들이 발붙일 틈도 없이 붐비고 있었다.

"우에노 역에 와 보기가 무척 오랜만이구나. 많이 달라졌어."

오싱은 규모가 커진 역내와 그 많은 사람들을 둘러보며 놀라움을 감추지 못했다.

게이는 할머니의 그 다음 이야기가 몹시도 궁금한 모양이었다.

"그 미용원이 아사쿠사의 관음사 뒤편이라고 했지요? 그럼 택시가 나을 거예요. 할머니가 걷기엔 좀 힘드실 테니까."

"걷기로 하자. 어쩐지 걸어가고 싶구나. 그땐 눈에 띄는 사람에겐 모조리 물으면서 갔었지. 모습은 변했지만 그래도 그립다."

아사쿠사는 생각보다 그리 멀지 않은 곳에 있었다.

절 가까이에 이르자 오싱은 발걸음을 잠시 멈추더니 눈을 가늘게 뜨고 주위를 둘러보았다. 지금은 옛 추억을 더듬을 실마리조차 없이 변해 버린 곳에서, 오싱은 죽은 언니의 말 한마디에 매달려 같은 길을 걷던 열여섯 살의 자신의 모습을 돌아보았다.

작은 보따리를 가슴에 안은 오싱은 두리번거리며 아사쿠사의 뒷길을 헤매고 있었다. 마침 그 곁을 지나는 여자가 눈

낯선 도쿄로

에 띄어 오싱은 얼른 그 앞으로 달려가 가볍게 머리를 숙여 인사했다.

"저어, 혹시 이 근처에 하세가와 다카라는 선생님이 하시는 미용원이 어딘지 모르세요?"

그 여자는 부드러운 미소를 띠며,

"다카상 댁을 찾고 있는 거유?"

라며 친절하게 물어 왔다.

"그렇다면 저 큰길 건너편에 있다우."

"고맙습니다."

오싱은 밝게 웃으며 여자에게 머리 숙여 인사를 했다. 그 순간 긴장과 피로가 한꺼번에 몰려오는 것을 느꼈다. 잠시 멈춰 서서 크게 한숨을 쉰 다음, 오싱은 재빨리 큰길을 건너 그 여자가 일러준 대로 미용원 앞까지 단숨에 달려왔다.

그곳은 눈에 쉽게 띄었다. 미용원 간판이 걸린 그 앞에서 오싱은 비로소 안도의 숨을 내쉬기는 했으나 선뜻 들어갈 용기가 생기지 않았다.

오싱이 기웃거리며 안을 살피고 있을 때 기생처럼 보이는 멋있는 여자가 다가와 수상한 눈으로 흘끔 쏘아보았다. 당황한 얼굴로 오싱이 얼른 비켜서자 그 여자는 으스대며 미용원 안으로 들어갔다. 오싱은 넋을 잃고 그 여자의 뒷모습을 바라보았다.

"도쿄라는 곳엔 예쁜 사람이 많은 모양이구나."

혼잣말로 중얼거리던 오싱이 숨을 크게 들이쉬고 문을 열자, 나란히 놓인 다섯 개의 거울이 한눈에 들어왔다. 종업원들은 손님의 머리를 빗거나 마무리 손질을 하느라 저마다 바삐 움직이고 있었다.

마무리 손질을 하는 처녀들보다 나이가 어려 보이는 빗잡이들이 오싱을 보고 일제히 인사를 했다.

"어서 오세요."

자신에게 쏟아지는 많은 시선 때문에 어쩔 줄 몰라하는 오싱에게 허드렛일을 하고 있는 리쓰가 다가와 고개를 숙이며 말했다.

"머리하러 온 거예요?"

"네? 아, 아니에요."

오싱은 놀란 표정으로 엉겁결에 고개를 흔들었다.

"뭐예요, 손님이 아니잖아. 거기 얼씬거리지 말고 저리로 가요. 손님한테 방해가 되잖아요."

"저, 난 선생님을 보러 왔어요."

"선생님은 무슨 일로요?"

자신보다 나이가 몇 살 어려 보였지만 오싱은 조심스럽게 말을 꺼냈다.

"여기에서 일을 할까 해서요."

"사람은 꽉 찼어요. 일할 자리가 없어요."

"저어……"

"이제 알았으면 가 봐요. 난 바빠요."

리쓰는 귀찮다는 표정으로 오싱을 훑어보았다.

"선생님은 어디 계신가요?"

"지금 안 계세요. 그렇지만 선생님을 뵈어도 마찬가지예요. 딴 곳에나 가 봐요. 미용원이 여기만 있는 건 아니니까."

그래도 오싱은 우물쭈물하며 밖으로 나갈 수가 없었다.

그때 손님의 마무리 손질을 하던 수제자 뻘이 되는 도요가,

"아주 예쁘세요. 오늘 머리결이 유난히 말을 잘 듣는데요."

하고 환한 웃음으로 얼굴을 가득 채웠다.

"도요상, 수고했어요."

거울을 들여다보던 여자의 얼굴에도 만족한 웃음이 가득했다.

그 손님을 문밖까지 배웅하고 다시 자리로 돌아오던 도요는 그때까지도 쭈뼛거리며 문가에 서 있는 오싱을 보고는 얼굴을 찌푸렸다.

"이봐, 언제까지 버티고 서 있을 거야. 안된다면 안되는 줄 알아야지. 말 안 들으면 순사를 부를 테야!"

오싱은 화끈거리는 얼굴을 감싸듯 하고는 당황해서 미용원을 빠져나왔다.

"요즘 저런 애들이 늘어 골치라니까요. 그저 꼴뚜기도 망둥이도 무작정 시골에서 뛰쳐나와 전부 도쿄에 오면 누가 먹여 살리는 것쯤으로 생각하나 봐요. 저렇게 찾아와서 떼를

쓰니 뻔뻔스럽기 짝이 없잖아요."

도망치듯 미용원을 나오던 오싱은 도요의 목소리를 분명하게 들었다. 막상 바깥으로 나왔으나 오싱은 머리끝까지 오기가 치밀어 올랐다.

오싱의 귓전에는 방금 전 도요의 목소리가 생생하게 울려왔다.

"게다가 앞문으로 들어와 버티고 서 있기까지 하니 예의도 염치도 없나 봐요. 시골 아이들에겐 손들었다니까요."

오싱은 분을 꾹 참으며 입술을 잘끈 깨물었다. 눈빛에는 강한 의지와 불꽃이 타오르기 시작했다. 그러나 미용원 안은 아무 일도 없었던 듯이 다시 분주히 움직일 뿐이었다.

오싱은 근처의 나무 그늘에 앉아 미용원 선생님이 오길 기다리기로 했다 그렇게 얼마를 앉아 있으려니까 미용원 주인인 듯한 사람이 빗잡이에게 물건을 들리고 오는 모습이 보였다. 오싱은 순간적으로 알아채고 자리에서 벌떡 일어나 그 앞으로 뛰어갔다.

"다카 선생님이시죠?"

"누구죠?"

느닷없이 불쑥 튀어나온 오싱의 당돌한 태도에 당황한 것은 오히려 빗잡이 아가씨였다.

"이봐요, 누구예요?"

"저, 전 다니무라 하루라는 사람의 동생인데요. 하세가와 다카 선생님께 가면 미용 기술을 가르쳐 주신다기에……"

오싱은 처음의 용기와는 달리 점차로 더듬거리며 말끝을 맺지 못했다.

"선생님이 말씀하신 거예요?"

빗잡이가 빤히 쳐다보며 묻자 다카는 기억에 없다는 듯 고개를 갸웃거렸다.

그러자 오싱은 당황해서 얼른,

"하루 언니는 야마가다의 제사공장에서 일했어요."

하며 허둥지둥 품속에서 종이쪽지를 꺼내 보였다.

"이거 여기 주소예요. 여기 오면 된다기에……"

반신반의하며 다카가 쪽지를 들여다볼 때 빗잡이인 소데가 쌀쌀맞게 쏘아붙였다.

"그런 소리를 하며 오는 사람이 댁 하나가 아니에요."

오싱은 순간 눈앞이 캄캄했지만 그래도 한가닥 희망을 다카의 말 한마디에 걸었다.

"이봐요, 안됐지만 지금 자리가 없군요. 우에노 역 앞에 게이앙이라는 소개업소가 있어요. 거기 가서 부탁하면 일손 모자라는 곳을 소개해 줄 거예요."

"선생님 댁에는요?"

오싱은 흔들림조차 없을 것 같은 다카의 표정을 똑바로 마주 보았다.

"조금 전에 말했듯이 우리 집엔 일손이 차 있으니까. 아마 게이앙에 가면 일할 곳이 있을 거요."

다카가 이렇게 말하고 미용원으로 다시 발걸음을 떼려 할 때 다카의 뒤를 따라가려는 오싱의 앞을 소데가 가로막았다.

"이봐요. 선생님이 그렇게 말씀하시는데 못 알아들어요? 우리 집에선 신원이 확실치 않은 사람은 안 써요. 예전에 댁 같은 사람을 불쌍하다고 둔 적이 있는데 일도 못하는 주제에 돈을 훔쳐 달아나 버렸어요. 그 뒤로는 절대로 아무나 안 써요."

오싱은 괜한 의심을 받는 것이 민망했다.

"그러니 선생님 말씀대로 게이앙에나 가 봐요."

이렇게 말하고 소데는 찬바람이 날리도록 휑하니 미용원 안으로 들어가 버렸다. 실망한 오싱이 하릴없이 미용원을 바라보고 있을 때 또 다른 종업원 하나가 나오는 모습이 보였다. 그러고는 오싱에게 다가와 무엇인가 종이에 싼 것을 불쑥 내밀었다.

"이거 선생님이 전찻삯이나 하라세요."

순간, 오싱은 말로 표현할 수 없는 수치감이 고개를 쳐들었다.

"나 이런 거 받으러 여기 온 게 아니에요!"

"뭐라구요? 선생님이 안됐다고 생각해서 주시는 건데, 아무튼 거기 버티고 서 있지 말고 비켜요."

밉살스럽다는 듯한 눈초리를 받자 오싱은 날카롭게 쏘아보고 발끈해서 그 자리를 떠났다.

낯선 도쿄로

화가 머리끝까지 치밀어 큰길까지 걸어나온 오싱은 길가에 아무렇게나 털썩 주저앉았다. 그러나 아무리 생각해도 그대로 물러설 수가 없었다. 하루 언니의 유언을 그렇게 물거품처럼 저버릴 수는 없었다.

오싱은 다시 일어났다. 그러고는 되돌아온 길을 다시 걷기 시작했다. 그리고 야무진 표정으로 미용원 쪽으로 부지런히 걸어갔다.

다시 고생길로

 미용원의 뒤쪽은 안채와 이어진 부엌이었다. 오싱은 뒷문 틈으로 안을 넘겨다보며 신기한 듯 둘러보았다. 부뚜막에 놓인 솥에서 물을 끓여 쓰는 모양이었으나 아궁이에는 불씨가 거의 꺼져 가고 있었다.
 그때 다카의 목소리가 들려왔다.
 "물이 이렇게 미지근해서 어쩌냐? 물을 끓여서 내오거라."
 그 소리를 듣고 오싱은 얼른 뒷문을 통해 부엌으로 들어왔다. 그러고는 아궁이에 장작을 넣고 불을 지피기 시작했다. 정신없이 호호 불어 가며 불을 지피던 오싱은 마침 부엌으로 들어오던 리쓰에게 들켜 버렸다.
 "도둑이야, 도둑이야!"

리쓰의 목소리에 점포 안에 있던 도요와 빗잡이들이 우르르 몰려나왔다.

"여기서 뭐하는 거야?"

도요의 쌀쌀맞은 말에 오싱은 아무렇지도 않게 대답했다.

"아궁이의 불이 꺼져 가기에 장작을 넣는 거예요. 불이 일어났으니 금세 물이 데워질 겁니다."

오싱은 다시 가물가물한 아궁이 불에 입으로 바람을 불어 불을 일으켰다. 도요는 그런 오싱을 향해 신경질적으로 소리쳤다.

"아니 누가 시켰다고 마음대로 저러지? 리쓰!"

부엌에서의 소란이 미용원 안에까지 들렸는지 다카가 부엌으로 들어왔다.

"선생님, 아 아이 하는 짓 좀 보세요. 마음대로 들어와 넉살 좋게 글쎄."

도요는 흥분을 감추지 않았다.

"손님들 기다리시게 해 놓고 이게 무슨 짓들이야! 빨리 못 가?"

"그렇지만 이 아이가……"

"내버려 둬!"

마지못해 제자리로 돌아가는 종업원들을 보고 다카는 오싱에게 무어라고 말하려 했다. 그러나 그보다 더 빠르게 오싱은 바닥에 꿇어앉아 머리를 숙였다.

"제발 부탁입니다. 무슨 일이든지 하겠습니다. 여기서 일하게만 해 주십시오. 저는 선생님께 미용 기술을 배우려고 야마가다에서 왔습니다. 본디 언니가 오기로 했던 것이지만 얼마 전 병들어 죽었습니다. 그래서 제가 대신 온 겁니다. 하루 언니의 유언이었어요."

다카는 아무 말도 없이 그런 오싱의 모습을 자세히 바라보았다.

"하루 언니의 몫까지 일하겠습니다. 언니는 숨이 끊어질 때까지 미용사가 되는 것이 소원이었어요. 언니의 원을 풀기 위해서라도 저는 어떻게든 버젓한 미용사가 되어 보고 싶습니다."

묵묵히 오싱의 말을 듣고 있던 다카가 갑자기 아궁이를 가리키며,

"저것 봐. 또 불이 죽으려 하네."

하고 말했다.

오싱은 순간 어리둥절해 다카와 아궁이를 번갈아 보았다.

"일이란 남이 일일이 시킬 때만 해서는 안돼. 자기가 알아서 일을 찾아 해야지."

이렇게 밑도 끝도 없는 말을 불쑥 남겨 놓고 다카는 안으로 들어가 버렸다.

오싱은 잠시 멍한 표정으로 있다가 갑자기 얼굴이 환해졌다. 그러고는 불을 보랴, 물가마에 물을 채우고 부엌을 치우

랴, 분주하게 일을 해 나갔다.

　부엌일을 말끔히 마치고 오싱이 미용실 안으로 가 보니 다카는 마지막 머리 손질을 하고 있었고 빗잡이들과 막일을 하는 리쓰도 분주한 모습들이었다.

　오싱은 손님 대기실을 들여다보고 손님께 낸 찻잔과 주위의 어수선한 것을 깨끗이 치웠다. 그리고 차례를 기다리던 손님에게,

　"곧 따뜻한 차를 올리겠습니다."

　하고 예의 바르게 손님 앞의 빈 찻잔을 들고 나갔다.

　잠시 후, 오싱은 더운 차를 들고 손님에게로 가져갔다.

　"고마와요. 어마, 참 맛있게 끓였네."

　오싱에게 차를 건네받은 여자들은 한결같이 오싱의 솜씨를 칭찬했다.

　"정말 맛있네. 아가씨, 차 잘 끓이는데."

　쑥스러운 듯 오싱은 얼굴이 발갛게 달아올라 다시 현관 쪽으로 나왔다. 그녀는 손님들의 신을 가지런히 놓다가 게다(나막신)가 더러워진 것을 발견하고는 걸레로 깨끗이 닦아 놓았다.

　마침 그 신의 주인인 여자가 머리를 다 하고 현관으로 나오다가 그런 오싱의 모습을 보았다.

　"고마와요. 이 아가씨 눈치가 빠른데요? 머리하러 다녀 봐도 이렇게 기분 좋은 서비스는 처음이에요."

손님은 다카를 돌아보며 만족스럽게 웃었다. 그러나 다카는 그 말엔 아무런 대꾸도 하지 않았다.

"감사합니다. 안녕히 가십시오."

다시 안으로 돌아온 오싱이 이제 방금 나간 손님의 자리를 말끔히 치우는데 도요를 비롯한 빗잡이들이 점심을 먹으러 부엌으로 들어갔다.

오싱도 그 뒤를 따라 들어갔다. 각자 자신의 소반에 밥을 얹자마자 단무지뿐인 반찬으로 무섭게 빠른 속도로 먹어 치웠다.

오싱은 어이가 없이 그런 모습을 바라보다가 더러워진 수건들을 걷어 우물에서 빨아와 그것들을 뒷마당에서 널었다. 그때 다카의 목소리가 들렸다.

"이봐, 점심 먹어야지."

깜짝 놀란 오싱이 뒤돌아보았다. 다카는 오래 전부터 오싱이 일하는 모습을 지켜보고 있었던 듯했다. 오싱이 쭈뼛거리며 부엌으로 들어와 보니 다카 역시 단무지 한가지만으로 밥을 먹기 시작했다.

"반찬은 단무지뿐이지만 밥은 많으니까 양껏 먹어라."

"네, 하지만 전 아직 이 댁 식구가 아니라서……"

다카는 오싱의 조심스러운 말을 귀담아 듣지 않았다.

"서둘러 먹지 않으면 때를 놓쳐. 다들 바쁘니까."

오싱은 다카에게 차를 따라주며 조심스럽게 얼굴 표정을

살폈다.

"그럼 저를 여기 있게 해 주시는 거예요?"

그래도 다카는 무표정한 얼굴로 모른 척했다. 오싱은 다카의 마음속을 헤아릴 길이 없었다. 불안하고 답답했다. 그러나 지금은 나가라는 말이 없는 것만으로도 고맙고 다행한 일로 여겨져 몸 아끼지 않고 일해야겠다고 다짐했다.

그러나 밤이 오는 것이 두려웠다. 이 집에서 나가라고 한다면 당장 남의 집 처마 밑이나 바깥에서 잠을 자야 할 판이었다. 의지할 사람도 여관에 들 돈도 없지 않은가. 이제부터 어떻게 해야 할 것인지 암담하기만 했다.

저녁 늦게 미용원의 마지막 손님이 나간 뒤 리쓰는 현관문을 잠그고 홀에 들어왔다. 오싱이 미용원 안을 치우고 있는 모습을 본 리쓰는 마치 오싱에게 지지 않으려는 듯이 열심히 청소를 했다.

오싱과 리쓰가 서로 경쟁이라도 하듯 청소를 하고 있을 때 다카가 자기 방에서 나왔다.

"리쓰, 서둘러 저녁 준비를 해라. 모두들 시장하니까."

"네, 청소를 끝마치고 하겠습니다."

"청소는 그만두고."

리쓰는 풀이 죽은 모습으로 힘없이 부엌으로 갔다.

오싱은 제 몫의 할 일이 돌아와 한시름 놓고 신이 나서 다시 청소를 했다. 그 곁에서 도요와 빗잡이들은 그런 오싱이 밉상이라는 듯 못마땅하게 노려보았다.

그때 다카는 아예 한술 더 뜨는 말을 했다.

"이불 안 쓰는 거 있지? 너희들 방 한구석에 재워 줘라."

"여기 있게 하실 건가요?"

"이제 나가래도 어디 잠자리도 없을 것 아니냐."

"그렇지만 신원을 알 수 없는 아이를 어떻게요? 지난번에도 선생님이 불쌍하다고 선심을 쓰셨다가 하루 매상을 몽땅 도둑맞았지 않아요?"

"그때는 거절 못할 처지의 사람이 부탁하는 바람에 할 수 없이 있게 했던 거야."

"저 애도 혹 믿을 만한 보증인이 있어요?"

"그런 게 무슨 소용이야. 아무리 훌륭한 보증인이 있어도 못된 짓 할 사람은 하기 마련이다. 중요한 건 당사자의 사람됨이야."

"그럼 저 애의 인품을 믿을 수 있다는 말씀이세요? 겨우 반나절 지내보고 어떻게 아시겠어요?"

"내겐 사람 보는 눈이 있다. 너무 이래라저래라 할 것 없잖아?"

다카의 단호한 말에 도요는 더 이상 대꾸를 못했으나 그 얼굴에는 불만이 역력했다.

"버젓한 보증이 있는 아이라면 거절을 해도 갈 곳이 있겠지만 저 애를 지금 이 집에서 내보내면 어떻게 될 것 같아?

한 처녀의 일생이 걸린 일이야. 두고두고 뒷맛이 좋지 않은 일은 하고 싶지 않아."

"선생님!"

"될 싹이 안 보이면 언제라도 내보낼 수 있다."

도요는 더 이상 반대할 구실이 없었다. 다카의 태도가 의외로 단호하기 때문이었다.

그날 저녁, 부엌에 모인 도요와 빗잡이들은 여느 날과 다름없이 변변치 않은 반찬으로 밥을 먹었다. 단지 그날은 오싱이 한쪽 구석에 끼여 앉아 기를 펴지 못하고 밥을 먹는 것이 다를 뿐이었다. 그러는 중에도 오싱은 눈치 있게 차를 따르는 등 시중을 들었으나 모두들 거들떠보지도 않았다.

그때 다카가 부엌으로 나와 눈짓으로 오싱을 가리키며 물었다.

"참, 이름이 뭐지?"

"네, 오싱입니다."

다카가 그 자리에 있던 모두에게,

"오싱도 목욕탕에 데리고 가거라."

라고 말했으나 대답하는 사람은 아무도 없었다.

"아니에요, 제가 무슨 목욕을 하겠어요."

당황하며 어쩔 줄 몰라하는 오싱을 모른 척하고 다카는 말없이 자기 방으로 들어가 버렸다.

오싱은 다카를 쫓아가,

"선생님, 저를 여기 있게 해 주시는 겁니까?"

라고 걱정스럽게 물었다.

"갈 곳 없는 사람을 내쫓을 수는 없지 않아? 그 대신 내가 나가 달라고 할 때는 두 말 없이 단념해야 한다. 그렇게 하겠다고 하면 되는 거야."

오싱은 그 말에 잠시 쭈뼛거렸다. 아무 때나 나가라면 나가야 한다는 말이 어딘지 모르게 걸리긴 했으나 오싱은 얼른 분명하게 대답했다.

"네, 고맙습니다. 감사합니다."

다카는 연신 굽실거리는 오싱을 가볍게 지나치며,

"아직 고마워하긴 일러요."

라며 쌀쌀맞게 돌아서 갔다.

오싱은 기쁨과 감사의 눈길을 다카의 뒷모습에 쏟으며 벅찬 가슴을 안고 한동안 멍하니 서 있었다.

부엌에서 요란한 설거지 소리가 들릴 때에야 오싱은 자신의 위치를 깨닫고는 당황해서 부엌으로 돌아왔다.

"설거지는 제가 하겠어요. 목욕을 다녀오세요."

오싱의 상냥한 목소리에도 모두들 무표정한 얼굴로 외면했다.

리쓰가 설거지를 시작하자 다들 그릇들을 챙겨 리쓰에게 맡길 뿐 오싱에게는 그릇 하나 잡을 수 없게 했다. 오싱은 무안했으나 그래도 소매를 걷어붙이고 리쓰를 도와 그릇을 닦

앉다.

저녁 설거지를 모두 끝마치자 도요와 빗잡이 처녀들은 목욕 갈 채비를 하고 이층에서 내려왔다.

그녀들은 다카의 방에 대고, 목욕 다녀오겠습니다는 인사를 하고 나서 떼를 지어 뒷문을 통해 밖으로 나갔다.

부엌에 홀로 남은 오싱은, 이후 어떻게 해야 할지 몰라서 잠시 두리번거리다가 다카의 방으로 가까이 갔다.

"저어, 선생님 따끈한 차 한잔 올릴까요?"

그러자 미닫이문이 열리고 다카가 물었다.

"목욕탕에 따라가지 않았나?"

"네."

"따돌렸군."

"아닙니다. 제가 꾸물거리다 그만 못 따라갔어요. 그리고 저는 목욕 갈 채비도 없는걸요. 또 공중탕에 가본 적도 없고요."

다카는 오싱의 말에 미소를 지었다.

"그렇게 해서 제 몫을 해내겠나. 다들 갈 때는 얼른 끼여 가야지. 그리고 목욕은 사흘에 한 번밖에 안 가니까."

"네."

"그러다간 침실도 몰라 복도에서 자겠군. 자아, 따라 오너라."

다카는 쓴웃음을 머금은 채 방을 나서더니 앞장서서 이층으로 올라갔다. 머쓱한 표정으로 따르던 오싱은 아주 넓은 방을 보고 깜짝 놀랐다.

"이 방을 모두가 함께 쓰고 있다. 오싱도 여기서 자야 해. 이불은 여분이 있으니까 그걸 써라. 누가 도와주겠거니 생각하다가는 큰코다쳐. 혼자 해 나간다고 굳게 각오해야지."

"네."

오싱은 다시 한번 다카의 인품에 깊은 감명을 받으며 그 말을 마음속에 깊이 새기면서 조심스레 물었다.

"선생님, 저어…… 전 앞으로 무슨 일을 할까요?

"그런 걸 일일이 남에게 물어서 한다면 어떤 일도 해내지 못할 거야. 스스로 알아서 해야 자기 일이 되는 거니까."

다카는 이렇게 말하고는 방을 나가 버렸다. 혼자 남은 오싱은 얼떨떨한 기분으로 그 자리에 주저앉았다. 그러다가 번뜩 정신이 들자 그 길로 서둘러 부엌으로 가서 부뚜막의 솥뚜껑을 열고,

"쌀은 전날 밤 소두 석 되 씻어 놓으면 되고 점심도 저녁도 찬밥이었으니까 아침에 한꺼번에 지어 놓는 거고……"

라고 혼잣말로 중얼거리며 골똘히 궁리를 했다.

조금 있으려니까 목욕을 마치고 도요와 빗잡이 처녀들이 모두 돌아왔다. 이층 방에서 리쓰가 이부자리를 펴는 모습을 보고 오싱이 얼른 다가가 도우려 했으나 리쓰는 일부러 오싱을 밀어내며 도움을 받지 않았다.

리쓰가 여섯 개의 이부자리만을 깔고 쌀쌀하게 나가 버리

자 오싱은 다락에 있는 남은 이불을 꺼내서 자기 자리에 펴 놓고는 미용원으로 나왔다.

미용원에서는 도요가 빗질 연습을 시키고 있었다.

"더 힘을 들여!"

리쓰와 다른 빗잡이 처녀들은 열심히 빗을 놀리며 연습에 몰두했다.

"빗을 그렇게 세워 빗으면 머릿속이 다 벗겨져!"

오싱은 한쪽 구석에 물러나 앉아 연습하는 모습을 뚫어지게 바라보았다.

거듭해서 되풀이되는 빗질 연습은 밤이 깊어 갈 무렵까지 계속되었다. 매우 엄격하고 까다로운 격식임을 한눈에 느낄 수 있었다.

한참이 지나 빗질 연습을 마친 일행은 이층 방으로 올라오자 잠옷으로 갈아입고 지친 듯 각자 제 잠자리에 들었다.

오싱은 구석 자리에 쪼그리고 앉아 모두가 자리에 들기를 기다렸다가 마지막으로 리쓰까지도 자신의 이부자리에 들자,

"편히 주무세요."

하고 그들에게 공손히 인사를 했지만 대꾸를 하는 사람은 아무도 없었고 쌀쌀맞게 외면해 버렸다.

미용원에서의 첫날밤을 오싱은 이렇게 냉담하고 싸늘한 분위기에서 보내야만 했다.

이튿날 이른 아침, 다들 깊은 잠에 빠져 있을 때 오싱은 살며시 밖으로 나왔다. 그리고 서둘러 일을 시작했다. 우선 아궁이에 불을 지피고 밥솥을 올렸다. 솥의 밥이 끓자 불을 적당하게 줄이고 부엌을 깨끗이 정리했다. 또 홀 안을 쓸고 현관문을 깨끗이 닦았다.

오싱이 거울을 닦고 있을 때 이층에서 하품을 하며 내려오던 리쓰가 그런 오싱을 보고 깜짝 놀랐다.

"잘 잤어요?"

오싱의 말을 흘려 버리고 리쓰는 급히 부엌으로 들어갔다. 리쓰는 아궁이의 불을 지피려다 말고 놀라는 표정을 지었다.

그때 오싱이 가까이 다가왔다.

"밥을 지어 놓았어요. 문밖도 쓸었고 현관도 마당도 치워 놓았어요. 아침엔 된장국을 끓일 거예요?"

그런 오싱의 태도에 더 이상 참을 수 없다는 듯이 리쓰가 쏘아붙였다.

"이봐요. 잘난 척 함부로 설치지 말아요. 다 내 일이니까."

"더운 물도 한솥 가득히 끓여 놓았어요."

리쓰는 상대도 하지 않고 무를 거칠게 씻어 댔다.

"무는 된장국에 넣으려고요? 그럼 내가 할게요."

리쓰는 표정이 어두워지며 굳게 입을 다물었다. 그러나 오싱은 얼굴에 빙긋 웃음을 지으며 다정스럽게 물었다.

"리쓰짱은 몇 살이에요?"

리쓰는 대답도 하지 않았다.

"이제 열둘이나 셋쯤 됐지요? 난 열여섯이에요. 새벽에 일어나는 것은 몸에 배었고 아무리 심한 일도 견뎌 내요. 내가 이 댁에 있을 동안에는 전부 내가 할 테니까 리쓰짱은 다른 분들처럼 천천히 일어나요."

그제야 리쓰는 굳었던 얼굴을 약간 풀며 입을 열었다.

"그럴 수 없어요. 나도 더부살이니까 게으름 피우면 집으로 쫓겨나요."

오싱은 더부살이라는 말에 순간 가슴이 섬뜩해졌다.

"미안해요. 난 리쓰짱의 일을 빼앗으려던 게 아니에요. 단지 아직 어리니까 일이 고될까 싶어서 그런 거예요"

리쓰의 눈에서 경계의 빛이 완전히 사라졌다. 리쓰는 오싱을 마주 보며 말을 이었다.

"고되더라도 해내지 않으면 안돼요. 여기서 견디지 못하면 집에 갈 수도 없으니까요."

"리쓰짱네 집은 어디에요?"

"지바예요."

"아버지는 뭘 해요?"

"조그만 소작농이에요. 가난하고 형제가 많은데다 오빠가 장가를 가서 집에 못 있게 되었어요. 겨우 여기서 일하게 됐으니까 어떻게든 견뎌 미용사가 되어 아무에게도 의지하지 않고 살 수 있어야 해요. 내겐 의지할 만한 사람이 아무도 없어요. 엄마도 내가 집을 나올 때 그렇게 말했어요."

순간 오싱은 자신의 처지와 고향 집을 생각했다. 그러자 자신보다도 어려 보이는 리쓰가 측은하고 안쓰럽게 느껴졌다.

"그러니까 당신이 하나부터 열까지 전부 해치워 버리면 내 입장이 곤란해져요."

오싱은 하루 동안 자신이 했던 행동이 조금 후회스러웠다.

"이 댁에서 더부살이로 3년간 막일을 하고 그 다음에 빗잡이로 몇 년, 한 사람 몫의 미용사가 되려면 더 오래 있어야 해요. 생각하면 아득해요."

오싱은 리쓰의 말에 놀라지 않을 수 없었다.

"3년씩이나 막일꾼으로 있어야 하는 거예요?"

"다들 그렇게 해 왔대요. 제일 어린 나쓰 언니가 열여섯인데 열두 살 때 여기 와서 반년 전에야 겨우 빗잡이가 됐어요. 도요 언니는 이제 선생님의 대리도 할 수 있지만 10년이나 걸렸대요."

"그래요?"

"그렇지만 우리 선생님한테 일을 배우는 것만도 큰 복이래요. 선생님께선 솜씨가 좋다고 평이 나 있고 또 좋은 단골손님도 많으니까요."

리쓰는 다시 시무룩해지며 말을 이었다.

"당신이 일을 한다면 난 쫓겨날 거야. 막일꾼이 둘씩이나 필요하지 않으니까. 난 당신처럼 일을 잘할 수 없어요. 공밥은 안 먹일 거고."

오싱은 참으로 난처했다. 모든 걸 체념한 듯한 리쓰의 얼굴을 바라보고 있기가 괴로웠다. 오싱이 있게 된다면 자신이 쫓겨날 거라는 리쓰의 말이 오싱의 가슴을 아프게 했다.

날이 완전히 밝아지자 오싱은 다카의 방으로 달려갔다. 다카가 일어나 옷을 갈아입고 있을 때 오싱이 방으로 들어서며 인사를 했다.

"편히 주무셨습니까."

다카는 무표정하게 오싱을 바라보았다.

"여러 가지로 신세를 졌습니다. 이 댁에 더 있을 수 없어 딴 곳에 가렵니다."

"뭐라고?"

"미용사가 되어 보겠다는 마음으로 생떼를 써 가며 뛰어들어 죄송합니다."

"하루 일해 보고 질렸나?"

무슨 대답을 해야 좋을지 몰라 오싱은 잠시 망설였다.

"여태까지 무슨 일을 했는지 모르지만 미용 기술을 쉽게 배울 수 있으리라 생각했다면 놀랐을 거야. 정 견딜 수 없다면 잡지는 않겠어."

"일은 무슨 일이든 다 견딜 수 있습니다. 더 심한 고생도 해 봤으니까요. 그런데……"

다카는 오싱의 다음 말을 기다렸다.

"제가 끼어들면 리쓰짱이 설 자리가 없어집니다. 그걸 알게 됐습니다. 일손이 부족하지 않은 댁에 와서 써 주십사고 억지를 쓴 제가 잘못이지요."

다카는 묵묵히 오싱의 말을 귀담아 들었다.

"여태까지 제게 말을 거는 사람은 하나도 없었어요. 그런 것에까지 마음을 쓰면 일을 해낼 수 없을 것이라 생각했지만 이제 보니 왜들 그렇게 쌀쌀했는지 알겠습니다. 다들 어린 리쓰가 밀려나면 가엾으니까 그랬던 거예요. 저는 먼저 있던 사람을 쫓아내면서까지 일할 생각은 없습니다. 더구나 군더더기 식구를 두시게 되면 선생님께 폐만 끼치게 되는 것도 알았고요."

다카는 여전히 침묵을 지키며 오싱은 찬찬히 훑어보았다.

"저 같은 것을 기꺼이 받아 주신 선생님의 너그러우신 마음 잊지 않겠습니다. 고맙습니다."

그 말을 듣고 있던 다카가 갑자기 유쾌하게 웃으며 오싱을 어리둥절하게 했다.

"바보 같은 소리를 잘도 주워섬기네."

오싱은 놀라 눈을 동그랗게 떴다.

"내가 그렇게 소견머리 없는 여자로 보이나? 난 말이야, 뭐든지 하려고 하는 사람은 몇 명이라도 둘 생각이야. 일을 배우는 속도가 좀 느리거나 솜씨가 안 좋더라도 마음씨만 제대로 박힌 아이면 매정하게 내쫓지는 않아. 리쓰는 이제 열두 살이야. 천천히 시간을 두고 가르치면 돼."

오싱은 생각지도 않았던 다카의 말에 모든 고민들이 다 사라지는 듯했다.

"남의 일도 빼앗아 할 만큼 극성이 없으면 이 일은 해내기가 어려울걸. 리쓰 대신으로 더 잘할 것처럼 얘기했으니 어디 해 봐라. 어떻게 잘하는가 보겠다."

다카의 호의에 감격해서 오싱은 말문이 막힐 정도였다.

"아침부터 그런 실없는 소리 할 틈이 있으면 홀의 거울이나 닦아라."

멍해진 오싱의 얼굴을 모른 척하고 다카는 휑하니 방을 나갔다.

오싱은 다카 선생이 무척 고맙고 기뻤다. 아직 정식으로 제자로 받아들여지지는 않았지만 이제 아무에게도 거리낌없이 일을 할 수 있는 것이다.

부엌에서 아침 준비를 하는 오싱의 얼굴은 몹시 밝았다.

오싱이 부엌에 있는 동안 미용원 홀로 나온 다카는 이곳저곳을 살펴보았다. 바닥도 거울도 먼지 한 톨 없이 반짝반짝 닦여 있었다. 다카의 얼굴에는 엷은 웃음이 번져 갔다.

그날부터 오싱은 되도록 눈에 띄는 일은 리쓰가 하도록 하고 자신은 뒷일을 도맡아 했다. 그것이 나중에 들어온 사람의 도리라고 여겼기 때문이다. 그런 오싱의 고운 마음씨가 쌀쌀하고 무뚝뚝했던 선배들의 마음을 차츰 얼음 녹이듯이 풀어지게 했다.

부엌일처럼 궂은 일은 자신이 맡아 하고 홀을 치우고 손님들 시중드는 것을 리쓰에게 시키며 오싱은 보이지 않게 많은 일들을 해 나갔다.

저녁 일도 거의 끝나갈 무렵, 밖에 일을 나갔던 소노가 돌아왔다. 미용실을 찾지 못하는 사람들을 위해 이따금씩 손님을 방문해서 머리를 해 주기도 하는데 도요와 함께 고참인 소노가 주로 맡아서 했다.

그날 저녁, 밥상을 들여다보던 다카의 얼굴에 선뜻 놀라움이 비쳤다. 상 위에는 생선조림과 야채볶음이 정갈스럽게 놓여 있었다.

"저녁 찬을 리쓰가 마련한 게 아니로군."

"네, 부엌일은 오싱이 하기로 했습니다."

소데는 아무 생각 없이 대답했으나 의외로 다카의 표정은 언짢아 보였다.

"오싱을 오라고 해."

소데는 이내 부엌으로 나가 분주히 움직이고 있던 오싱을 불렀다.

다카의 방 앞에 이르러 오싱은 살며시 들어가 문가에 단정히 앉았다.

"부르셨습니까?"

"이 야채볶음은 모두에게 주는 거지?"

"네."

오싱의 대답이 떨어지자마자 다카는 갑자기 눈을 부릅뜨고,

"이봐! 우리 찬값이 얼만지 아는 거야?"

하고 노한 목소리로 말했다.

"네, 30전이라고 들었습니다."

"그렇다면 그걸 지켜야지. 자잘한 일에까지 내가 일일이 말을 하기 싫지만 이런 것은 서로 짚고 넘어가야 하기에 분명히 해 두는 거야. 돈을 더 쓰고 덜 쓰고의 문제가 아니야. 우리 집에서 일하는 한 우리 집의 규칙을 지켜야지. 오늘 모두 얼마 든 거지?"

"29전 7리 들었습니다."

다카의 표정이 갑자기 굳어졌다.

"누군 계산을 할 줄 모르는지 알아? 이 볶음에는 유부가 들어 있어. 그것만으로도 값이 얼만데. 유부가 얼만지 내가 모르는 줄 알아?"

오싱의 태도는 의외로 침착하고 분명했다.

"그 유부는 망가진 것이어서 무척 싸게 샀습니다."

"망가진 것이라고?"

"두부집에는 으레 만들다가 모양이 망가진 유부가 있게 마련입니다. 팔 수는 없는 거지요. 물어봤더니 그 집에도 있다

고 하더군요."

오싱이 거기까지 말하자 다카는 그만 질렸다는 표정으로 오싱을 쳐다보았다.

"앞으로는 그런 것을 모아 달라고 부탁해 두었습니다. 두부집에서는 팔지 못할 물건을 팔게 되니까 좋아하더군요. 우리는 맛있는 걸 싸게 먹으니까 좋고요."

다카는 무슨 말로 오싱의 말에 대응할지 몰라 입을 굳게 다물 수밖에 없었다.

"혹시라도 제 음식의 간이 안 맞으시면 말씀해 주세요."

오싱의 마지막 말에 다카는 겸연쩍어했다.

저렇게 야무지고 계산이 밝은 처녀가 다 있을까. 다카는 마음속으로 다시 한번 감탄하지 않을 수 없었다.

다카는 그렇게 오싱에게 점차로 마음속에 굳은 자리를 내어 주고 있었다.

푸른 꿈

　미용원에서의 하루하루는 정말 눈코 뜰 사이 없이 바쁘게 지나갔다.
　부엌에는 언제나 깨끗한 솥이 걸려 있고, 말끔하게 닦여진 바닥이며 거울들은 미용원 분위기를 한껏 부드럽게 해주었다.
　남들이 손님의 머리 손질을 할 때 오싱은 이층 방에 올라가 이불들을 꺼내어 햇볕에 널었다.
　그날 밤, 오싱은 모두의 이부자리를 펴고 사람들이 올라오기를 기다렸다. 피로하고 지친 표정으로 방에 들어서던 종업원들 모두의 눈이 동그래졌다.
　"어마, 이불에서 싱그러운 냄새가 나네. 햇빛을 쬐었나보지."

"그러게. 눅눅하기만 하던 것이 보송보송하고 따뜻하네."

다들 한마디씩 던지는 칭찬에 오싱이 멋쩍어 하며 빙긋 웃는데,

"거긴 몇 살이에요?"

빗잡이인 나쓰가 불쑥 오싱에게 물었다.

"열여섯이에요."

"어마, 그럼 나랑 동갑이네. 그러니까 리쓰짱보다 일을 잘할 수밖에 없지. 그렇지만 그 나이로 미용 기술을 배우려면 큰일일 거야."

"각오는 하고 있어요."

오싱은 야무지게 대답했으나 도요는 슬그머니 오싱의 마음을 떠보듯이 말했다.

"배우겠다고 와서 일 년도 못 견디고 가는 아이가 수두룩해. 올 때야 전부 일 배워 혼자 독립할 것을 꿈꾸고 오지. 사실대로 얘기하는 거니까 섭섭하게 듣지 말고 자신 없으면 일찌감치 그만두는 게 나아. 3년 막일을 하고 나면 겨우 손님의 머리를 만져 보지만 그게 빗질뿐이야. 손님의 머리를 풀고 더운 물로 펴가며 빗는 거지. 그렇게 몇 년이 지나야 머리 손질을 하게 되고 또 몇 년이 지나 기술을 다 배워도 그때는 선생님께 보답으로 몇 년을 더 있어야 독립할 수 있어. 그러니 열여섯에 시작하면 빨라야 스물일곱이나 여덟에야 독립할 둥 말 둥 하잖아?"

도요의 말을 듣고 보니 오싱은 어느 정도 짐작은 했지만 미용 기술을 익힌다는 것이 얼마나 힘든가를 또다시 절감했다.

"이것 봐. 모두들 손이 터서 야단들이지. 손님의 밑머리를 묶을 때는 손이 튼 사이로 머리카락이 파고들어가 정말 죽을 지경이야. 늘상 물을 만지니 손이 틀 수밖에. 미용사가 되면 평생 고운 손 지니기는 아예 틀렸어."

도요의 말은 어느새 푸념처럼 되어 있었다.

"정말이야. 미용사가 되는 건 여자의 행복을 놓치는 거야. 여자는 일찍감치 얌전하게 시집이나 가는 게 제일이야. 우리 선생님을 봐. 유명하시기는 하지만 결국 혼자서 쓸쓸히 사시잖아? 좋은 남자 만나서 애기 낳고 사는 게 낫지 않아요?"

"그래, 그게 열 번 낫지. 이제부터 겪게 될 고생을 알기 때문이야. 그래서 말해 주는 거야."

그 자리에 있던 사람들의 시선은 일제히 오싱에게 쏠렸다.

"난 시집갈 생각 같은 건 안 해요. 좋아하는 남자와 결혼도 못한걸요."

"호오, 좋아한 남자가 있었어?"

"아, 아니요. 난 가난한 소작농의 딸이에요. 밤낮 하늘만 쳐다보지만 풍년든 걸 한 번도 보지 못했고 엄마가 얼마나 가슴 아픈 고생을 하는가를 보아 왔기 때문에 아무에게도 의지하지 않고 살아갈 수 있는 기술을 배우려는 거예요. 남자를 믿다가는 엄마 꼴이 또 될 테니까요. 난 내가 돈을 벌게 되면 엄마를 모셔다 편하게 해 드리고 싶어요."

모두들 놀란 표정으로 오싱을 바라볼 뿐 선뜻 말을 꺼내지 못했다.

"언제 그렇게 될지 모르지만 십 년이 걸리더라도 자기 뜻대로 살 수 있는 여자가 되어 보이겠어요."

오싱의 얼굴에는 굳은 결심이 역력히 드러났다.

"우리들 모두가 오싱짱 말처럼 집에 있으면 군식구가 되어 밀려나게 돼요. 결국 여자의 몸으로 마땅한 게 없으니까 기술을 배우려고 여기 오게 된 것이고요. 우리 거의가 다 비슷한 운명이에요. 같은 사람끼리 서로 도우며 잘해 봐요."

"네, 아직 선생님한테 정식으로 승낙을 얻은 것은 아니지만 그렇게 되도록 열심히 일할 테니 여러분들도 잘 가르쳐 주세요."

오싱은 처음으로 받아 보는 따뜻한 마음씨에 비로소 편안함을 느낄 수 있었다.

오싱이 다카의 미용실에 온 지 한 달이 지났다. 무작정 두고보겠다는 다카의 말에 몹시 부담을 느끼기는 했지만 오싱은 다른 아무런 생각도 없이 오로지 일만을 열심히 했다.

어느 날 오후, 오싱이 걸레질을 하고 있을 때 다카의 시중을 맡고 있는 소데가 기모노를 갖고 와서 오싱에게 건넸다.

"이걸 빨아서 다시 지어 놓으라고 부탁해 달라셔."

"네, 뜯어 빨아서 다시 지으면 되나요?"

오싱은 옷을 받자 유심히 살피며 물었다.

"우리 집 단골이 있으니 리쓰짱한테 물어서 갖다 맡기도록 해."

오싱은 소데의 말에 이상하다는 듯이 되물었다.

"그런 걸 왜 남에게 맡겨요? 내가 할 거예요."

"농담 말아! 무명옷이나 유카다(목욕 가운)가 아니야."

소데는 정색을 했다. 그러나 오싱은 그런 소데가 오히려 이해가 되지 않는다는 표정이었다.

"비단도 오메시(오글오글하게 짠 비단으로 된 옷)도 할 수 있어요. 진솔 바느질도 뜯어 빨아 새로 지을 자신도 있어요."

"그래도 선생님이 보내라고 시키신 거니까 그냥 보내도록 하는 게 좋을 거야."

그러나 여전히 오싱은 막무가내였다.

"남에게 시키면 어디 그냥 해 주나요? 내가 할 줄 아는데 왜 공돈을 없애겠어요."

오싱의 고집에 소데는 신경질적으로 소리쳤다.

"쓸데없는 소리 말아요! 만일 잘못되기라도 하면 어쩔 거예요? 큰일 날 일을 일부러 만들 것은 없잖아! 그렇지 않아도 바쁜데."

그때 그들의 얘기를 듣고 있었던 듯 다카가 모습을 나타냈다.

"오싱짱, 정말 할 줄 알아?"

불쑥 나타난 다카의 모습에 당황한 것은 소데였다. 하지만 오싱의 태도는 조금도 변함이 없었다.

"주제넘는 소릴 해서 죄송합니다. 그래도 돈이 아까워서요."

다카는 한동안 아무 말도 없이 찬찬히 오싱을 바라보다가 입을 열었다.

"그럼, 부탁할 테니 잘해 봐."

"어머나! 이런 비싼 옷을 어떻게……"

소데는 유난히 정색을 하며 다카의 눈치를 살폈다.

"진솔 바느질도 한다는데 그쯤이야…… 그리고 오싱짱, 신시바리(빨래를 해서 풀을 먹여 말릴 때 옷감을 붙이는 도구)는 광에 있을 거야. 바느질 그릇은 내 걸 쓰면 돼."

"네."

오싱은 다부지게 대답했다.

그날 저녁 내내 옷을 뜯어 빨고 이튿날 아침이 되자 오싱은 옷감에 풀을 먹여 널빤지에 하나씩 붙여 널었다.

그날 밤, 오싱은 풀이 잘 먹여진 비단옷을 미용원 한구석에서 조그만 전등을 밝히고 바느질했다. 참으로 오랜만에 만져 보는 바늘이었다. 비단 옷감의 감촉을 즐기며 오싱은 문득 사카다의 큰방마님에게 여러 가지를 배우던 나날을 떠올렸다.

만일 고우타와 가요의 일만 아니었다면 오싱에게는 지금과는 전혀 다른 삶이 펼쳐졌을 것이다. 그러나 원망하거나 후회하는 마음은 조금도 없었다. 단지 앞으로 닥쳐올 숱한 어려움을 생각하면 오싱은 자신이 버리고 뛰쳐나온 사카다의 평온했던 나날들이 아쉽게 느껴질 뿐이었다.

이튿날 날이 밝아 소데가 이층에서 내려와 보니 오싱이 들국화와 억새풀로 꽃꽂이를 하는 중이었다.

오싱은 소데를 보더니, 한쪽에 두었던 옷을 건네주었다.

"이거 선생님께 드리세요."

"어머, 벌써 다 됐어?"

소데는 오싱과 옷을 번갈아 바라보며 믿을 수 없다는 표정을 지었다.

"바느질이 마음에 드실지 모르겠어요."

"그럼 어제도 밤일 했겠네. 잠도 못 잔 거 아냐?"

"급하신 것 같아서요."

"오싱짱이 직접 갖다 드려. 애써 지은 거잖아."

"아니에요. 선생님의 시중은 소데상이 하고 계신데 제가 어떻게……"

소데가 고개를 끄덕이고 들어가려는데 오싱이 황급히 소데를 불렀다.

"아, 참 이것도 선생님께 드려요."

오싱은 품속에서 작은 종이 묶음을 꺼내 소데에게 내밀

었다.

"그동안 가게에서 외상으로 들여온 물건의 명세서예요. 우리가 한 벌을 갖고 있지 않으면 그믐에 외상값 치를 때 곤란할까 봐서 적어 뒀어요."

오싱의 말을 들으며 소데는 무심코 종이 묶음을 펴고는 깜짝 놀랐다.

"이것을 오싱짱이?"

오싱은 쑥스러운 듯이 웃으며 고개를 끄덕거렸다.

소데는 곧장 다카의 방으로 가서 다카에게 오싱이 손질한 옷을 내놓았다. 다카는 그것을 유심히 살펴보았다.

"일하면서 틈틈이 했는데도 단 사흘만에 했어요. 정말 놀랐어요. 그리고 이거······"

소데는 다카 앞에 명세서 묶음을 내밀었다.

"글쎄 오싱짱이 글을 쓸 줄 알아요."

그때 문밖에서 오싱의 목소리가 들려왔다.

"소데 언니, 선생님 차 갖고 왔습니다."

소데는 문을 열고 오싱에게서 차를 받았다. 문을 닫고 물러나려 할 때 다카가 오싱을 불러 세웠다.

오싱은 쭈뼛쭈뼛 방으로 들어와 한쪽 옆에 앉았다.

"수고했구나."

아무 말도 없이 고개를 숙이는 오싱에게 다카는 조용히 물었다.

"오싱, 학교에 다녔니?"

학교라는 말에 오싱은 얼른 고개를 저었다.

"일곱 살 적부터 더부살이를 했어요."

"그럼 어디서 글이랑 바느질을 배웠지?"

"사카다에서 쌀 도매를 하는 댁의 마님께서 가르쳐 주셨습니다."

"언제까지 그곳에 있었는데?"

"이 댁에 올 때까지요."

"왜 그만뒀지?"

오싱은 어떻게 말해야 할지 몰라 입을 굳게 다물었다.

"나무라거나 따지려는 게 아니다. 겨우 열여섯 살치고는 글씨도 달필에다 꽃꽂이며 차 끓이는 솜씨가 격식에 맞더구나. 게다가 음식도 맛갈스럽게 만들 줄 알고 바느질 솜씨도 훌륭하고 말이야. 그런데 왜 미용사가 되겠다고 이런 고생을 하는 거지? 다른 일을 해도 쉽게 혼자 독립할 수 있을 텐데."

오싱은 다카의 입에서 무슨 말이 나올지 예측할 수가 없어 몹시 불안한 마음을 감출 수 없었다.

"제가 너무 늦게 시작했다는 말씀이신가요?"

갑자기 오싱의 얼굴이 어두워지자 다카는 얼굴에 미소까지 띠며 부드럽게 말했다.

"아니야. 그런 얘기가 아니야. 오싱처럼 재주있는 처녀가 하필 미용을 배우겠다고 고생을 하려는 이유가 궁금해서."

"죽은 언니가……"

"그 얘기는 알고 있어."

"전 꼭 미용사가 되고 싶어요."

다카는 그런 오싱의 눈빛에서 남다른 의지를 엿보았다. 그러면서도 또다시 다짐하듯 물었다.

"정말 견뎌 내겠단 말이지?"

"네."

"남에게 말하기 싫은 사정이 있을 테지. 굳이 그것을 알아내고 싶은 생각은 없다. 해내겠다는 마음만 굳으면 그것으로 되는 거야."

"몇 년이 걸리더라도 미용사가 되어 독립하고 싶습니다. 아무에게도 의지하지 않을 수 있게요. 남자에게 모든 삶을 거는 따위는 하지 않겠어요."

"오싱은 손재주가 좋지? 바느질 한 것을 보면 알아. 그래서 시켜 본 거니까."

오싱은 다카의 의도를 어렴풋이나마 알아차릴 수 있었다.

"지난 한 달 동안 고생 많았어. 리쓰에게 공을 돌려 가며 말야. 오싱의 결심이 흔들리지 않는다면 여기 있도록 해."

오싱은 그렇게도 기다리던 대답이 정작 다카의 입에서 나오자 아무런 생각도 떠오르지 않았다.

"그렇지만 잘되고 안되고는 오싱의 마음먹기에 달렸어.

남에게서 배울 수 있는 게 아니야. 자기 스스로가 깨닫는 거지. 알겠니?"

"네."

엉겁결에 대답을 하고 난 오싱의 눈은 새로운 기대와 희망으로 빛났다.

그날부터 오싱은 어엿한 다카의 제자가 되었다. 열여섯이란 나이는 미용사 수업을 받기에 너무 늦은 것을 알면서도 오싱은 새로운 인생에의 첫걸음을 조심스럽게 내딛었다.

그날 밤 남들이 깊은 잠에 빠져 있는 시간에 오싱은 도쿄에 온 후 처음으로 고향의 어머니에게 편지를 쓰기 시작했다. 미용실에 찾아온 지 한 달이 지난 지금에야 비로소 이곳에 정착하게 됐다는 사실을 누구보다도 먼저 엄마에게 전하고 싶었던 것이다.

이른 새벽 보따리 하나만을 가슴에 안고 집을 도망쳐 나오던 그날의 기억이 떠올랐다. 그리고 힘없이 죽어가는 하루 언니의 모습이 어른거려 오싱은 낯선 곳 도쿄에서 또다시 가슴을 저미는 아픔을 느꼈다.

어머니 전 상서

 들에 나가 일을 하던 후지가 집에 돌아온 것은 거의 한낮이 지나서였다. 후지가 집 마당에 들어서자마자 기다리고 있었던 듯 리키가 달려와서 품속에서 편지 한 통을 꺼냈다.
"오싱짱의 편지예요."
"오싱이라구요?"
"나한테 왔는데요. 발신인이 없어서 처음에는 누가 보냈나 했지요. 그래서 뜯어 보았더니 글쎄 오싱이 엄마한테 보내는 거지 뭐예요."
 후지의 얼굴은 금세 환해졌다.
"번거롭게 해 드려서 어쩌나. 아마 나한테 직접 보내면 아버지한테 알려질까 봐 그런 모양이에요."

"그럼 사쿠조상은 아직도 오싱이 어디로 갔는지 모른다는 말이군요?"

"그럼요, 알면 큰일이에요. 그 사람 성격에 당장 붙잡으러 가서 팔아 버릴 거예요. 리키상, 이 일은 아무에게도 말하면 안돼요."

"말 안 해도 알고 있어요."

"리키상은 글을 읽을 수 있잖아요, 빨리 좀 읽어 줘요. 부탁해요."

후지가 들고 있던 편지를 건네주자 리키는 편지를 펼쳐 천천히 읽기 시작했다.

엄마, 오랫동안 소식을 전해드리지 못해 죄송합니다. 별 탈 없이 도쿄에 잘 도착했습니다. 미용 선생님 댁에서 제자로 있도록 해 주셨습니다. 그동안에는 제 인품을 보느라 승낙을 미루셔서 편지도 못 드렸으나 오늘 선생님께서 정식으로 허락해 주셨습니다. 그래서 서둘러 소식을 전해 드리는 것입니다. 이제부터 저만 열심히 노력하면 미용사가 될 수 있게 됐습니다. 제대로 기술을 다 배우려면 오랜 시간이 걸리겠지만 하루 언니를 생각해서 남보다 더 열심히 일하겠습니다. 언제 미용 기술로 돈을 벌 수 있을지 모르지만, 벌면 즉시 보내 드리겠습니다.

그때까지 제 고집을 용서해 주세요. 제가 엄마를 모시고 편안하게 살 수 있는 날이 오기만을 간절히 바라고 있습니다. 제가 집을 뛰쳐나오는 바람에 엄마가 아버지에게 맞지나 않았는 지요. 그래도 엄마 덕택에 제가 도쿄에 올 수 있어서 정말 고맙습니다.

 이제 곧 겨울이 되겠군요. 고향의 산과 강, 그리고 엄마의 얼굴을 떠올리며 이 글을 씁니다. 엄마, 보고 싶어요. 하루라도 빨리 엄마를 만날 수 있게 되기를 바랍니다 건강에 주의하세요. 또 소식 올리겠습니다.

오싱, 어머니 전 상서.

 후지는 오싱의 편지를 듣는 동안에 뺨 위로 쉴 새 없이 눈물을 흘리면서도 애써 웃음을 지으려고 했다.
 "무슨 놈의 어머니 전 상서야……"
 "도쿄에서 미용사가 되려는 거군. 사카다에 그냥 있었으면 큰방마님이나 작은마님에게 귀염받고 시집갔을 텐데 무슨 일로 그만두고 떠났는지 원. 지금이라도 사카다에 간다면 고생을 안 할 텐데. 아직도 젊은 마님은 다시 왔으면 하고 있다니까요."
 후지는 가벼운 한숨을 쉬듯이 말했다.
 "친딸처럼 키워 주셨는데 배은망덕한 짓을 했으니…… 그렇지만 오싱도 나름대로 생각하는 게 있겠지요."
 "게다가 가요 아가씨까지 소식이 없으니 두 분 마님 걱정이 보통이 아닐 거예요."

리키의 말에 후지는 적잖이 놀라며 물었다.

"그럼 아직 가요 아가씨가 안 돌아오셨나요?"

"원, 여태 아무 소식이 없어서 더 이상 가요 아가씨를 기다리지 않고 사요 아가씨를 후계자로 정하셨다나 봐요."

후지는 아무 말도 하지 않았다.

"요즘 젊은이들은 너 나 할 것 없이 도회지로만 몰려가서 시골이 텅 비어 쓸쓸해요."

그때 후지가 말없이 오싱의 편지를 불에 태우기 시작했다. 리키는 깜짝 놀랐다.

"후지상, 왜 편지를 태우세요?"

"나도 두고두고 보고 싶어요. 그렇지만 혹시라도……"

후지는 남편에게 비밀로 하기 위해서 편지를 태워 버렸다.

다카의 미용원 앞에 소나무 장식이 세워졌을 때가 오싱이 그곳에 있게 된 지 3개월이 지날 무렵이었다. 눈코 뜰 새 없을 정도로 정신없이 지나고 어느새 그해 그믐이 다가오고 있었다.

그믐은 일 년 중 미용사들이 가장 바쁜 시기였다. 그때쯤이면 밥을 먹을 시간조차 없어서 모두 부엌에서 허겁지겁 아침을 먹어야 했다.

"다들 잔뜩 먹어 둬요. 오늘은 어쩌면 점심도 못 먹을지 몰라."

도요에 이어 소노가 오싱에게 말했다.

"오싱짱은 처음이니까 모르겠지만, 오늘과 내일, 그리고 모레 설날 낮까지는 잠잘 틈도 없어. 그렇게 알고 있어. 손님이 한꺼번에 몰려들거든."

그때 다카가 들어와서 모두에게 말했다.

"오늘부터 거울 하나를 더 놓도록 해. 내 거울도 홀로 내가야겠어."

"거울 하나를 더요? 그렇지만 일할 사람이 없잖아요?"

"오싱에게 머리를 빗기도록 해."

다카의 말을 오싱은 얼른 이해할 수 없었다. 다카는 바쁜 듯이 계속해서 말했다.

"소데는 마무리 손질을 하도록 하고."

"선생님?"

"이제 그럴 때가 됐지 않니? 소데, 빗질을 3년 했지? 그러니 이제 한몫 해야지."

"네, 선생님!"

기뻐하는 소데와 달리 오싱은 초조하고 두려운 생각이 앞섰다. 너무도 뜻밖의 일이었다.

"선생님, 전 아직……"

"그렇게 용기가 없어서 어떡하나? 내가 멋이나 부리려고 매일 밤 내 머리를 빗기게 한 줄 알아?"

"그렇지만 전 온 지도 얼마 안됐고, 리쓰짱을 놔두고 제가 어떻게……"

"이 일은 솜씨가 말하는 거야. 걸맞는 나이가 되지 않으면 못해. 열두 살은 무리지만, 열여섯이나 되고서도 빗질조차 못한다면 말이 안돼지. 리쓰짱도 그쯤은 알고 있을걸."

"네, 선생님."

리쓰는 다카의 말에 당연하다는 듯이 대답했다.

"다른 사람들도 그렇게 알고 있어."

모두들에게 다시 한번 말을 남기고 다카는 미용원을 나갔다.

3개월만에 빗질을 허락받은 오싱은 어쩐지 다른 사람들에게 죄를 짓는 것 같았다.

한낮이 되기도 전에 손님들이 정신없이 밀어닥쳤다.

오싱은 소이, 나쓰와 같이 머리 빗질을 했고, 다카, 소노, 도요, 소데들이 머리 모양을 마무리 지었다. 리쓰는 다 끝난 손님의 자리를 치우거나 더운 물을 가는 등 바쁘게 움직이고 있었다.

오싱은 빗질을 하는 틈틈이 리쓰의 일을 도와주었다.

미용실에는 손님들이 잔뜩 밀려와 마치 장터를 연상케 할 정도였다. 가장 손님이 많은 그믐날은 이른 새벽부터 시작하여 철야로 계속되었다.

손님들이 썰물처럼 빠진 것은 설날 오후쯤이 되었을 때였다. 오싱은 물론 모두들 그동안 밥 먹을 여유도 없이 바쁘게 일했다. 그녀들은 모두 지쳐 있었다.

손님이 없는 미용원 안에서 차를 마시고 있는 그녀들의 모습은 한결같이 넋 나간 사람처럼 보였다. 그러니 설날 기분이 날 리 없었다. 쏟아지는 것은 잠뿐이었다.

그때 오싱은 무엇인가 자신이 해야 할 일이 있다고 느꼈다. 갑자기 빗잡이로 벼락출세를 했지만 다른 사람처럼 지쳐 있을 수만은 없는 오싱이었다. 자신이 미용사들에게 떡국이라도 끓여서 먹여야 한다고 생각했던 것이다.

오싱은 지친 몸을 이끌고 부엌으로 갔다. 그리고 재빠른 솜씨로 부지런히 떡국에 넣을 찰떡을 구웠다(설날 음식인 조우니는 된장국에 야채와 찰떡을 넣어 만든다).

그때 리쓰가 일을 돕기 위해 부엌으로 들어오자 오싱은 한사코 만류했다.

오싱이 떡국을 준비해 안으로 들어갔을 때 모두들 솜처럼 지친 표정으로 아무도 돕지 못했음을 미안해 했다.

그때 다카가 봉투 몇 개를 들고 방에서 나왔다.

"모두들 수고했어요. 열심히 해 준 덕분으로 무사히 올해도 설을 맞게 됐어요. 이건 손님들께서 주신 팁이에요. 감사하는 마음으로 받아요."

다카는 한 사람씩 봉투를 내주었다. 차례대로 다 받고나자 오싱의 앞에 온 다카가 봉투를 내밀었다. 깜짝 놀란 표정으로 오싱이 다카를 똑바로 바라보았다.

"제게도요? 전 아니에요."

"오싱도 열심히 일했잖아."

"그렇지만……"

"주시는 건 받아야 해. 오싱이 안팎으로 제일 바빴잖아."

도요의 말이 아니었으면 오싱은 한동안 봉투를 내민 다카의 얼굴만 보고 있었을 것이다.

오싱은 조심스럽게 봉투를 받으며,

"그럼 감사히 받겠습니다. 고맙습니다."

라며 공손히 인사했다.

"오늘은 푹 쉬어요. 내일부터 또 바빠질 테니까. 자, 이제 떡국 먹읍시다."

지칠 대로 지친 몸이었지만 모두는 생기를 되찾으며 즐겁게 떡국을 먹었다.

떡국 먹은 설거지를 다 마치고 오싱은 부엌 한구석으로 가서 살그머니 봉투 속을 들여다보았다. 그 봉투에는 1엔짜리 지폐 한 장이 들어 있었다. 액수는 비록 많지 않았으나 오싱은 말할 수 없이 기뻤다. 얼마 되지 않는 돈이지만 다카 선생님의 정식 제자가 되어 미용으로 번 돈이라는 사실이 오싱의 마음을 흡족하게 했다.

그러나 그런 오싱의 기쁨도 그리 오래가지는 못했다. 설날 오후를 정신없이 지내고 나자 이튿날 다시 하루 종일 일에 파묻혀야 하는 새해가 시작된 것이다.

오싱이 현관을 청소하고 있을 때 거리에는 설빔을 곱게 차려입은 처녀들이 즐거운 듯 재잘거리며 지나갔다.

그때 리쓰가 달려 나왔다.

"오싱 언니, 소이 언니와 나쓰 언니가 그만두겠대요."

"왜?"

놀라서 되묻는 오싱의 얼굴만 바라볼 뿐 리쓰는 아무 대답도 하지 않았다.

"소이 언니와 나쓰상이 그만두면 빗질할 사람이 없잖아? 어떻게 그럴 수 있어?"

그러나 여전히 리쓰는 아무 대답도 하지 않았다.

그즈음, 다카의 방에서는 소이와 나쓰 그리고 도요와 소노가 다카 앞에 앉아 있었다.

"그래, 그만두고 싶으면 그만둬. 말리지 않을 테니."

"선생님!"

도요는 무슨 말인가를 하려다 질려서 그만 입을 다물었다.

"이제 두 사람 다 어딜 가도 빗잡이로 손색이 없을 거다. 싫은 집에서 마지못해 참고 있을 것까진 없어. 딴 곳에도 미용원은 얼마든지 있으니까 가거라."

"선생님, 아무리 그래도 왜들 그런 생각을 하는지 이유는 들어 보셔야지요."

소이와 나쓰는 고개를 떨군 채 아무 말도 하지 않고 있고, 소노는 다카의 마음을 움직여 보려고 애를 썼다.

"나가겠다는데 생각은 물어서 뭐해."

"전 두 사람의 기분을 알 것 같아요. 그야 오싱짱이 일을 잘하고 또 빗잡이로서의 기술이나 나이도 충분하다는 걸 압니다. 그런데 두 사람은 3, 4년씩 공을 쌓아 겨우 빗잡이가 된 데 비해 오싱은 서너 달 일하고 대뜸 빗잡이가 됐습니다."

"그래 그게 마음에 안 든다는 말인가."

"오랜 세월을 이렇게 바닥에서부터 배워 올라가는 게 미용사 수업이거니 하고 묵묵히 해 온 사람들이 우직하고 바보 같다는 생각도 들었지요. 그런데 선생님께서 그 틀을 깨뜨리시면 선생님을 따르던 사람들이 갈피를 못 잡을 거구요."

"잘 알았어. 내 처사가 마음에 안 드는 사람은 나가는 수밖에. 그렇게 소견이 좁은 사람을 붙잡아 둘 생각은 없으니까."

다카의 반응은 의외로 냉담했다.

그때 문 앞에 있던 오싱이 머리를 깊숙이 숙이며 꿇어앉았다.

"부탁입니다. 소이상, 나쓰상 제발 그만둔다는 말 말고 그냥 있어 주세요."

"오싱짱."

도요와 소노는 놀란 듯이 오싱을 바라보았다.

"선생님, 저는 막일만 해도 상관없습니다. 3년 동안은 그럴 것이다 마음먹고 시작했던 겁니다. 그게 저의 분수이고요."

"넌 나서지 마."

"아닙니다. 소이상도 나쓰상도 이 댁에 있어야 할 사람입니다. 나 같은 것 때문에 식구들간의 좋던 우애가 깨진다면 제가 나가는 게 낫다고 생각합니다."

도요의 눈이 휘둥그레졌다.

"제가 그만두겠습니다."

"바보 같은 소리하지 마. 그만두고 어디로 가겠다는 거야?"

"그렇지만……"

다카는 언짢은 표정으로 입을 다물었고 이번에는 도요가 앞에 앉은 소이와 나쓰에게 시선을 던졌다.

"모두들 서로 딱한 처지의 사람들이 어떻게든 일류 미용사가 되어 보겠다는 꿈을 안고 선생님께 와 있는 거잖아. 그만둔다 만다 할 것 없이 생각을 돌리도록 해."

오싱은 거의 울 것 같은 표정으로 소이와 나쓰에게,

"제발 부탁입니다. 그냥 계세요."

하고 사정하듯 말했다.

도요는 양쪽의 입장을 번갈아 살피며 무척이나 난처한 표정을 지었다.

"선생님, 이번 일은 없었던 것으로 하시고 두 사람을 용서해 주십시오."

그래도 여전히 다카의 굳은 표정은 펴지지 않았다.

"자, 소이짱 나쓰짱 오늘도 바쁠 테니 어서 준비하자구."

도요는 일부러 경쾌한 목소리로 말하며 두 사람의 등을 밀어 데리고 나갔다. 마지못해 나가는 그들의 모습이 완전히 사라져 버린 후에야 소노는 다카에게 조심스럽게 말했다.

"선생님, 제가 주제넘는 말씀을 드려서 죄송합니다. 저는 선생님께서 소이짱과 나쓰짱의 입장을 조금이라도 이해해 주셨으면 해서 그랬던 것입니다."

소노는 꼼짝 않고 있는 다카에게 머리 숙여 절하고 방을 나왔다.

오싱은 기다렸다는 듯이 다카 앞에 고개를 숙이며,

"선생님, 선생님의 저에 대한 배려는 정말 감사합니다. 하지만……"

하고 무슨 말을 하려 했으나 차마 끝을 분명하게 말할 수는 없었다.

다카는 쓴웃음을 지으며 입을 열었다.

"배짱이 없군. 앞사람을 밀어제치고라도 해내겠다는 뱃심이 없으면 이 바닥에서 성공하기 힘들어, 오싱. 너에게는 그런 기백이 있을 줄 알았는데 내가 잘못 봤던 것 같군. 할 수 없지, 본인에게 그런 마음이 없다면. 그럼 천천히 하는 수밖에 없지."

오싱은 아무 말도 못하고 더욱 깊숙이 머리를 숙였다.

그 후로 두 번 다시 오싱에게는 손님의 머리를 만질 기회가 주어지지 않았다. 오싱은 아주 좋은 기회를 놓치고 만 셈이다. 그러나 오싱은 조금도 후회하거나 누구를 원망하지 않앉다. 그렇게 하는 것이 여러 사람들이 살아가는 데 있어서 도리라고 여겨 리쓰와 함께 힘들고 표나지 않는 모든 일을 말없이 해냈다.

그러나 소이와 나쓰가 여전히 쌀쌀맞게 대하자 오싱은 괴로웠다. 이런 모든 괴로움을 견뎌 내야 미용사가 될 수 있다는 희망만이 오싱으로 하여금 겨우 버텨 나가게 하는 힘이 될 뿐이었다.

해후

 도쿄의 일류 호텔에 여장을 푼 오싱과 게이는 호화로운 장식의 트윈 룸에서 편안한 자세로 얘기꽃을 피우고 있었다.
 난생 처음 일류 호텔에 묵게 된 게이는 방 안을 이곳저곳 둘러보며 고개를 갸웃거렸다.
 "할머니, 아무래도 우리에겐 너무 과분한 것 같은데요. 방값이 꽤 비쌀 텐데……"
 오싱은 온화하게 웃으며 손을 내저었다.
 "괜찮다. 도쿄에 언제 또 오겠느냐. 이번에 돌아가면 다시는 이런 호사를 누릴 기회가 없을 게다. 죽기 전에 마지막 맛보는 호강이니 신경 쓸 거 없단다."
 "할머니, 또 그런 말씀하시네. 할머닌 최소한 백 살까지는 사실 테니 염려 마시라니까요."

"아서라, 그렇게 오래 살 생각 없다. 노인네가 오래 사는 건 욕심이 될 뿐이다."

"에이, 할머니답지 않은 말씀이네요. 노인네가 빨리 죽어야겠다고 말하는 건 새빨간 거짓말이래요."

"원 녀석도, 못하는 소리가 없구나."

게이는 정색을 하고 화제를 바꾸었다.

"할머니, 이제는 연세도 있고 하니 슈퍼에서 손을 떼시고 여생을 편히 지내세요. 큰아버지께 모든 걸 맡기고 말이에요."

"........."

"할머니의 젊은 시절이 그렇게까지 고생스러웠는지는 몰랐어요. 그 당시 사회 제도가 너무 지독했군요. 돈 한 푼 못 받고 밤낮 혹사만 당하면서도 연중무휴였다니, 요즘 그랬다 간 큰일 나죠."

"어떤 분야에서건 선생님한테 기술을 배운다는 건 그렇게 어려웠단다."

"기술도 기술이지만 함께 일하고 있는 사람들이 그렇게 심통을 부리는데도 할머니는 용케도 견뎌 내셨군요."

"여자가 여럿 모여 살면 그런 사람이 한둘은 끼여 있게 마련이란다. 그런 일쯤 참아 내지 못해가지고는 모든 게 허사로 끝나고 말지. 그렇게 견디는 게 얼마나 좋은 인생 공부냐."

"요즘 우리 또래들은 너무 편하게 공부하고 놀고 그러죠.

할머니 말씀을 듣고 있자면 우리가 너무 잘못하고 있는 것 같은 생각이 든다니까요."

"그러길래 이 할미도 되도록 잔소리는 안 하려고 노력하고 있다. 늙은이 잔소리를 좋아할 사람은 아무도 없으니까. 너도 할미의 이런 푸념이 듣기 싫다면 언제라도 돌아가거라. 절대 붙잡지 않을 테니까."

"터무니없는 말씀 그만두세요. 제가 할머니 혼자 두고 떠날 것 같으세요?"

"할머니 걱정은 그만두고 이제 봄방학도 다 끝났으니 마침 도쿄에 온 길에 하숙으로 곧장 가거라."

"안돼요. 할머니 여행이 다 끝날 때까지 죽어도 따라다닐 작정이에요."

"아마 앞으로도 한 달은 더 걸릴 거다."

"한 달 아니라 일 년이 걸리더라도 쫓아다닐 거예요."

"이 할미가 아주 지독한 거머리를 만났구나."

"사실은요…… 할머니 따라다니는 거 아주 재미있단 말예요. 할머니의 지난 얘기가 명교수의 강의보다 훨씬 흥미진진해요."

"너 아버지한테 꾸중 들어도 할머닌 책임 안 진다."

"걱정 마세요. 아버진 우리 집안에서 누구보다도 할머니를 염려하는 분이에요. 저더러 일부러 할머닐 따라다니라고 했는데 꾸중은 무슨 꾸중이에요? 참, 모처럼 집에 전화나 걸까요?"

"그만둬!"

오싱은 눈을 흘기면서 단호하게 말했다.

"있는 곳을 알리지 않고 그냥 잘 계시다고만 할게요. 할머니도 집안일이 궁금하실 거 아니에요?"

"집안일은 일부러 듣지 않아도 내 다 알고 있다. 앞으로 다노쿠라슈퍼의 운명이 어떻게 되리라는 것도 다 알기 때문에 이렇게 여행을 떠난 거다."

그 말이 무엇을 뜻하는지 전혀 짐작할 수 없는 게이는 할머니의 수심에 찬 얼굴을 바라보았다.

다노쿠라슈퍼의 사장실은 퇴근 시간이 이미 지났지만 환하게 불이 켜져 있었다.

히토시는 안절부절못하며 팔짱을 낀 채 서성거리고 있고 다쓰노리 역시 히토시 못지않게 좌불안석이었다.

"더 이상 장모님을 기다리고 있을 수 없습니다."

다쓰노리의 침울한 말에 히토시가 한숨을 섞어 가며 말했다.

"집을 나가신 지 열흘째야. 이젠 돌아오실 때가 됐는데…… 이거 정말 말라죽겠군."

"당장 나미키상을 만나야 합니다. 아직 대지 매도계약서에 도장을 찍지 않았으니 무슨 일이 있더라도 도장을 찍기 전에 결판을 내야 합니다."

"내가 만나서 뭘 어떻게 하겠는가. 어머니만 계신다면……어머닌 그 고집불통 노인네와 특별한 사이인 만큼 어머니가 나서서 사정하면 가능성이 없는 것도 아닌데 말야."

다쓰노리는 귀가 번쩍 뜨이는 듯,

"장모님이 나미키 어른하고 친한 사이란 말입니까?"

히토시는 별로 대답하고 싶지 않은 표정이었다.

"그거 금시초문이군요. 대체 어떻게 아는 사입니까?"

잠시 두 사람은 입을 다물었으나 무거운 침묵이 숨 막혀 못 견디겠다는 듯 다쓰노리가 먼저 침묵을 깨뜨렸다.

"그렇다면 장모님을 기다리셔도 아무 소용없겠습니다. 이제 와서 생각하니 장모님은 모든 일을 예견하셔서 훌쩍 떠나신 것 같습니다."

"뭐라고?"

"꼭 그랬을 것 같은 예감입니다."

"어머니가 슈퍼 경영이 난관에 부딪치리라는 것을 알면서도 모른 척하셨단 말인가?"

"새로운 체인을 처음부터 완강히 반대하셨습니다. 다노쿠라슈퍼의 사운이 걸린 중대한 계획을 말입니다."

히토시는 천천히 고개를 내저었다.

"그럴 리가 있나. 다노쿠라가 누구의 것인가? 어머니 스스로 필생의 사업으로 일으킨 사업을 자신의 손으로 무너뜨린다는 건 도저히 상상도 할 수 없는 일이야. 지금 곧 노소미에게 전화를 걸어 주게. 노소미한테는 어쩌면 소식이 왔을지도 몰라. 무슨 수를 써서라도 계신 곳을 알아야겠네."

다쓰노리는 내키지 않았지만 마지못해 수화기를 들었다.

휘황찬란한 도쿄의 야경은 밤이 깊어 갈수록 더욱 화려하게 빛나는 것 같았다.

우두커니 턱을 괴고 창가에 앉아 밖을 내다보고 있는 할머니에게 게이가 냉장고의 주스를 꺼내서 건네며 말했다.

"뭘 그렇게 골똘히 생각하세요?"

오싱은 깊은 꿈에서 깨어난 듯 가볍게 놀라며,

"어디까지 얘길 했더라."

하고 멋쩍게 웃어 보였다.

"1917년 설날 얘기였죠."

"응, 맞다. 거기까지 했구나. 할머니 나이가 그야말로 꽃다운 열일곱 살이었지. 그해에는 별로 특별한 일은 없었던 것 같다. 그저 기계처럼 아침 일찍부터 밤늦게까지 일만 했던 일 년이었던 것 같아. 그런데 다음 해 열여덟 살 때는 그야말로 우여곡절이 많았단다. 사람의 운명이란 정말 알 수 없는 거야."

오싱의 눈가에 지난날의 추억에 얽힌 어두운 그늘이 드리워진 것을 게이는 놓치지 않았다.

오싱은 다카의 미용원에서 날마다 같은 일만을 되풀이하고 있었다. 그곳에 와서 벌써 두 번째 설을 지냈고 여름을 맞이했으나 오싱은 아직 손님 머리에 손도 대보지 못했다.

함께 일하는 고참 종업원들이 화장실 청소를 시켜도 아무 불평 없이 해야 했고 무엇이든 그들의 비위를 건드리는 언행은 삼갔다. 천부적으로 뛰어난 솜씨를 갖춘 오싱이지만 그들의 시샘 때문에 기술을 익힐 기회도 놓쳐 버리고 막일만으로 소일해야 했다.

오싱이 고참인 소이의 지시대로 화장실 청소를 하고 있는데 리쓰가 얼굴을 디밀고 입을 삐죽거렸다.

"정말 밉상이야. 소이상은 자기가 어질러 놓고도 남을 시키니 오싱 언니가 가엾어요. 동갑내기면서도 툭하면 턱짓으로 부려 먹기만 하니."

"리쓰, 신경 쓰지 마. 소이상이 엄연히 선배니까 어쩔 수 없는 일이야."

"그때 그만두도록 내버려 둘 걸 그랬어요. 그랬으면 오싱 언니도 지금쯤 어엿한 빗잡이가 되었을 텐데."

사실 리쓰의 염려가 아니더라도 오싱은 앞날에 대한 불안을 떨쳐 버릴 수가 없었다.

이 무렵 세상은 하루가 다르게 급진적으로 바뀌고 있었다. 그런 변화의 물결은 머리 모양에서도 서서히 나타나고 있었다. 일본 특유의 머리 모양이 서양의 퍼머 스타일로 점점 바

뛰어 가기 시작했다. 신여성들을 위시하여 카페의 여급 등 유행의 첨단을 걷는 여자들은 재래식의 일본머리 스타일을 과감히 현대풍으로 바꾸어 가고 있었다. 그런데 고지식한 다카 선생은 세상이 유행이야 어떻든 재래식 머리만을 고집하고 있으니, 몇 년 동안 피눈물 나는 고생 끝에 미용 기술을 익힌다 하더라도 장래가 걱정되지 않을 수 없었다.

이날도 손님들이 이제 귀찮은 일본머리는 하지 않겠다는 말을 해서 우울한 기분에 빠져 있는데 뜻밖에도 어머니 후지로부터 편지가 날아왔다.

> 소식이 없기에 별일 없이 잘 지내는 걸로 알겠다. 엄마도 건강하게 잘 있단다. 너에게 꼭 알릴 일이 있어서 리키상에게 부탁해서 대신 이 편지를 써 보낸다. 가가야의 사요 아가씨가 갑자기 세상을 떠났단다. 폐렴이라는구나.
>
> 가요 아가씨가 행방불명인데다 하나 남은 작은아가씨마저 불행하게 되었으니 이 댁 어른들의 충격이 이만저만한 게 아니다……

오싱의 얼굴이 백짓장처럼 창백해지고 편지를 든 손이 바르르 떨렸다.

"세상에 이럴 수가…… 사요 아가씨마저……"

오싱은 흐르는 눈물을 닦을 생각조차 못한 채 곧 다카 선생에게 자초지종을 얘기하고 며칠 휴가를 달라고 했다.

"제가 어려서부터 큰 은혜를 입은 댁입니다. 더구나 사요 아가씨는 제가 여덟 살 때부터 8년간 업어서 키웠습니다. 지금 간다 한들 별 수 없겠지만 그분들께 문상을 드리는 것이 사람의 도리라고 생각합니다. 염치가 없지만 선처해 주신다면 얼른 다녀와서 더 열심히 일하겠습니다."

"걱정 말고 어서 다녀와요. 날짜가 좀 걸리더라도 너무 서둘지 말고."

다카는 한마디로 승낙해 주며 여비는 물론 입고 갈 옷 한 벌까지 내주었다. 근엄하고 보수적인 다카 선생에게 그렇듯 자상한 데가 있었는가 싶어 오싱은 감격했다.

"보내 주시는 것만도 뭐라고 감사드려야 할지 모르는데 이렇게까지 배려해 주시다니……"

"그동안 너무 고생이 많은 줄 내 다 알고 있다. 변변히 기술을 가르쳐 주지도 못했으니 행여라도 마음이 변하여 주저앉아 버리면 안된다. 앞으로가 중요하니까."

"명심하겠습니다, 선생님. 돌아오지 말라 하셔도 꼭 돌아오겠습니다."

2년만에 와 본 사카다의 거리는 조금도 변함이 없었다.

고우타와 가요에 얽힌 쓰라린 기억 때문에 다시는 오지 않기로 다짐했던 사카다지만 사요의 부음을 듣고는 도저히 오지 않을 수가 없었다.

숱한 추억과 감회가 서린 가가야에 다다른 오싱은 선뜻 안으로 들어서지 못하고 여기저기를 한동안 둘러보다가 뒷문으로 들어갔다.

그때 미노가 뒷문께로 나오다가 오싱과 눈이 마주치자 잠시 얼어붙은 것처럼 그 자리에 서 있다가,

"오싱! 너 오싱이 아니냐!"

하고 소리 지르며 와락 달려들어 오싱을 껴안았다.

큰딸은 가출해 버리고 작은딸과는 사별을 한 미노로서는 오싱이 마치 죽었다 살아난 딸이라도 되는 것처럼 눈물을 흘렸다.

안방에 마련된 제단 앞에서 오싱은 합장을 하며 하염없이 눈물을 흘렸다. 갓난아기 때부터 업어서 기른 사요의 예쁘장한 얼굴이 좀처럼 뇌리에서 떠나지 않았다.

"이제 그만 내려와 앉거라."

큰방마님 구니가 눈물을 훔치며 오싱에게 자리를 권했다.

"정말 잘 와 주었다. 사요 그 녀석, 오싱이 왔으니 무척 기뻐할 게다."

오싱은 구니와 미노에게 정성 들여 큰절을 올린 다음 고개를 푹 숙인 채 말했다.

"친자식처럼 돌봐 주고 좋은 혼처까지 마련해 주신 마님들께 심려만 끼쳐 드리고 떠난 저로서는 다시는 이 댁 문턱을

넘을 염치가 없었지만, 아가씨의 일을 알고는 쫓겨나는 한이 있더라도 달려오지 않을 수 없었습니다. 용서해 주십시오."

"무슨 쓸데없는 소리냐. 지난 일은 다 잊은 지 오래다. 먼 데서 오느라고 고생이 많았구나."

목이 메인 구니는 잠시 사이를 두었다가 슬그머니 화제를 바꾸었다.

"들기로는 도쿄에서 미용 기술을 배우고 있다던데 고생이 심하지는 않느냐? 이제 어엿하게 예쁜 처녀가 되었구나."

"네, 염려해 주신 덕택으로 그동안 잘 지내왔습니다. 앞으로는 여자라도 자기 혼자 힘으로 살아야 한다는 큰방마님의 말씀 늘 명심하고 꼭 기술을 익혀야겠다는 결심으로 도쿄에 갔습니다."

구니는 고개를 끄덕이며 며느리에게로 고개를 돌렸다.

"미용사도 괜찮겠지? 하지만 그 기술을 배우는 동안 고생이 여간 아니라더라. 오싱 너야 워낙 손재주가 좋고 남달리 끈기가 있으니까 남보다 빨리 배우기야 하겠지만 말이다."

"요즘 도쿄에서는 새 물결 어쩌고 하여 유행이 번지고 있어서 앞으로 일본머리 기술만으로는 어찌 될지 모르겠지만, 한번 마음먹은 것이니 끝까지 열심히 해서 미용사가 되도록 하겠습니다."

옆에서 듣고만 있던 미노가 궁금증을 참지 못하고 가요 얘기를 꺼냈다.

"오싱, 도쿄에 있다면 혹시 가요 소식은 못 들었느냐?"

할 말이 없었다. 이럴 때 무슨 말로 어떻게 대답해야 좋을지 몰라서 오싱은 고개를 숙이고만 있었다.

"너만은 가요의 남자관계랑 그런 비밀을 알고 있을 것 같은데 아무 얘기도 못 들었느냐?"

여전히 침묵으로 일관하는 오싱을 도와주기라도 하듯이 구니가 말을 가로챘다.

"그만두거라. 가요는 이제 잊어버리기로 했지 않으냐."

그러나 미노는 막무가내였다. 시어머니의 만류에도 아랑곳하지 않고 푸념하듯 오싱에게 말했다.

"사요마저 이렇게 되어 버렸으니 가요 생각이 더욱 간절하구나. 가요가 돌아오지 않으면 누가 가가야의 대를 잇겠니?"

"그만두라니까 자꾸 그러는구나. 누가 그런 아이에게 대를 물리기나 한다던? 돌아오더라도 집안에는 발도 들여놓지 못하게 할 테니 그리 알아라."

구니의 얼음같이 차디찬 말에 미노는 얼굴을 감싸며 울었다.

"가요는 이미 죽은 아이로 마음먹은지 오래다."

구니의 심정을 오싱은 잘 알고도 남았다. 누구보다도 가요를 사랑하며 누구보다도 간절하게 기다리고 있지만 끝내 돌아오지 않는 가요가 너무도 원망스러운 것이다.

한참을 흐느껴 울던 미노가 눈물로 얼룩진 얼굴을 들고 오싱에게 말했다.

"오싱, 너라도 이대로 우리 집에 머물러 다오. 너는 가요, 사요랑 이 집에서 함께 자랐다. 너도 내 딸이나 다름없지 않느냐. 할머니께서도 널 가요 못지 않게 사랑하시는 걸 너도 알 거다. 우리 부부 역시 널 남이라고 생각한 적 없단다. 도쿄에서 사서 고생할 거 없지 않으냐."

미노의 하소연은 그칠 줄을 몰랐다.

"너무 쓸쓸하고 허전하구나. 가요도, 사요도 없는 집안이 마치 빈집 같구나. 이제 가가야에서는 완전히 웃음이 사라졌단다. 오싱, 제발 부탁이니 여기 그냥 눌러 있거라."

미노는 간절하게 애원했다. 딸들의 가출과 사망으로 인한 슬픔을 꾹꾹 눌러 왔지만 오싱을 보자마자 더 이상 참지 못했던 것이다.

"아서라, 쓸데없는 소리다. 너는 가요가 왜 집을 나갔는지 잘 알면서도 그런 소리를 하는구나. 가요는 집에 속박되기 싫어서 뛰쳐나간 거야. 오싱은 경우가 좀 다르지만 젊은 아이들 생각은 다 마찬가지다. 아무리 고생스럽더라도 제 갈 길을 정해 놓고 열심히 살려고 하는 오싱에게 우리 욕심 때문에 방해를 해서는 안된다."

사려 깊고 매사에 빈틈없는 시어머니의 냉정한 판단이라 미노는 더 이상 고집을 부리지 못했다. 오싱은 그녀의 제안을 받아들이지 못하는 것이 못내 아쉽고 안타깝기만 했다.

그날 밤 오싱은 안방에서 구니의 어깨를 주물렀다.

"이렇게 함께 있으니 꼭 옛날로 돌아간 것 같구나. 그때가 좋았었지. 늙은이는 오래 살 게 아니구나."

"그런 말씀 마세요. 오래오래 사셔야지요."

구니는 길게 한숨을 내쉬었다.

"가요나 사요의 문제만이 아니다. 앞으로 가가야의 운명 자체가 어떻게 바뀔 것인지 걱정이구나."

"가가야의 운명이라뇨?"

"도야마에서 쌀 소동이 난 거 너도 아느냐?"

"네, 소문으로 들었습니다."

"작년에 미국이 독일에 선전포고를 해서 세계대전으로 번졌고 러시아에서는 혁명이 일어나고 해서 지금 일본은 전쟁으로 한창 야단들이지. 물가는 날마다 치솟아 쌀값은 천정부지구나. 그래서 도야마의 어부와 아낙네들이 쌀값을 내려야 한다고 큰 소란을 일으킨 거란다."

"그렇군요······"

"우리 집은 쌀 도매집이 아니냐. 쌀을 사 놓기만 하면 밤새 큰돈을 번단다. 그렇지만 다른 사람들이 피땀으로 추수한 쌀인데 가만히 앉아서 폭리를 취해서는 안된다. 정당한 노력의 대가가 아니고는 가가야의 재산이 아무리 많아지더라도 쌀 도매 같은 직업은 후손에게 물려 줄 바람직한 일이 아닌 것 같구나. 가요와 사요의 불행이 잇따라 겹친 것도 그런 연유인 것만 같아서 가슴 아프구나."

"마님, 그럴 리가 있겠습니까."

"그뿐이 아니다. 사카다에서도 언제 쌀 소동이 일어날지 모른다. 전쟁이 한없이 계속될 것도 아니니 언젠가는 불경기가 올지도 모르고."

구니의 음성이 무겁게 가라앉았다.

"오싱, 사람의 행복이란 돈이나 물건으로 가늠하는 게 아니란다. 이만큼 재산이 있지만 가요를 붙잡아 둘 수도 없었고, 사요의 생명을 구할 수도 없었지 않느냐. 만일 재산마저 없어진다면 무엇이 남을지…… 돈만으로 이룬 행복이란 정말 덧없는 것이란다."

"무슨 말씀인지 알 것 같습니다."

"만일 가요가 후회 없는 삶을 살고만 있다면 나는 기꺼이 그 애의 뜻을 받아 줄 거다."

"네……"

"혹시 언제라도 가요를 만나게 되거든 할머니가 그렇게 말하더라고 전해라. 그리고 만일 가요가 고생하고 있거든 좀 힘이 되어 주도록 해라."

"명심하겠습니다."

"오싱, 너를 만나니까 정말 반갑구나. 오랜만에 말동무를 만나 속마음을 털어놓으니까 가슴이 아주 후련하구나."

겉으로는 몹시 강인하면서도 내심은 자상하고 인자하기

이를 데 없는 큰방마님 구니에게서 오싱은 새삼스럽게 친할머니와 같은 애정을 느꼈다.

말로는 죽은 자식으로 여긴다고 하면서도 누구보다도 가요를 사랑하는 큰방마님을 보며 오싱은 안타깝기 그지없었다. 그러나 가요를 찾을 방법도, 찾아 나설 시간조차 없었다. 또 한가지 오싱을 괴롭히는 것은 가요를 만나기가 두렵다는 사실이다. 가요를 만나면 싫든 좋든 고우타를 생각하게 될 것이다. 그게 두려웠다.

오랜만에 찾아온 사카다에서 오싱은 한동안 잊고 지냈던 고우타를 향한 열병과 괴로움에 시달려야만 했다. 그래서 오싱은 가가야에 오래 머물지 않고 다음 날 바로 도쿄로 떠났다.

우에노 역에 내렸을 때 많은 사람들의 물결이 히비야 쪽으로 밀려가고 있었다. 드디어 도쿄에도 쌀 소동이 일어난 것이다.

오싱은 무심코 인파에 휩쓸려 갔다. 자기도 모르는 사이에 고우타를 생각한 것이다. 항상 가난한 농부편이었으므로 그런 곳에는 으레 고우타가 나타나지 않겠느냐는 막연한 짐작 때문이었다.

이제 와서 그를 만난들 아무 소용없는 노릇임을 번연히 알면서도 그가 있음직한 곳을 향해, 마치 자석에 이끌리기라도 하는 듯한 자신이 한심스럽게 여겨지기도 했다.

1918년 8월의 일이었다. 이날의 쌀 소동에 말려든 오싱은 고우타를 만나기는커녕 오히려 경찰에 붙들리는 신세가 되고 말았다.

다카가 신원보증을 해 줘 풀려나긴 했지만 원래 오싱을 못마땅하게 여기던 미용원의 종업원들이 나중에는 불순분자로 모함하여 한동안 혼쭐이 나기도 했다.

그러던 어느 날 오싱은 다카로부터 신식머리 기술을 익혀 혼자 독립해 보라는 권유를 받았다.

앞으로는 신식머리 시대가 오리라고 내다본 다카는 최대한 후원하겠다고 오싱에게 약속했다. 재래식의 일본머리와는 달리 일정한 스타일 없이 미용사의 센스로 머리 모양을 만드는 신식머리에 오싱도 상당한 매력을 느꼈다.

그로부터 석 달쯤 지난 어느 날이었다. 하세가와미용원이 일본머리 전문임을 모르고 찾아온 손님이 있었다. 다카는 오싱의 솜씨를 테스트해 볼 좋은 기회라고 생각하고 과감하게 이 손님을 오싱에게 맡겼다. 오싱은 손님이 원하는 스타일로 하지 않고 자기 고집대로 손님의 얼굴형에 알맞는 형으로 만들어 버렸다.

그때 뜻대로 해 주지 않았다고 몹시 화를 내고 돌아갔던 손님이 며칠 후 약간 겸연쩍어하면서 다시 찾아왔다. 그 머리가 대단한 인기를 누렸다며 손님은 오싱에게 화낸 것을 사과하기까지 했다.

소메코란 이름의 그 여자는 간다에 있는 카페 '아테네'의 여급이었다.

다카는 일본머리 전문의 전통을 이어 나갈 생각이었으므로 신식머리를 전문으로 해야 할 곳에는 오싱을 출장 보냈다.

아직 기술을 배울 때였으므로 오싱은 요금을 한 푼도 받지 못하면서도 단골손님들의 부탁을 받으면 연애편지를 대신 써 주기도 했다.

편지 한 장 쓸 줄 아는 여자가 흔치 않을 때였다. 그런데 한 가지 재미있는 사실은 단골손님인 몇몇 여급들이 보낸 편지의 수취인이 한결같이 다노쿠라 류조라는 남자였다는 점이다.

오싱의 인기가 오르면 오를수록 미용원 동료들의 시샘도 대단했다. 다카는 이래서는 안되겠다 싶어 하루라도 빨리 오싱을 독립시키기로 했다.

아테네의 여급들은 한결같이 열을 내서 오싱을 후원하여 긴자의 카페를 소개시켜 출장의 길을 넓혀 주기도 했다.

그러나 전부터 긴자에 단골을 확보해 놓고 드나들던 미용사들이 텃세를 부리는 바람에 오싱이 크게 곤욕을 치르는 사건이 있었다.

오싱이 소개받은 집에 들어가려고 하자 카페의 남자 종업원들이 들어가지 못하게 막았다. 그들은 전부터 드나들던 미용사들에게 돈을 받고 완강하게 오싱의 출입을 저지하려 들었고 오싱은 기왕 출장을 나왔다가 허탕만 치고 돌아갈 수 없어서 시비가 벌어진 것이다. 연약한 오싱 혼자 몸으로 우락부락한 건달패들을 당할 재간이 없었다. 다짜고짜 밀어제치는 바람에 오싱은 그만 땅바닥에 나동그라지고 말았다.

그때 몸에 상처를 입고 신음하는 오싱에게 다가와서 손을 잡아 일으켜 주는 여급이 있었다. 무심코 고개를 든 오싱은 상대방의 얼굴을 바라보는 순간 심장이 멎는 것 같은 충격을 받았다.

가요였다. 여기에서 가요 아가씨를 만나다니! 오싱은 자기의 눈을 의심했다.

"아가씨, 가요 아가씨!"

순간 가요는 넋이 나간 사람처럼 오싱을 뿌리치고 도망치기 시작했다. 오싱은 저만큼 나뒹굴고 있는 도구 상자를 챙길 겨를도 없이, 상처가 나서 피가 흐르는 것조차 아랑곳하지 않고 정신없이 가요의 뒤를 쫓았다.

멋쟁이 도련님

 휘황한 네온의 물결 속에 수많은 인파가 밀리는 사이를 할머니 오싱은 게이의 손을 잡고 사방을 두리번거리며 걷고 있었다.
 "긴자가 정말 많이 변했구나. 하기야 65년이 지났으니 당연한 거겠지. 아마 이 근처인 것 같다. 그 녀석들에게 내동댕이쳐졌던 곳이……"
 "할머니 근성도 알아줘야 한다니까요. 웬만하면 그냥 돌아서실 일이지 건달 같은 녀석들한테 덤빈 거나 다름없으니 말예요. 그나저나 가요 아가씨는 왜 도망쳤대요?"
 할머니는 그 말에는 대답하지 않고 65년 전의 그 장소에 시선을 못박은 채 중얼거리듯 말했다.

"가요 아가씨가 도쿄에 있으리란 생각은 했지만 그런 장소에서 그렇게 만날 줄이야."

"그러게 말예요. 정말 극적인 해후였는데요."

"그땐 정말 정신없이 뛰어서 뒤쫓았어. 바로 이 길이었다. 이번에 놓치면 영영 가요 아가씨를 못 만난다는 생각에, 다쳤는데도 오직 붙잡을 생각밖에 없었단다."

"할머니, 다리 아프실 텐데 저기 다방에 들어가서 좀 쉬었다 가요."

"그럴까. 많은 사람들 틈에 섞여서 걸은 탓인지 좀 피곤하긴 하구나."

"긴 여행에 지치신 것 같아요. 할머니, 무리하지 마세요."

"벌써 주저앉으면 큰일이다. 아직도 갈 데가 많은데."

두 사람은 바로 눈앞에 있는 다방으로 들어가서 자리를 잡고 앉았다.

"도쿄에는 며칠이나 묵을 예정이세요?"

"글쎄, 아직도 가고 싶은 데가 몇 군데 남았다."

"도쿄는 온통 할머니 청춘 시절의 추억이 서려 있는 듯하네요."

"청춘이라……"

할머니는 가져온 차를 한 모금 마시고 나서 지그시 두 눈을 감은 채 되뇌었다.

"역시 그때가 할머니의 청춘 시절이었던 것 같다. 오로지 외곬으로만 열심히 살아온 것 같기도 하고 뒤돌아보면 후회스런 일뿐이야. 그때 그렇게 하지 말았어야 했는데. 그랬더라면 내 인생은 아마도 달라졌을 텐데, 하고 말이다."

"할머니께 어울리지 않는 말씀이네요."

"지나지 않고는 알 수 없는 것은 슬픈 일이야. 가요 아가씨뿐만 아니라 여러 사람의 인생을 바꾸어 버렸어."

오싱은 여기서 말을 끊고는 뚫어지게 게이의 얼굴을 들여다보았다. 새삼스럽게 바라보는 할머니의 시선이 예사롭지 않다고 느끼며 게이는 의아한 표정을 지었다.

"할머니, 왜 저를 그런 눈으로 보세요? 그 가요 아가씨라는 분과 저하고는 아무 상관도 없잖아요."

오싱은 문득 제정신으로 돌아간 듯 시선을 내리깔고는 혼잣말로 중얼거렸다.

"역시 안 만나는 게 나았어……"

게이는 할머니의 심경이 어느 때보다도 착잡하다는 것을 알 수 있었다.

대낮의 긴자 거리에서 난데없이 두 처녀가, 한 사람은 도망치고 한 사람은 필사적으로 쫓아가고 있었다. 하이힐의 뒷굽이 부러져 나간 가요는 몸의 균형을 잃고 뒤뚱거리다가 더 이상 달릴 수 없음을 알고 길가 전봇대에 기대어 서고 말았다.

오싱이 곧 그녀 앞으로 다가가서 마주 섰다. 두 사람 모두

가쁜 숨을 몰아쉬기만 할 뿐 아무 말도 하지 못했다.

"아가씨와는 어렸을 때부터 사카다의 모래언덕에서 뜀박질을 했었죠."

한참만에야 오싱이 먼저 입을 열었다.

"난 그때마다 오싱에게 지기만 했지. 도망쳐 봐야 못 당할 줄 뻔히 알면서도 공연히 힘들게 달음질쳤네."

"그렇게 굽이 높은 구두로는 더더구나 안되죠. 어머, 한쪽 굽이 부러졌어요!"

"어제 산 미제 구두인데……"

"저런, 비싼 구두인데 그랬군요. 죄송하게 됐어요."

"참, 오싱…… 상처가 심한 것 같던데?"

"이 정도 상처가 문젠가요."

하고 웃으려다 말고 오싱은 아얏 소리를 지르며 그 자리에 주저앉았다.

"어디 봐. 어머, 많이 다쳤네. 넘어질 때 돌부리에 걸려 다친 모양인데 이렇게 많이 다치고도 그렇게 뛸 수 있었어? 하여간 오싱은 알아줘야 한다니까."

두 사람은 서로 마주 보다 와락 끌어안았다.

"자, 우리 집으로 가자. 내가 치료해 줄게."

"가요 아가씨!"

오싱은 가슴이 벅차올라 말끝을 흐렸다.

"자, 내가 부축할 테니 택시 잡을 수 있는 큰길까지만 가자구."

가요는 오싱을 안아 일으켜서는 두 팔로 안다시피 하고 걸으려고 했다.

오싱은 가요의 어깨에 얼굴을 파묻고 소리 내어 울었다.

"가요 아가씨! 어쩜 이렇게 조금도 변하지 않으셨어요? 예전 그대로의 아가씨예요! 정말 다행이에요."

가요는 일부러 밝은 표정을 꾸미며,

"오싱이야말로 더 예뻐지고 세련됐는데…… 역시 도쿄의 물이 시골보다는 좋은가 봐."

하고 웃으며 말한 뒤, 가요는 힘들게 오싱을 부축하여 택시를 타고 자기가 사는 아파트까지 왔다.

3년이라는 세월이 흐른 뒤의 뜻밖의 해후였으나 오싱과 가요는 누가 먼저랄 것도 없이 사카다의 시절로 되돌아가 있었다. 그래서 오싱은 더없이 기뻤다. 그러나 막상 가요의 아파트에 도착했을 때 고우타가 불현듯 떠올라 자기도 모르게 방망이질하는 가슴을 주체하기가 힘들었다.

"어서 들어가자. 방 안은 좀 어수선하지만……"

가요가 문을 따고 손짓을 했지만 오싱은 쭈뼛거리며 어쩔 줄 몰라 했다.

"왜 그래? 아무도 없으니까 맘 놓고 들어오래두."

그제야 오싱은 다소 마음을 놓고 안으로 들어갔다.

방 안 여기저기에는 책들이 아무렇게나 쌓여 있고 벗어 놓은 옷가지들도 어지럽게 흩어져 있었다. 식탁에는 먹다 남은 음식이 그대로 있어 냄새를 풍기고 있었다.

"혼자 사는 살림이라 지저분해."

가요는 어질러진 것들을 서둘러 치우면서 변명했다.

"가게가 끝난 뒤 손님들 권유로 식사를 하고 집에 오면 피곤해서 늦잠을 자게 되고, 일어나기가 무섭게 화장하고 나갈 준비를 하려면 항상 시간에 쫓기게 돼. 좀처럼 방 치울 여유가 있어야 말이지. 하기야 워낙 게으르기 때문이지만 말이야."

"아가씨가 손수 그런 일을 하시다니요. 그만두세요, 제가 할 테니까."

"앉을 자리만 치우면 돼."

가요는 아무렇게나 놓인 옷가지들을 발로 저만큼 밀어 놓고는 방석을 깔았다.

"앉아, 오싱. 상처를 치료해 줄게."

"제가 할 테니 이리 주세요."

"시키는 대로 가만히 있기나 해. 내가 금방 낫게 해 줄게."

"황송해서요……"

가요는 약 상자를 꺼내어 오싱의 상처에 약을 발랐다. 그러한 가요의 모습을 바라보다 오싱은 눈물이 앞을 가려 바라볼 수가 없었다.

"참 아가씨, 고우타상은 잘 계세요?"

한참 후에 오싱은 가장 궁금했던 질문을 했다. 그러나 가요는 아무 대답도 하지 않고 오싱의 상처에 붕대를 감고만 있었다.

"어디 가셨어요? 언제쯤 오세요? 돌아오시기 전에 먼저 일어설게요."

"자, 이젠 됐어. 아까보다 덜 아프지?"

가요는 묻는 말에는 대답하지 않고 딴전을 피웠다.

"감사합니다. 아주 편해졌어요. 이젠 청소나 해 드리고 갈게요. 고우타상이 오실 때가 됐을 텐데 방 안이 이래서야 되겠어요?"

"괜찮아, 아무도 올 사람은 없으니까."

"가요 아가씨, 그럼……"

가요는 오싱의 말을 가로막았다. 그러고는 자세를 고치더니 갑자기 오싱 앞에서 머리가 땅에 닿도록 절을 했다.

"오싱, 용서해 줘."

"아가씨, 왜 이러세요?"

"난 오싱과 고우타상 사이를 알면서도 부끄러운 짓을 저질렀어. 그런 이후로 오싱을 만나기가 두려웠어. 어떻게 사죄해야 좋을지 모르겠고…… 아무리 빌어도 용서받을 수 없어. 설사 죽인다 해도 할 말이 없어."

"아가씨, 무슨 당치도 않은 말씀이에요?"

"고우타상이 오싱에게 보낸 편지를 내 맘대로 뜯어 보고선 그가 기다리고 있는 곳에 내가 대신 나갔던 거야. 물론 고우타상을 따라 집을 나갈 작정이었지. 가족도 집도 다 버렸던 거야. 오싱도 배반하고……"

"아가씨, 모두 지난 일이에요. 고우타상과 가요 아가씨가 행복하게 사시기만 하면 그것으로 만족해요."

"오싱……"

가요는 목이 메어 말을 잇지 못했다.

"고우타상은 도저히 나의 손이 닿을 수 없는 먼 곳의 사람이었어요. 저는 처음부터 단념했어요."

"오싱, 정말 면목이 없어."

"아니에요. 전 한번도 가요 아가씨를 미워해 본 적이 없어요. 다만 사카다에 통 소식이 없으시기에 걱정했을 뿐이에요. 이제라도 두 분이 함께 사카다에 가 보세요. 마님들께서 얼마나 반가워하시겠어요."

"내가 행복하게 지내고 있다면 당장이라도 갈 수 있겠어. 자주 사카다 꿈을 꾸곤 했어…… 할머니나 엄마, 아빠보다도 오싱이 더 자주 꿈에 나타났었어. 그런데 요즘은 사요가 자주 보여……"

오싱은 사요 얘기를 어떻게 꺼내야 좋을지 몰랐다.

"정말 오싱을 대할 면목이 없어. 이런 모습으로 살고 있으니…… 나 고우타상한테 버림받았어."

오싱은 또 한 차례 큰 충격을 받았다.

"도쿄에 온 지 얼마 안되었을 때는 자주 날 찾아왔었어.

하지만 불쑥 나타나 바람처럼 휙 사라지면 두세 달 동안 소식이 없어. 어디서 뭘 하는지 통 가르쳐 주지도 않고……"

"그분 하는 일이 그럴 수밖에 없잖아요. 더구나 늘 남의 이목을 피해 다녀야 하니까 그러시겠지요."

"그쯤은 나도 알아. 그러나 이날 이때까지 결혼 약속을 해 주지도 않았어. 더구나 이번에는 여섯 달째 소식이 없어. 나 같은 건 이미 잊은 지 오래인가 봐. 하긴 애초부터 나한테 애정이 없었으니까."

"그렇게 오랫동안 소식이 없었어요? 어디 계신지도 모르고요?"

가요는 쓸쓸한 얼굴로 고개를 끄덕였다.

"원래 집은 시골의 대지주인데 오래 전부터 집과 인연을 끊고 있었나 봐. 난 이제 단념했어. 벌받은 거야. 할머니와 부모님께 큰 불효를 저질렀고 오싱까지 배반했으니 벌받아도 마땅하지."

"그런 말씀 마세요."

"하지만 오싱을 만나서 정말 기뻐. 처음 오싱을 만났을 때 괴롭고 두려워서 도망쳤지만 이젠 아주 홀가분해. 용서받지 못할지라도 사죄는 할 수 있으니까. 어쨌든 오싱이 도쿄에 있었다니 꿈 같은 일이야. 신식머리를 잘하는 오싱이라는 미용사가 있다는 소문은 들었지만 그게 정말 오싱일 줄이야. 오싱은 벌써 사카다에서 시집가서 잘 살고 있는 줄만 알았어. 그

혼담을 깨고 도쿄에 온 건 역시 고우타상 때문이겠구나?"

"아니에요. 신랑될 남자가 너무 지독하다는 걸 알았기 때문에 겁이 났어요. 도쿄에 와서 미용사가 된 건 여자 혼자 힘으로 살아가려면 반드시 기술을 익혀야 한다고 생각했기 때문이구요. 고우타상과는 아무 관계없어요."

"역시 오싱은 훌륭해. 나는 그럭저럭 재미있게 하루를 사는 것 같지만 부평초 신세나 다름없어. 내일도 모르는……"

오싱은 정색을 하고 가요의 말을 가로챘다.

"아가씨, 여기 생활을 청산하고 사카다로 내려가세요. 마님들께서 몹시 기다리고 계세요."

가요의 입가에 쓸쓸한 냉소가 감돌았다.

"집도 가족도 버린 몸이야. 돌아갈 집이 내겐 없어. 설령 내가 집에 돌아간다 해도 난 군식구에 불과해. 가가야의 후계자는 사요 한 사람만으로도 충분해."

차마 꺼내기 어려운 말이지만 이때를 놓치면 더욱 힘들 것 같아서 오싱은 마침내 맘먹고 말을 꺼냈다.

"아가씨, 사실은…… 사요 아가씨가 죽었어요."

"뭐, 사요가?"

가요의 얼굴에서 핏기가 싹 가셨다. 오싱은 사요의 죽음에 대해서, 또 부음을 받자마자 사카다에 다녀왔다는 얘기도 해주었다.

"아가씨가 고우타상과 행복을 누리고 있다면 저도 이렇게까지 권하지 않겠어요. 그러나 이미 그분을 단념했다고 하셨잖아요. 한번만 생각을 고치면 부모님께 효도하고 아가씨도 어느 누구 부럽지 않은 생활을 누릴 수 있어요. 아가씨 같은 분이 카페의 여급이라니…… 정말 견딜 수 없는 일이에요."

애원하는 오싱의 눈에서도, 끝내 거절하는 가요의 눈에서도 눈물이 넘쳐흘렀다.

"하지만 안돼. 내가 고향에 가 버리면 고우타상을 두 번 다시 만날 수 없어. 기다리고 있으면 언젠가는 반드시 돌아올 거야."

"가요 아가씨……"

"비록 무심한 사람이지만 내겐 첫사랑이야. 난 그를 위해 모든 걸 버렸어. 객지에서 홀로 3년을 기다렸어. 끝까지 참고 기다리지 못한다면 그동안을 허송 세월한 것밖에 안돼."

오직 첫사랑이란 이유 하나로 모든 걸 포기하고 매달리는 가요의 집념에 오싱은 더 이상 설득할 말을 찾지 못했다.

"도저히 이대로 물러설 수는 없어. 오싱, 제발 부탁이니 눈감아 줘. 날 만난 일을 없던 걸로 하고 사카다에 알리지 말아 줘. 부탁이야."

오싱은 오직 사랑만을 위해 온 마음과 몸을 불태우는 가요의 고우타에 대한 정열이 아름답게 느껴졌다. 가요의 장래를 위한 어떠한 충고나 설득도 뜨거운 애정 앞에서는 아무 소용 없는 일임을 절감해야만 했다. 따라서 오싱은 이 순간부터 가슴 한구석에 남아 있던 고우타라는 남자의 잔영을 영영 떨쳐 버려야 한다고 스스로 다짐했다.

오싱이 가요와 헤어져 미용원에 돌아와서 막 현관문을 들어서려는데 리쓰가 기다리고 있었다는 듯이 반색을 했다. 리쓰는 등 뒤에 무엇인가 보자기에 싼 물건을 감추고 있었다.

"이제 오세요, 오싱 언니? 그런데 도구 상자는 왜 안 가지고 오세요?"

리쓰의 장난기 섞인 물음에 오싱은 비로소 도구 상자를 생각해 내고는 걱정했다. 긴자에서 한바탕 싸움박질하다가 뜻밖에도 가요를 만나 정신없이 뒤쫓는 바람에 그만 도구 상자를 챙길 여유가 없었다. 내일쯤 다시 가서 찾아야겠다고 생각했는데 리쓰가 생글생글 웃으며 도구 상자를 내밀었다.

"여기 있어요. 언니답지 않게 어디다 팽개쳐 버리고 왔어요? 중요한 장사 밑천을 말이에요."

"누가 이걸 가져왔지?"

"멋진 도련님이에요. 하지만 다른 언니들은 물론 선생님께도 비밀로 했어요. 선생님이 아셨으면 언니 아마 혼날 거예요. 군인이 총을 잃는 것과 같다고 한 열흘쯤은 기합 단단히 받겠죠?"

"고마워, 리쓰."

도대체 도련님이란 사람이 누구인지 오싱은 짐작할 수 없었다.

다음 날 오싱은 카페 아테네의 여급 대기실로 출장을 갔다.

"어머, 오늘은 소메코상이 맨 처음이군요."

짙은 화장을 한 소메코가 다리를 꼬고 앉은 채 반가이 오싱을 맞이했다.

"차례를 바꾸었어요. 나중에 하면 이 사람 저 사람 밀려드는 바람에 오싱짱과 오붓하게 머리를 할 수 없으니까. 오싱짱은 인기가 좋으니까. 어제는 대단했었다면서요?"

오싱은 기구들을 꺼내어 준비하다 말고 가볍게 놀라며 되물었다.

"어머, 벌써 알고 계시네?"

"어젯밤 그이한테서 전화가 왔어요."

"미안합니다. 애써서 소개해 주셨는데 소란만 피우게 돼서……"

"천만에요. 사과할 사람은 이쪽이에요. 아주 큰 봉변을 당했다면서요? 하필 그렇게 고약한 사람들을 소개했다고 그이가 단단히 사과한다고 전해 달라고 했어요. 모두가 퍽 놀랐나 봐요. 누군가가 싸움이 났다고 알려 줘서 뛰어갔을 때는 이미 오싱짱이 바닥에 쓰러져 있었대요. 그 녀석들에게 돈까지 쥐어 줘가며 사후 수습을 했지만 어떻든 오싱짱이 너무 혼났다고 미안해서 어쩔 줄을 몰라하더군요."

"전 전혀 몰랐어요. 어떤 분인지는 모르지만 정말 폐가 많았군요."

"좌우간 그 사람 멋쟁이죠?"

소메코가 장난스럽게 웃으며 넌지시 물었다.

"난 정신이 없어서 누가 누군지조차 몰랐어요."

"어머, 시침도 잘 떼시네. 오싱짱이 놔두고 간 상자를 갖다 주겠다고 했으니 만났을 텐데."

오싱은 비로소 알겠다는 표정이었다.

"아, 그랬었군요. 제가 없는 사이 미용원의 점원에게 맡겨 놓았더군요."

"일단 가긴 갔었군요…… 유감이네요. 오싱짱한테 선보이고 싶었는데. 좌우간 그 사람, 오싱짱에 대한 관심이 대단해요. 앞으로도 긴자의 여기저기에 부탁하겠노라고 했어요."

"긴자는 이제 생각하지도 않겠어요. 구태여 긴자에 나가지 않더라도 여러분들이 이렇게 도와주시니 더 욕심을 안 부리겠어요."

"그렇지만 일단 긴자에서 이름이 나면 미용사로서 그만큼 관록이 붙고 팁도 후하지요. 오싱짱이 앞으로 독립할 거라면 여러 가지로 유리할 거예요."

"하지만 난 여기가 더 좋아요. 긴자 쪽의 손님들은 공연히 우쭐대는 것 같더라구요. 팁도 후하게 준대야 얼마나 되겠어요."

"어머, 오싱짱은 역시 통하는 데가 있단 말야. 그래요, 긴자가 뭐 대단한가. 여급은 역시 여급일 뿐이야. 우쭐댈 거 하나도 없다구. 오싱짱, 독립하면 우리가 적극적으로 밀 테니 조금도 걱정하지 말아요. 큰돈은 못 벌더라도 입에 풀칠이야 못하겠어요?"

"고맙습니다."

"그럼 오싱짱이 긴자에 진출할 생각은 없다고 그에게 알려야지. 참 그보다는 오싱짱이 나 대신 편지를 쓰는 게 좋겠어요. 항상 쓰는 편지처럼요."

"내가요?"

"그래요. 다 이유가 있어요."

그녀가 오싱한테서 듣고 쓴 것처럼 꾸미자는 것이다. 그 사람이 있는 가게에 전화하면 늘 까다로운 노인이 잘 바꿔 주지 않기 때문이었다.

소메코는 그의 집이 원래 지체 높은 양반이라는 것도 귀띔해 주었다. 청지기 노인이 항상 곁에 붙어서 철저하게 보호하기 때문에 좀처럼 만나기 어렵다는 것이다.

그때 야에코가 들어왔다. 그녀를 본 소메코는 두 번째 손님의 등장이라며 수다스럽게 한마디 했다.

야에코는 오싱에게 밖에서 기다리는 사람이 있다고 전해 주었다. 잠시 망설이던 오싱은 소메코와 야에코가 나가 보라고 권하는 바람에 밖으로 나갔다.

그때 밖에서 오싱을 기다리고 있던 사람은 가요였다. 가요는 오싱을 보자마자 우선 사과부터 했다.

"바쁠 텐데 이렇게 불러내서 미안해."

"어떻게 알고 오셨어요?"

"누가 가르쳐 주더군. 다친 데는 좀 어때?"

"많이 좋아졌어요. 그보다 안으로 들어가세요."

"아니, 괜찮아. 한마디만 하고 가겠어."

오싱은 찬찬히 바라보았다.

"나 어젯밤 한숨도 못 잤어."

"어머, 왜요?"

"아무래도 사카다에 다녀와야 할까 봐. 나는 지금껏 사요가 집에 있다는 것으로 내 불효의 짐을 덜어 왔어. 그러나 지금은 사정이 달라졌어. 할머니와 엄마의 가슴이 얼마나 아프실까 생각하면……"

만일 일부러 외면한다면 평생 동안 후회와 자책에 시달릴 것이라고 했다. 그렇다고 사카다에 눌러 살 생각은 조금도 없는 그녀였다. 다만 자신의 건강한 모습을 보여 드리는 것만으로도 그동안의 불효를 조금이라도 사죄하고 싶은 것이다.

오싱은 가요의 결심에 뛸 듯이 기뻐했다.

"그러나 걱정이 아주 안되는 건 아니야. 어쩌면 부모님은 나를 집안에 들여 놓지 않으실지도 몰라. 하지만 할 수 없지. 그것으로나마 위로받아야지."

"그러지 않으실 거예요. 뭣하시면 제가 같이 가 드릴까요?"

"아냐. 나 혼자 가겠어. 모든 잘못은 나한테 있으니까."

그녀는 아파트를 열어 놓고 가겠다고 했다. 고우타가 올 경우 오싱에게 연락하도록 쪽지를 남겼다는 것이다. 그리고 대신해서 고우타를 보살펴 달라고 부탁했다.

그 말을 들은 오싱은 어쩐지 불안했다. 가요와 고우타의 사이에 끼어들고 싶지 않았기 때문이다. 가요는 오싱을 안심시켰다.

"그이가 쉽게 돌아오지는 않을 거야. 벌써 반년 동안이나 안 왔는걸. 만일 그이가 오면 내게 즉시 연락해 줘. 곧 달려올 테니까."

"언제 떠나세요?"

"오늘 밤차로 떠나."

"그럼 역까지 배웅할까요?"

"아주 떠나는 것도 아닌데 뭘. 그럴 필요 없어. 내게 더 중요한 것은 도쿄에서 고우타상을 기다리는 일이야. 그렇지 않으면 영 못 만나게 될지도 모르니까."

오싱은 새삼스럽게 가요의 얼굴을 바라보았다.

가요와 헤어져 여급 대기실로 돌아온 뒤에도 오싱의 마음은 그렇게 편하지 않았다. 소메코와 야에코의 머리를 다 해 줄 때까지도 그녀는 가요에 대한 생각에서 벗어나지 못했다.

세 번째로 머리 손질을 받는 시게코가 오싱에게 말을 건넸다.

"오싱짱, 방금 밖에서 만난 사람 혹시 긴자에 나가지 않아?"

오싱이 대답하지 않자 시게코는 다시 소메코에게 물었다.

"왜 있잖아, 류 도련님의 단골 가게 말야. 그래, 확실히 그 여자야. 그 집에서 인기가 가장 좋다더군."

시게코는 같은 말을 다시 오싱에게 했다. 오싱은 여전히 대답하지 않았다. 소메코는 가요가 야마가다 여학교를 다녔다는 사실까지 알고 있었다. 멋쟁이이기 때문에 문학가나 화가들에게 인기가 많다는 것이다.

야에코도 한마디 거들었다.

"그러니까 류 도련님이 좋아하는군. 어쩐지 요즘 긴자에만 파묻혀 있더라니까."

"그림까지 그린다니 우리와는 수준이 달라."

"누가 아니래. 류 도련님을 놓고 우리가 아무리 맞서 봐야 당할 수가 없지."

"어머나, 그럼 야에짱도 류 도련님께 반한 거야?"

소메코의 물음에 멋대로 지껄이던 야에코는 문득 당황했다. 그러나 야에코는 재빨리 분위기를 수습했다.

"그건 어디까지나 농담이었어. 돈 좀 있다고 물쓰듯 뿌리고 다니는 사람을 누가 좋아해. 기껏 양복점 주인인데. 혹시 소메짱이 반한 거 아냐?"

"억측하지 마. 난 그냥 단골손님으로 대할 뿐이야. 반하다니, 어림도 없지."

"맞았어. 나도 동감이야. 그런 사람은 아무리 잘난 척해 봐야 긴자에나 어울려."

한마디도 하지 않았지만 오싱은 어이없었다. 세 여자 모두가 겉으로는 헐뜯고 있지만 속으로는 그를 좋아하고 있다는 것을 드러내고 있기 때문이었다.

그날 저녁, 가요가 제 방에서 여행 떠날 채비를 하고 있을 때 누군가 밖에서 문을 두드렸다. 가요는 공연히 깜짝 놀라며 큰소리로 물었다.

"누구세요?"

오싱의 음성이 들리자 가요는 긴장이 풀린 몸짓으로 문을 열어 주었다.

"얼마나 놀랐다구. 여길 찾아오는 사람이 좀처럼 없거든. 혹시 고우타상이 아닌가 했지."

"미안해요. 혹시 도와 드릴 일이 없을까 해서 왔어요."

"금방 갔다올 건데 뭐."

"그렇겠군요. 그럼 나중에 고우타상이 오실지 모르니까 집안 청소나 해 드리겠어요."

"오싱은 바쁠 텐데?"

"시간은 충분해요."

"고마워. 솔직히 나도 늘 생각은 하면서도 지금껏 한번도 대청소를 하지 못했어."

오싱은 가요의 그 마음을 충분히 이해했기 때문에 마음이 아팠다. 부유한 가정에서 태어나 손끝에 물 한방울 묻히지 않고 자란 가요였다. 오싱은 그런 가요를 위해 자신이 틈나는 대로 도와줄 생각이었다.

오싱의 마음을 알아차린 가요는 매우 흡족해 했다.

"오싱을 만났으니 이제부터 난 전처럼 외롭지 않을 거야."

"그보다 이제부터 큰방마님이나 어르신들과 잘 의논하세요."

그러나 가요의 마음은 한결같았다. 고우타만을 기다리며 살 것이며, 이번 여행은 다만 자신의 뜻을 어른들께 알리려는 것뿐이었다. 오싱은 할 말이 없었다.

"오싱, 열쇠 여기 있어. 무리하지 말고 정말 틈이 나거든 와."

"걱정 마세요. 청소는 잘할 수 있으니까 마음에 꼭 드시도록 해 놓겠어요."

"그럼 오싱이 알아서 해 줘."

열쇠를 오싱에게 넘겨준 가요는 다정한 미소를 지으며, 단 며칠이라도 헤어지게 되었으니 떠나기 전에 밖에 나가서 저녁이나 먹자고 했다.

"아가씨, 내가 금방 밥을 지을게요. 쓸데없는 데다 돈 쓸 필요는 없잖아요."

"걱정 말고 어서 나갈 준비나 해. 오늘은 맛있는 걸 먹자."

가요와 오싱이 막 방문을 잠그려 할 때 뜻밖의 손님이 나타났다. 다노쿠라 류조였다. 그를 본 가요는 깜짝 놀랐다.

"다노쿠라상, 어쩐 일이에요?"

상대 역시 매우 놀라며 가요를 바라보았다.

"이게 어떻게 된 거야? 지금쯤 끙끙 앓고 있을 줄 알았는데."

"누가요?"

"어제와 오늘 계속 가게에 나오지 않았다기에 병이 난 줄 알고 문병하러 왔다구. 그런데 집은 왜 그리 찾기가 어려운지."

가요는 이 뜻밖의 손님을 진심으로 반기는 눈치였다. 그때 당황한 표정으로 서 있는 오싱에게 다노쿠라 류조가 말을 걸었다.

"이제 보니 어제 나 때문에 혼이 났던 미용사 아가씨군요. 상처는 어때요? 미안하게 됐습니다."

오싱은 고개를 숙여 보였을 뿐 말은 하지 않았다. 곁에 가요가 있어서가 아니었다. 그녀는 소메코나 야에코와 달리 그에게 별 관심이 없어서였다.

가요는 저녁 식사에 류조도 동행시켰다. 그들은 우에노의 어느 음식점으로 들어가 자리를 잡았다. 그 자리에서 류조는 다시 오싱에게 사과를 했다. 오싱이 줄곧 침묵만을 지키자 가요가 대신 입을 열었다.

"다노쿠라상은 항상 여자들의 응석에 약해서 탈이라니까요."

"오싱상에 대한 얘기가 긴자의 여자들 입에 오르내리더군. 조금이라도 돕는다는 뜻으로 소개를 시켰다가 큰 소동만 일으켰으니 정말 면목없게 됐습니다."

류조는 다시 한번 자신의 실책을 인정했다. 그때 오싱의 머리를 스치는 생각이 있었다. 문제의 도구 상자를 찾아 준 사람이 류조라는 사실이었다.

"혹시 제가 떨어뜨린 도구 상자를 일부러 가져다주신 분이 바로……"

"당연하죠. 어쨌든 그 일로 두 분이 만났다고 하니 조금은 위로가 되는군요."

류조는 싱긋이 웃으며 화제를 바꿨다.

"그건 그렇고, 가요상에 대해 놀랐어. 사카다의 쌀 도매상 후계자라니 말이야."

"지금껏 누구한테도 비밀로 했으니까요."

"나름대로의 사정이 있었으려니 생각은 했는데, 알고 보니 가요상도 부모님 속깨나 태운 불효자식이군."

"뛰쳐나오지 않고는 좋아하는 사람과 함께 있을 수 없었어요."

"그림을 그린답시고 도쿄에 와서 사랑에 빠져 호구지책으로 돈벌이를 나선 가요상에게 잔소리를 좀 했지요. 결국 이제야 철이 들어 고향에 내려간다니 다행이군요."

가요는 손을 내저으며 큰 목소리로 말했다.

"아니에요, 단정하지 마세요. 그림도 그 사람도 포기한 게 아니에요. 곧 돌아올 거예요."

"돌아오려거든 이번에는 딴생각 말고 그림 공부에만 전념하도록 해요. 연인을 기다리는 것도 좋지만 여자라도 뭔가 한 가지 일에 몰두한다는 건 매력있는 일이니까."

이때 웨이터가 포도주를 가지고 왔다. 류조는 대단한 미식가이기나 한 듯 먼저 혀끝으로 맛을 보고 나서는 고개를 끄덕거렸다.

"자, 우리 건배합시다! 재회를 기약하며."

가요는 오싱에게 류조에 대해 말해 주었다.

"내가 신세를 많이 지는 분이셔. 혼자 살다 보면 이것저것 답답할 때가 많거든."

류조는 오싱에 대해 상당한 관심을 갖는 듯했다.

류조와의 첫 대면은 이렇게 이루어졌는데, 오싱은 그의 언행 하나하나가 매우 비위에 거슬렸다. 양복점을 한다는 말을 들었으나 그가 얼마나 많은 돈을 벌기에 날마다 술집이나 돌아다니며 여자들에게 물 쓰듯 돈을 쓰고 다니는지 이해할 수 없는 사람이라고 여긴 것이다.

또 가요까지도 이런 사람과 알고 지낸다는 게 싫었다. 난생 처음 양식집에서 맛본 음식도 영 맛이 없었다.

그날 가요는 밤차로 떠났다. 같이 우에노 역으로 나갔던 류조가 오싱을 집까지 데려다 주려고 했으나 그녀는 거절했다. 혼자 집으로 돌아오는 동안에 오싱은 이미 류조에 대한 생각들을 잊어버렸다. 사카다로 돌아간 가요가 가가야의 식구들에게 용서를 빌고 다시 옛날의 가요 아가씨로 돌아갔으면 하는 바람뿐이었다.

다음 날 아침, 오싱은 다른 날보다 일찍 일어나 아사쿠사의 관음사를 찾아갔다. 저녁때쯤 사카다에 도착할 가요의 안전과 그녀를 맞이할 어른들의 너그러운 이해심을 부처님 앞에 빌기 위해서였다. 그 외에는 가요를 위해 할 수 있는 일이 없음이 안타까울 뿐이었다.

독립된 생활

 땅거미가 짙어질 무렵 가요는 무사히 사카다에 도착했으나 마음은 도무지 안정되지 않았다.
 감회가 깊은 반면에 두려움과 초조함이 앞섰다. 그녀는 점포의 이곳저곳을 두루 살피며 지나간 일들을 회상해 보았다. 점포 안에 있는 할머니와 아버지는 점포 일로 바빠 그녀가 밖에 와 있는 것을 눈치채지 못했다.
 잠깐 점폰 안을 들여다보던 가요는 생각을 바꾸어 뒷문으로 갔다. 그곳을 통해 부엌으로 들어가기 위해서였다.
 그녀는 부엌문 앞에서 잠깐 망설인 후 용기를 내서 문을 열고 안으로 들어갔다. 마침 저녁상을 차리던 두 여자가 깜짝 놀라며 갑자기 나타난 가요를 바라보았다. 그녀들은 모두

가요를 몰라보았던 것이다.

"이봐요. 댁은 누구예요?"

가요가 들은 척도 하지 않고 마루로 올라서려 하자 또 다른 여자가 거칠게 말했다.

"어디로 가려는 거야?"

그 여자는 가요의 팔을 잡아 끌어내릴 기세로 계속 다그쳤다.

"누군데 함부로 남의 집에 들어오려는 거야?"

가요는 무시해 버리고 그냥 안으로 들어가려 했다. 당황한 한 여자가 안에다 대고 소리쳤다.

"마님! 마님! 여기 좀 나와 보세요."

그 소리에 안에서 나오던 미노는 그만 우뚝 멈춰 서고 말았다. 가요를 보는 순간 얼굴색이 변한 미노의 모습에 부엌의 두 여자 역시 넋을 잃은 듯했다.

"가요! 가요, 너구나!"

"다녀왔습니다."

미노는 기가 막혔다. 마치 잠깐 밖에 나갔다 돌아온 사람처럼 태연히 말하는 딸의 모습에 그만 말문이 막혀 뚫어지게 바라볼 뿐이었다.

"엄마가 그렇게 정정하시니 다행이에요."

그때 미노가 점포 쪽을 향해 갑자기 소리쳤다.

"어머님! 여보! 가요예요. 가요가 왔어요!"

그 소리에 놀라서 먼저 뛰어나온 사람은 기요타로였다.

"여보, 봐요. 가요가 돌아왔어요. 가요가 왔다구요, 여보. 이게 꿈이 아니고 생시랍니다, 여보."

"가요……"

기요타로는 겨우 딸의 이름을 불렀을 뿐 더 이상 말을 잇지 못했다. 가요는 이번에도 천연덕스럽게 말했다.

"멋대로 행동해서 걱정을 끼쳐 드렸습니다."

"잘 왔다. 그래, 잘 왔어!"

지금껏 태연하던 가요는 점포로부터 들어오는 할머니 구니를 보자 반가움에 목이 메었다.

"할머니!"

미노는 여전히 기쁨을 감추지 못하며 구니에게 말했다.

"우리의 기원이 하늘에 통한 거예요. 어머님, 기다린 보람이 있었지요."

미노는 제정신이 아니었다.

묵묵히 가요를 바라보기만 하던 구니가 느닷없이 그녀의 뺨을 후려쳤다. 이 돌연한 사태에 놀란 것은 미노였다.

"어머님!"

구니는 듣지 않고 계속 가요의 뺨을 때렸다. 미노는 어쩔 줄 몰라 하면서 구니를 붙들었다.

"그만두세요, 어머님! 이러지 마세요! 겨우 집으로 돌아온 아이가 아닙니까."

"엄마, 가만히 계세요. 전 당연히 맞아야 해요. 할머니, 때려서 속이 풀리신다면 얼마든지 때려 주세요. 저는 할머니한테 맞아 죽어 마땅할 죄를 졌어요. 어서요. 어서 더 때리세요!"

가요는 그 자리에 단정히 무릎을 꿇고 앉았다. 구니는 더 때리지 않았다. 아직 노여움이 가득한 눈으로 가요를 노려볼 뿐이다.

가요는 단정히 앉은 채 다시 사죄를 계속했다.

"저는 집도 할머니도, 그리고 부모님도 버렸어요. 처음 집을 나갈 때는 두 번 다시 이 집 문턱을 넘지 않을 결심이었어요. 아무리 빌어도 용서받을 수 없다는 것은 저도 잘 압니다. 그런데 오싱을 만나……"

오싱이라는 말에 미노가 급히 끼어들었다.

"오싱을 만났단 말이냐?"

미노가 말을 가로챘다.

"네. 사요 얘기를 들었어요. 지금까지는 사요가 집에 있다는 것으로 스스로 위로하곤 했어요. 그랬는데……"

가요는 목이 메어 말을 잇지 못했다. 구니 역시 콧등이 시큰거렸지만 참았다. 뺨을 때린 미움이 진정한 미움이 아님을 알기 때문이다.

"식구들이 얼마나 가슴 아프실까 생각하니 잠이 안 왔어요. 그래서 쫓겨 갈 각오까지 하고 이렇게 왔어요. 이 집에 발을 들여 놓지 말라시면 이대로 돌아가겠어요. 그러나 사죄하고 싶은 이 마음만은 진정이라는 것을 말씀드리고 싶어요."

비로소 구니가 아직 완전히 가라앉지 않은, 그러나 이미 따뜻한 정이 흐르는 음성으로 말했다.

"가서 목욕이나 해라. 기차의 그을음 때문에 얼굴이 새까맣게 되었구나. 얘기는 나중에 하자."

시어머니가 좀 누그러지는 기미를 보이자 미노는 겨우 눈물을 닦고 가요에게 다가갔다.

"가요, 네 방은 네가 떠날 때 그대로 놔뒀다. 난 네가 꼭 돌아올 것으로 믿었단다. 그래, 정말이지 잘 왔다."

미노는 비로소 딸에게 웃는 얼굴을 보였다. 기요타로는 한쪽에 묵묵히 서 있었으나 표정으로 봐서 얼마나 기뻐하는지를 알 수 있었다.

가족들로부터 용서를 받았다는 사실은 가요의 불안을 모두 씻어 주었다. 그러나 다음 순간 또 다른 불안이 고개를 들기 시작했다. 겨우 이해하고 사랑으로 감싸 주려는 가족들을 또다시 아프게 해야 된다는 생각이었다. 그녀는 곧 다시 도쿄로 돌아갈 결심을 애당초 가지고 사카다에 왔던 것이다.

오싱은 가요의 빈 아파트에서 열심히 청소를 하고 있었다.

가요가 사카다로 떠난 지 사흘째 되는 날 낮이었다. 오싱은 사흘 동안 계속 틈을 내어 가요의 아파트를 찾아와 청소를 했다.

고우타가 왔을 경우 깨끗이 정돈된 방에서 쉬도록 하고 싶은 정성에서였다. 그녀는 가요와 고우타의 행복을 진심으로 기원했다.

청소를 끝내 놓고 오싱은 저녁 무렵이 되어서야 다카의 미장원으로 돌아왔다. 부엌에서 저녁상을 준비하던 리쓰를 도와주고 있을 때 다카가 부엌으로 들어왔다.

"돌아와 있었구나, 오싱."

"네, 방금 왔습니다. 자꾸 개인적인 일만 보게 돼서 죄송합니다."

"이젠 옛날의 상전까지 모시게 됐으니 더 바쁘겠구나. 그건 그렇고 방을 구했다."

"네?"

"우리 집 손님한테 부탁했더니 마침 이 근방에 방이 하나 있다더구나. 늙은 부부만 사는 집인데 이층을 주겠다는 거야. 가까이에 있으면 무슨 일이 있을 때 서로 상의도 할 수 있고 우리가 바쁠 때는 오싱에게 지원을 요청할 수도 있으니 서로 좋지 않겠어?"

"이것저것 너무 신경을 써 주시니 뭐라고 고마운 말씀을 드려야 좋을지 모르겠습니다."

"내일이라도 당장 들러 봐. 빨리 결정해야지."

"네. 고맙습니다."

다음 날 오싱은 다카가 시키는 대로 당장 그 집을 찾아가서 방을 얻었다.

이제부터 다카 선생의 둥지를 떠나 그야말로 독립된 생활을 한다고 생각하니 한편으로는 두렵기도 하고 한편으로는 가슴이 부풀기도 했다. 그런 기분으로 돌아오는 길에 아테네에 들렀더니 소메코, 야에코 등이 기다리고 있기라도 한 듯이 반색을 했다.

"염려를 해 주신 덕분에 독립된 생활을 하기로 결정했습니다. 방을 얻고 오는 길이에요."

"오싱상, 정말 축하해요!"

"이제부터 요금은 배로 줘야겠는걸!"

"이사하는 날은 우리가 가서 도울게!"

"세간살림은 우리에게 맡겨 줘요."

저마다 한마디씩 하며 오싱의 독립을 진심으로 기뻐해 주었다.

"고맙습니다. 열심히 일해서 보답하겠습니다."

콧날이 시큰해져 오싱이 눈시울을 적시자 소메코들도 덩달아 기쁨의 눈물을 보였다.

3년 동안 힘든 하루하루를 보냈던 다카의 집을 떠나 새로운 생활을 시작하는 날이 왔다. 그러나 막상 떠난다고 생각하니 마음 한구석에 휑하니 구멍이 뚫리는 듯한 서운함이 엄습했다.

이튿날 날이 밝았다. 오싱은 아침 식사를 하는 종업원들에게 마지막 시중을 들었다.

"오늘로 이 댁을 떠나게 됐습니다. 그동안 신세 많이 졌습니다. 그런데 아무런 보답도 하지 못하고 떠나서 죄송합니다."

하고 정중히 인사를 했다.

그 말은 진심이었다. 그러나 상대방들의 반응은 전혀 달랐다. 그들은 오싱의 미용 기술에 대해 저마다 한 마디씩 빈정거렸다.

미용 기술로 밥을 먹을 수 없으면 삯바느질도 있다느니, 남의 연애편지를 대필해서 밥은 먹을 거라는 등등이었다. 그중에도 불과 3년만에 자립하는 게 큰 출세라도 된다는 듯이 비아냥거리는 도요의 말이 특히 비위를 건드렸지만 오싱은 꿀꺽 참아 넘겼다.

이윽고 다카 선생의 방으로 인사를 하러 들어갔다.

"그동안 오싱이 출장가서 받아온 팁을 모아 둔 거야. 새 출발을 하려면 이것저것 장만할 것도 많을 테니 보태 쓰도록 해. 오늘을 위해 모은 거니까."

"선생님……"

"아무 말 하지 않아도 다 알아. 오늘부터는 정말 오싱 혼자만의 힘으로 살아가는 거야. 아무도 도와주지 않아. 의지할 곳도 없으니 그리 알고."

"명심하겠습니다, 선생님."

"항상 손님한테 귀염받는 일류 미용사가 되어야 해."

"결코 선생님을 실망시키지는 않겠습니다."

오싱은 쏟아지려는 눈물을 억지로 삼키며 다시 한번 엎드려 고마움을 표시했다.

간단한 짐을 챙겨서 새 집으로 간 오싱은 응접실에서 집주인 부부에게 인사를 했다.

"오늘부터 폐를 끼치게 됐습니다. 잘 부탁드립니다."

여주인은 오싱의 얌전한 모습에 무척 호감이 가는지 연신 웃으며, 주인이 오기도 전에 벌써 손님이 와서 기다린다고 했다.

오싱이 서둘러 이층 방으로 올라가자 거기에는 뜻밖에도 소메코를 비롯한 일행 네 명이 장만해 온 짐 꾸러미를 풀어서 정리하고 있었다.

놀라는 오싱을 본 소메코가 먼저 말했다.

"오싱상, 왜 이렇게 늦었어? 짐은 누가 날라다 주나?"

오싱의 짐이 너무 단촐한 것을 보고 아마 누가 따로 짐을 옮겨 주나 보다 지레짐작한 것이다.

"짐이라고 할 게 뭐 있나요? 이게 다예요."

일행은 믿어지지 않는 듯한 표정이었다.

"하기야 지금껏 그 집에서 월급 한 푼 없이 얻어먹고 잠만 잤으니 살림살이가 뭐 있겠어. 그럴 것 같아서 쓰던 것이라도 이것저것 가져오자고 한 거야."

오싱은 그들의 따뜻한 배려가 고마워서 할 말을 찾지 못했다. 소메코들은 살림에 필요한 모든 것들을 고루고루 장만해 주었다.

이불과 요는 물론 항아리와 쟁반, 찻잔까지도 가져왔다. 특히 매우 포근해 보이는 새 이불을 가져와 준 소메코의 정성에 눈물이 날 정도였다.

그 외에도 바느질할 수 있는 것들, 화로와 주전자 등 살림살이에 필요한 모든 것들이 있었다. 3년 동안 남의 집에서 침식만 제공받던 오싱으로서는 당황할 정도로 완전히 한살림이 갖추어진 것이다.

용기를 얻은 오싱은 그것만으로도 자신의 밝은 장래를 보는 것 같아 가슴이 뿌듯했다.

리쓰가 찾아온 것은 그들이 돌아간 직후였다. 방이라도 치워 주려고 왔다는 리쓰는 가요로부터 온 편지 한 통을 오싱에게 전해 주었다.

무사히 사카다에 도착했어.

지금까지의 일은 그런대로 용서를 받았어. 역시 집에 오기를 잘했다고 생각해.

그런데 사요가 그렇게 되었기 때문에 나의 입장이 예상외로 난처하게 됐어. 나는 가가야를 이어받을 생각도 없고, 고우타 상을 기다리기 위해서는 도쿄로 가야만 해. 그런데 지금의 형편으로는 언제 돌아가게 될지 알 수 없어……

오싱이 그 편지를 읽고 있을 즈음, 가요는 사카다의 집에서 할머니를 비롯한 모든 가족들과 함께 있었다.
가요가 다시 도쿄로 돌아가겠다는 말에 대해 미노가 먼저 입을 열었다.
"다시 도쿄로 가겠다니, 거기에서 뭘 하겠단 말이야?"
"말했잖아요. 그림 공부를 하겠다구요."
"그런 소리 마라. 카페의 여급으로 일하는 애가 어떻게 그림 공부를 할 수 있겠니?"
"집에서 돈을 보내 주시지 않으니 내가 벌어서 할 수밖에 없지 않겠어요?"
그때 구니가 끼어들었다.
"그림 공부라니 말도 안돼. 네게 그림에 대한 소질이 없다는 것은 나도 다 안다. 가요, 너한테 사내가 생긴 거지?"
"우리 가요가 그럴 리 있겠습니까, 어머니."
기요타로가 두둔을 했으나 구니는 한마디로 일축해 버렸다.
"넌 잠자코 있거라. 지금 한창 나이인 가요가 남자를 사귄다고 이상할 일은 하나도 없지. 난 그런 일로 나무라자는 게 아니야."
할머니의 날카로운 질문에 가요는 얼른 대답할 수가 없

었다.

 구니는 장래를 약속할 수 있는 상대라면 마땅히 집으로 데려와 양친에게 인사하는 게 도리라는 것이다. 그럴 입장이 못되는 남자라면 아무리 좋아해도 절대 안된다는 말에 가요의 입이 더욱 막힐 수밖에 없었다. 평생을 불행하게 지내야 될 사내와는 절대로 사귀도록 묵인해 줄 수 없다는 것이다.
 기요타로가 슬그머니 화제를 바꾸어 가요를 회유했다.
 "어쨌든 가가야를 물려받을 사람은 너뿐이다. 그 사실을 명심하도록 해라."
 가요는 형언하기 어려운 갈등에 휘말리고 있었다. 할머니가 무조건 반대한다면 모르지만 그게 아니다. 당당하게 집에 데리고 와서 인사를 시킬 만큼 떳떳한 남자라면 결혼을 승낙해 주겠다는 것이다. 그러나 그건 도저히 불가능한 노릇이었다.

 가까스로 시작한 오싱의 새살림은 조금씩 틀이 잡혀 가기 시작했다. 그동안 새로운 단골손님도 하나둘씩 늘어갔다. 그러나 하루 내내 일을 하는 건 아니었다. 그녀는 여급들한테 부탁해서 그 남은 시간에 바느질을 했다.
 그러던 어느 날, 생각지도 않은 일이 일어났다. 누군가가 찾는 소리에 2층에서 내려오던 오싱은 깜짝 놀랐다.
 "오싱상이십니까?"

짐꾼 두 사람이 굉장한 화장대를 운반해 놓고 받을 사람을 확인하는 것이었다.

"그런데요?"

오싱은 영문을 알 수 없어 어안이 벙벙했다.

"이 화장대 어디다 놓을까요?"

"무슨 일인지 모르겠군요. 난 그런 화장대를 산 일이 없는데."

"혹시 양복점 하시는 다노쿠라상을 아십니까?"

"네에……"

"그분이 보낸 겁니다. 자, 어디에 놓을까요?"

오싱은 비로소 짚이는 데가 있어서 급히 말했다.

"잠깐, 그냥 계세요."

"네에?"

"그건 내가 산 물건이 아니니 그냥 가져가세요. 미안합니다."

인부들은 오싱의 태도가 하도 단호하여 더 버티지 못하고 물건을 가지고 돌아갔다.

인부들을 보내 놓고 오싱은 불쾌한 기분을 억누를 수가 없었다. 공연히 혼자서 씩씩거리다가 마침 소메코의 머리를 만지기로 한 약속 시간이 되었기에 곧 아테네로 향했다.

"소메상, 다노쿠라라는 분 어떤 사람인가요?"

오싱은 그녀의 머리를 매만지며 넌지시 물었다. 그리고 아침에 있었던 일을 말하자 소메코는 깜짝 놀랐다.

"요전에 왔기에 내가 오싱이 독립했다고 얘길 했었지. 오싱에게 화장대가 필요할 것 같은데 아직 장만하지 못했다고 귀띔했었지. 그래 어떤 화장대였어요?"

"모르겠어요. 그냥 돌려보냈거든요. 내가 그분한테 그런 선물을 받을 이유가 없잖아요?"

"이런 맹꽁이! 주는 건 받아 둬야지. 난 그 사람한테 여우 목도리 하나 얻어 내느라고 얼마나 애쓰는지 알아? 오싱한테 부탁을 해서까지 연애편지 써 보냈지, 갖은 아양도 다 떨고 있지만 아직도 무소식이야. 그런데 그 비싼 화장대를 그냥 돌려보내?"

오싱은 소메코가 몹시 경망스럽게 보였으나 그런 내색은 하지 않고 넌지시 물어보았다.

"소메상, 혹시 그분을 좋아하고 있나요?"

"싫어하진 않아. 하지만 여급 입장으로 단골을 모두 좋아하다간 볼일 다 봐. 오싱상은 비위에 거슬릴지 모르지만 할 수 없어. 우리 같은 여자들은 어떻게 하든 손님이 한번이라도 더 오도록 있는 아양 없는 애교를 다 떨어야 돼."

한마디로 어이없는 말이었다. 내심 믿었던 소메코의 주관에 대해 오싱은 맥이 빠질 정도였다. 그러나 한편으로는 그녀들이 얼마나 치열하게 생활 전선에 뛰어들고 있는가를 깨달았다. 그것은 그녀 자신의 삶에 있어서도 마찬가지인 세상

살이의 어려움이라고 느껴지기도 했다. 따라서 오싱은 다노쿠라 류조라는 남자가 매우 멍청하면서도 불쌍한 남자라고 여기게 되었다.

오싱의 그런 혹평을 알 리 없는 류조는 끈질기게 접근해 왔다. 오싱이 출장을 끝내고 집에 돌아오니 주인 여자가 손님이 와서 기다린다고 했다.

"좀 기다리겠다고 하기에 올라가 있으라고 했지."

"어떤 손님인데요?"

"나한테까지 선물을 가지고 온 예의 바른 청년이야. 오싱, 고맙다고 인사나 전해 줘요."

짚이는 데가 없지 않았다. 설마 하고 올라가 보니 역시 류조였다.

"주인도 없는 집에 멋대로 들어와서 이거 미안하게 됐습니다."

오싱은 대답할 기분이 아니었다. 그의 깍듯한 예절에도 불구하고 싫은 생각이 앞섰다. 게다가 방 한가운데 보라는 듯이 놓여 있는 화장대가 몹시 비위에 거슬렸다.

"아까는 미안했소. 불쑥 보내는 결례를 범했습니다."

"전 이런 물건을 받을 이유가 없습니다."

류조는 지난번의 일을 사과하는 뜻으로 선물하겠다는 것이다.

"하지만 전 아직 류조상과는 친한 사이가 아닙니다."

"무슨 말씀입니까. 난 분명히 가요상에게서 오싱상을 보살펴 달라는 부탁까지 받았습니다. 여자가 혼자 힘으로 산다는 건 정말 힘든 일입니다. 오싱상의 끈기가 정말 마음에 듭니다. 앞으로 오싱상의 일이라면 어떻게 해서라도 도와 드리고 싶습니다. 자, 그럼 오늘은 이만."

류조는 일어서려다 말고 갑자기 생각난 듯이 얼굴 가득히 미소를 머금은 채 말을 이었다.

"참, 오싱상 글씨가 아주 달필이던데요. 세 여자가 모두 같은 필적으로 편지를 보내오기에 누가 대필을 했는가 했더니 오싱상이더군요. 아마 오싱상도 그 편지를 받는 사람이 어떤 멍청이인지 어이없었을 겁니다. 하지만 그건 어떤 진실을 담은 편지가 아니라 매상이나 올리려는 초대장이라 생각하면 됩니다. 그들이 좋아하는 건 내가 아니라 내 주머니거든요."

류조는 산뜻한 미소를 남긴 채 훌쩍 자리를 떴다. 오싱은 참으로 알 수 없는 사람이라고 생각하고는 돌아가는 그의 뒷모습을 바라볼 뿐이었다.

한참을 그렇게 있다가 오싱은 가요에게 편지를 썼다.

가요 아가씨가 사다에 가신 지도 벌써 한 달이 되어가는군요. 그동안 어떻게 지내시는지 궁금합니다.

아가씨의 방에는 종종 들러서 살피고 있습니다. 그러나 아무도 다녀간 흔적이 없습니다.

얼마 전 류조상에게서 화장대를 선물 받았습니다. 받아야 될 이유가 석연치 않아 기분이 이상합니다. 무슨 생각을 하고 있는지, 똑똑한 사람인지 모자라는 사람인지 종잡을 수 없는 사람입니다. 화장대는 아직 사용하지 않고 있습니다.

만일 고우타상께서 소식을 보내오거나 돌아오시면 즉시 알려 드리겠습니다.

그동안에라도 어른들께 효도 많이 해 두세요……

돈벌이

 사카다의 가가야에서 지루한 나날을 보내고 있던 가요는 어느 날 할머니 구니로부터 충격적인 말을 들었다.

 "가요야, 네 신랑감을 구했다."

 가요는 무표정한 얼굴로 아무런 대꾸도 하지 않았다.

 "내일 선을 보기로 했다. 나는 물론 너의 에미 애비 모두가 가가야의 후계자로 마음에 들어하는 사람이니 그리 알고 있어라."

 그러나 가요의 귀에 그런 말이 들릴 리가 없었다.

 "오사카에 있는 우리 거래선의 셋째 아들이다. 올해 동경제대를 졸업한 수재란다. 학벌이나 문벌이 더할 나위 없이 훌륭해. 그쪽에서도 네 사진을 보고 마음에 들어한다는데 우리한테는 과분한 상대다."

기요타로가 흘끗 딸의 눈치를 보며 보충 설명을 했다. 전쟁이 끝난 후 일본이 세계의 경제 대국으로 서서히 발돋움하는 때인 만큼 지금까지 해 오던 재래식 방법의 장사에서 탈피하기 위해서는 그런 수재형의 후계자가 필요하다는 것이다.

"넌 가가야의 후계자인 만큼 그동안 누구한테 반했네, 어쩌네 하는 소리는 철부지 소녀 시절의 한낱 추억으로 돌려 버려라. 할머니나 네 엄마, 그리고 이 아버지도 지금까지의 네 실수를 탓하지 않기로 했다."

다시 할머니의 설명이 덧붙여졌다.

"너더러 사카다에 한 달만 머물러 있으라는 이 할미의 속뜻이 뭔지 아느냐? 만일 너와 장래를 약속한 남자가 도쿄에 있다면 반드시 그 사이 참지 못해 널 만나러 오리라고 판단했다. 정말 너를 책임질 사람이라면 사위로 삼을 생각이었단 말이다. 그런데 여태 소식이 없는 걸 보면 뭔가 잘못되어도 한참 잘못된 일이다. 그런 사람에게 일생을 바칠 수는 없는 노릇이다."

할머니의 철두철미한 생각에 가요는 내심 크게 놀라면서도 냉담하게 듣고만 있었다.

"너도 이젠 고집도, 미련도 다 버릴 때가 되었다. 그저 그런 사람과 일시적인 불장난이었다 생각하거라. 그럼 혼담을 진행시키겠다."

"할머니, 제발 일 년만, 아니 반년만이라도 기다려 주세요. 그동안 잘 생각해 봐서 결정할게요."

"생각은 무슨 생각이냐?"

가요의 고집이 더 이상 통하지 않았다.

가족들은 이미 다음 날 선을 보기로 하고 옷까지 새로 맞추어 놓았다. 그러나 당사자인 가요는 고집스럽게 입을 다물고 있었다. 그러한 가요를 바라보는 가족들의 마음은 상당히 불안한 게 사실이었다.

가요로서는 어떤 다른 방법도 생각할 수 없었다. 방법이 있다면 집을 다시 나가는 것뿐이었다. 그녀는 망설일 것도 없이 바로 떠날 준비를 했다. 그러나 마음은 편치 않았다. 사요도 없는 집을 훌쩍 떠나는 것은 더욱 큰 불효라는 생각 때문이었다.

가요가 불안을 억제하며 가방을 들고 복도로 나섰을 때였다. 미리 짐작한 할머니 구니가 그녀의 앞을 가로막고 서 있었다.

"내 이럴 줄 알았다."

가요는 애원했다.

"할머니, 제발 보내 주세요. 가문의 계승도 중요하지만 제게도 자신의 행복을 찾을 권리가 있어요. 너무 희생을 강요하지 마세요."

"너 아직까지도 꿈에서 깨어나지 못했구나? 한 달 동안 소식 한 번 없는 남자를 무엇 때문에 찾으려 하느냐?"

"알아요, 알고 있어요."

"그런데?"

"아무리 불행해진다 해도 사랑하는 사람과 살고 싶어요."

"가요야!"

"난 재산이나 후계자 따위는 정말 싫어요. 할머니, 제발 떠나게 해 주세요."

가요가 급히 앞을 지나쳐가려 하자 구니는 허둥지둥 가요를 붙잡았다. 그러다가 가요한테 매달려 애원하기 시작했다.

"안돼. 넌 떠나면 절대로 안돼. 우리 가문을 너한테 물려주기 위해 이 할미가 그동안 숱한 고생도 참아 가며 지켜 온 거야. 그래도 내 마음을 모르겠니? 내 재산은 너 아니고는 누구한테도 줄 수 없어. 절대로 안된다."

가요는 다시 뿌리쳤다.

할머니와 손녀는 옥신각신했다. 그때였다. 돌연 구니가 신음소리를 내더니 그대로 힘없이 쓰러졌다. 가요는 마음을 독하게 먹고 떠나려 했다.

구니는 쓰러진 채 간절한 눈길로 가요를 쳐다보았다. 애원하는 마음이 안타깝게 담긴 눈길이었다. 가요는 아무리 독한 마음을 먹어도 결국 발길이 떨어지지 않아 할머니가 쓰러져 있는 곳으로 되돌아갔다.

순간 구니를 내려다보던 가요가 소스라치게 소리쳤다.
"엄마! 빨리 와요. 할머니가! 할머니가!"
가요의 낯빛은 새파랗게 질려 있었다.

달려온 가족들에 의해 방으로 옮겨진 구니는 완전히 의식을 잃었다. 곁에는 기요타로와 미노, 가요가 초조하고 겁에 질린 얼굴로 앉아 있었다.

"이래도 떠나겠다는 말이 입에서 나오냐? 네가 가출한 이후 할머니는 병을 얻으신 거야. 오늘 이렇게 되신 것은 모두 네 탓이야."

미노의 호된 나무람에 가요는 입을 열지 못했다. 미노는 꾸중을 하다가 다시 무겁게 입을 다물기를 반복했다.

가요는 오싱에게 다시 편지를 썼다.

> 결국 도쿄에 가지도 못하고 할 수 없이 어제 선을 보았어.
> 그러나 아직 여기서 결혼해 가가야를 이을 생각은 없어. 평생을 기다려야 된다고 해도 고우타상을 기다리겠다는 나의 각오에는 변함이 없어.
> 다만 이제는 완전히 나를 잊고 있는 남자를 기다리기 위해 온 가족을 울린다는 게 어리석게 느껴지기도 해……

가요는 다른 사람과 다르다. 오싱에게는 가요의 온갖 괴로움이 자신의 아픔이나 진배없었다.

그동안에도 오싱은 자주 가요의 아파트에 갔다. 그러나 마음속으로는 가요가 다시 그 방에 오지 않게 되기를 기원했다. 가요가 고우타를 잊고 고향에서 행복하게 살기를 원했기 때문이었다. 가요가 도쿄에 돌아오지 않는 것만이 그녀를 위하는 길이라고 소박하게 생각했다.

고향에서 할머니 때문에 발이 묶인 가요의 생활은 초조와 불안이 뒤엉킨 괴로움의 연속이었다.

주위에서는 그녀의 혼사를 서둘기에 여념이 없었다.

며칠이 지나고 구니는 겨우 의식을 회복했다. 미노는 그런 구니 앞에 새로 지은 가요의 신부 옷을 보여 주었다.

"어머님, 방금 지어 왔어요. 어머님이 고르신 감이라서 그런지 아주 좋아요. 우리 가요는 몸매가 날씬해서 입으면 맵시가 날 거예요."

"그 옷을 입은 가요를 보기 전에는 죽어도 눈을 감을 수가 없어. 그러니 어서 서둘도록 해라."

"염려 마세요. 어머님 병환은 가요가 식을 올리고 마음을 놓으시면 낫게 돼요."

"내 병은 내가 알지."

구니는 쓸쓸한 미소를 얼굴에 떠올렸다. 이미 자신의 운명을 점치고 있는 듯했다. 구니는 헛소리처럼 가요의 결혼식을 볼 때까지만 살고 싶다고 중얼거렸다.

곁에서 묵묵히 듣고 있는 가요는 누구보다도 괴로웠다. 자신 때문에 할머니가 병을 얻었다는 사실을 부인할 수 없었다.

구니의 방을 나온 미노는 다시 한번 가요에게 다짐을 두었다.

"너도 알겠지? 할머니는 한 번만 더 쓰러지시면 끝장이야. 의사도 할머니의 심장이 극도로 쇠약해지셨다는 거야."

빨리 결혼식을 올리자는 미노의 말에 가요는 겨우 입을 뗐다.

"엄마, 그 전에 한 번만 도쿄에 다녀오겠어요."

"또 그 소리구나. 너 할머니를 끝내 돌아가시게 할 작정이냐?"

"그런 게 아니에요."

"여러 말 말고 그곳 일은 오싱한테 부탁해라. 잘 처리해줄 거야. 아예 도쿄에 대해서는 말도 꺼내지 마라."

그러나 아무리 윽박질러도 가요는 고우타를 단념할 수 없었다. 당장에라도 그가 왔다는 소식을 들으면 달려가고 싶었다. 자식으로서, 인간으로서 도리를 무시하고라도 달려가고 싶었다.

그 길만이 자신의 행복을 찾는 방법이라고, 아직 끊기지 않은 실낱 같은 기대와 함께 오싱의 소식을 기다리고 있는 것이다.

오싱은 독립한 지 한 달쯤 되던 어느 날 다카의 집으로 인사하러 갔다.

"벌써 한 달이나 됐구나. 듣자니 잘해 나간다지?"

"모두가 선생님 덕택입니다."

"손님은 하루에 몇 명이나 되지?"

"열 명쯤 됩니다."

"그래? 대단하군!"

"그 대신 요금은 한 사람 앞에 10전씩만 받고 있습니다."

"10전?"

"네, 일본식 머리와는 달리 힘이 많이 들지도 않고 또 전 아직 기술이 부족하니까요. 그 대신 머리가 마음에 드는 손님은 가끔 팁을 주십니다."

"짬짬이 삯바느질까지 한다며? 집주인이 입에 침이 마르도록 칭찬을 하더구나. 얌전하고 부지런하다고 말이야."

"손님이 밀릴 때는 분주하지만 남는 시간에 빈둥대기도 뭐해서 틈틈이 바느질을 하니까 방세 정도는 생기더군요."

지난달은 미용료가 32엔, 팁에 바느질삯을 합해 총수입 47엔 65전이라는 것까지 보고를 했다.

"그거 첫 달 수입치고는 아주 대단하군."

"모두 선생님 덕분입니다."

오싱은 준비해 간 것들을 내놓았다. 다카가 입을 옷과 리쓰 등 미용사들이 먹을 과자 상자였다.

"오싱의 마음씨는 고맙고 기뻐. 하지만 앞으로는 이러면 안돼. 오싱이 독립해 나갈 때 터놓고 돕지도 않았고 공식적으로 축하연 같은 것도 베풀지 않은 것도 다 까닭이 있어서 야. 하루 빨리 기술을 연마하여 선생보다 훌륭한 기술자가 되라는 자극이었다고 생각하면 돼. 한 푼이라도 아껴 쓰고. 내 생각 같아서는 첫 달 수입이니까 시골의 어머니나 좀 도와 드리면 좋겠다."

"그렇지 않아도 내일은 어머니께 얼마쯤 돈을 부칠 생각이었습니다."

"음, 장하고 대견하다. 죽은 언니와의 약속도 지킨 셈이고."

다카는 또 다른 당부도 했다.

"어떤 경우라도 손님 한 사람 한 사람에게 정성을 쏟아야 된다. 행여 한 사람에게라도 소홀히 하면 금방 소문이 퍼져 다른 손님도 등을 돌리게 돼. 하기야 오싱에게 이런 소리 하는 건 공자님 앞에서 문자 쓰는 격이지."

"명심하겠습니다, 선생님."

오싱은 진심으로 감사해 하며 다카의 충고를 가슴 깊이 간직했다.

그날 밤, 오싱은 오랜만에 야마가다의 어머니 앞으로 편지를 썼다. 방세와 생활비, 재료 구입에 필요해서 쓰고 남은 돈 20엔을 편지에 동봉할 생각이었다. 세상에 태어나 혼자만의 힘으로 처음 번 돈 20엔. 쌀 한 가마 때문에 더부살이를 가야만 했던 어린 시절의 고생을 생각하면 감개무량하도록 큰 돈이었다.

오싱은 밤이 늦도록 그 돈을 모두 펴놓고 만지작거리기도 하고 들여다보기도 했다.

"엄마! 조금만 더 고생을 견디세요······"

"20엔이 그렇게 큰돈이었나요. 그때는?"

호텔 객실에서 게이가 할머니에게 물었다.

"1919년에는 세계대전도 끝났기 때문에 경기가 한없이 좋았지. 그때 쌀 한 말에 60전 했고 보통 평사원의 월급이 25엔이나 30엔 할 때였어."

"19세의 어린 처녀로는 상당한 수입이었네요."

"난 매일 열 사람의 손님을 상대했으니까."

경기가 좋으니 자연히 술집도 번창했다. 여급들 역시 수입이 좋아 팁도 후하게 받았다. 오싱은 그때의 회상에서 아직 완전히 벗어나지 못하며 말했다.

"지금 생각해 보면 그때처럼 즐거운 시절도 없었지. 그때까지 돈이라고는 한 푼도 받지 못한 채 밤낮없이 공짜 일만 하다가 얼마나 대견했겠느냐? 정말 꿈만 같았단다."

"헤! 이젠 일 년 외형이 몇 억씩 되시는 분이요?"

"단 1전도 지금의 1억보다 고맙고 소중한 때가 있었단다. 그러나 인간이란 금방 그 고마움을 잊고 돈이 있어도 만족을 못 느낄 때가 있어. 1엔의 고마움을 모른다는 것은 불행한 일이야."

"좀 듣기 거북하네요."

"마찬가지야. 이 할미도 언제부터인가 처음 내 손으로 번 47엔 65전의 고마움을 잊어 왔거든."

"열아홉이라. 그때가 할머니 청춘의 전성기셨군요?"

"그때 나는 이미 운을 잡았다고 생각했었지. 자, 우리 바에 내려가 한잔할까?"

"할머니 오늘 밤 왜 이러세요? 호텔 바는 엄청나게 비싸다는 걸 아시잖아요."

"비싼들 얼마나 비싸겠냐? 오늘 밤만은 이대로 잠이 올 것 같지가 않구나."

"할머니도 참……"

"갑자기 괴로운 일이 생각나는구나. 따지고 보면 사람의 일생이란 즐겁고 기쁜 일보다 괴롭고 쓰라린 일이 많게 마련인가 보다."

오싱의 표정은 이미 다노쿠라슈퍼를 운영할 때와 같지 않았다. 조금은 연약해 보이기도 하고 한편으로는 팔십 평생 걸어온 길에 대한 회한과 아련한 기억들을 그리워하는 그런 얼굴이었다.

우정

 간밤에 오싱은 거의 한잠도 이룰 수가 없었다. 일곱 살에 쌀 한 가마에 팔려 가서 시작된 고난의 길이 이제 20엔이란 돈으로 오싱의 마음을 한껏 뿌듯하게 하는 것이다. 자신이 태어나서 처음 만져 보는 소중하고 큰돈이었다.
 지폐 몇 장을 방바닥 위에 늘어놓고 오싱은 넋 나간 사람처럼 그것들을 들여다보며 고향에 계신 어머니의 모습을 떠올렸다.
 다음 날이 되어 고향 집에 편지와 함께 돈을 부치고 돌아오는 오싱의 표정은 몹시 밝았다.
 집 모퉁이를 막 돌아섰을 때 자신의 앞을 가로막는 사람이 있어 오싱은 흠칫 발걸음을 멈추었다. 자신의 앞에 선 사람은 다름 아닌 류조였다.

"집주인이 우체국에 가셨다고 하기에 기다리고 있었습니다."

류조의 얼굴에 어색한 웃음이 번졌다. 오싱은 움츠러드는 듯한 눈초리로 그를 바라보았다.

"가요상의 부탁으로 왔습니다."

"가요 아가씨가 돌아오셨나요?"

가요라는 말에 눈을 동그랗게 뜨는 오싱을 보고 류조는 오히려 겸연쩍어했다.

"아니, 그게 아니고 아까 사카다에서 제게 전화가 왔었습니다. 오싱상과 꼭 얘기할 게 있다며 열두 시에 제 가게로 다시 전화할 테니 오싱상을 불러 달라고 부탁했습니다."

오싱은 아무 말 없이 듣고 있었다.

"여기에는 전화가 없고 달리 연락할 곳이 없다는 것이지요. 그래서 내게 연락을 했더군요."

"그래서 일부러 여기까지 오셨군요."

그제야 오싱은 약간 굳어진 얼굴을 풀며 류조를 바라보았다.

"나밖에 오싱한테 알릴 사람이 없지 않소."

"바쁘실 텐데 죄송하게 됐습니다."

오싱은 이제 류조에 대한 경계의 눈빛을 없애고, 오히려 고마움을 표시했다.

"가요상의 일인데 모른 척할 수 없지요. 그리 긴요한 일이 아니면 그러겠어요?"

그 말에 오싱도 불안한 표정으로 물었다.

"무슨 일일까요?"

"글쎄, 내겐 말이 없었습니다. 아직 좀 이르기는 하지만 나와 함께 가게로 가서 기다리겠소? 나중에 혼자 와도 되겠지만 길을 모를 테니."

"네, 폐가 안되신다면 지금 가겠어요."

오싱은 담담한 목소리로 대답했다.

"그럼 저쪽으로 나가서 택시를 잡아야겠군."

류조는 급히 나가려 했다.

"아니에요. 걷지요."

오싱의 말에 주춤했던 류조는,

"아닙니다. 내가 시간이 없어서요. 가게를 너무 오래 비웠거든요."

하더니 다시 성큼성큼 걸어갔다.

오싱은 급히 류조의 뒤를 따랐다. 가까운 거리인데다 택시를 탔기 때문에 곧 다노쿠라상점에 도착할 수 있었다.

류조를 따라 상점 안에 들어선 오싱은 애써 태연한 척하며 곳곳에 쌓여진 양복천을 둘러보았다.

건너편 사무용 책상에 앉아 있던 노인이 수상한 사람이나 보듯 눈을 가늘게 뜨고 오싱을 훑어보았다. 오싱은 직감적으로 그가 소메코가 말하던 꼬장꼬장한 청지기인 겡우에몽임을 알 수 있었다.

"미용실 하시는 오싱상이오. 오늘 아침 사카다에서 전화 왔었지요? 그 사람의 친구요. 열두 시에 걸려 올 전화를 받으러 온 거요."

류조의 말에 갱우에몽은 다시 한번 오싱의 위아래를 유심히 훑어보았다.

"폐를 끼칩니다."

오싱은 그와 눈이 마주치자 엉겁결에 인사부터 했으나 그의 쌀쌀한 눈초리는 움직이지 않았다.

"난 일을 좀 보아야겠습니다. 저 의자에 앉아 기다리십시오."

류조가 휑하니 안으로 들어가자 오싱은 낯선 곳에 덩그마니 혼자 앉아 있는 것 같아 불안하고 거북스러웠다.

안에 있는 사무실에서 류조가 직원들에게 이것저것 지시하거나 양복천을 주문하는 소리도 들려왔다. 소리만 들어도 몹시 분주하다는 것을 금방 알 수 있었다. 갱우에몽은 오싱이 앉아 있는 쪽은 아예 거들떠보지도 않고 정리에만 열중했다.

그때 벽에 걸린 전화기에서 요란하게 벨이 울렸다. 오싱은 움찔하며 온 신경이 전화기에 쏠렸다.

요동치는 듯한 전화벨 소리는 사무실 안에서 류조가 뛰어나와 급히 수화기를 들 때까지 계속 울렸다.

"다노쿠라상회입니다. 네, 안녕하십니까. 네, 영국에서 수입한 프란넬 상품(上品)이 마침 있습니다. 네, 그럼 곧 견본을 보내드리지요. 감사합니다."

오싱은 곤두섰던 신경이 싱겁게 무너지는 것을 느꼈다.

전화를 끊고 류조는 다시 안으로 들어가 바쁘게 일하기 시작했다. 오싱은 순간적으로 기분이 언짢았다. 류조나 갱우에몽도 오싱의 존재를 거의 무시하고 자신들의 일로 바쁘게 움직일 뿐이었다.

오싱은 가요의 전화를 기다리며 주위를 둘러보았다. 양복지 도매상답게 다노쿠라상회의 군데군데에 양복지가 쌓여 있었다. 오싱으로서는 처음 보는 점포였다. 꽤 활기에 차 보였다. 카페에서 인기가 있다는 류조에 대해 오싱은 평소 시시한 남자라는 생각을 품고 있었다. 그러나 여기서 본 류조는 오싱의 머릿속에 박혀 있는 인상과는 아주 다른 남자로 보였다. 사람들에게는 낮과 밤의 두 얼굴이 있구나 하고 오싱은 느꼈다.

가요에게서 전화가 걸려 온 것은 그로부터 거의 한 시간이나 지나서였다.

"여보세요, 오싱? 미안해. 바쁜 사람을 불러내서. 지금 우체국에서 전화하는 거야. 집에서는 할 수 없잖아. 고우타상한테는 기별이 없었어?"

그 물음에 오싱은 풀이 죽은 목소리로 네, 라고 짧게 대답할 수밖에 없었다. 그런데 전화선을 타고 들려오는 가요의 음성은 생각보다 차분하게 들렸다.

"그러리라 생각하고 거의 단념하고 있었지만…… 오싱, 나 결국 시집가게 됐어. 할 수 없었어. 여기 와서는 다시 빠져나가기가 도저히 불가능해. 단지 식을 올리기 직전이라도 고우타상에게서 소식이 있다면 단숨에 도쿄로 갈 테야. 그러니까 오싱이 전화로 알려 줘. 꼭 전화하는 거야? 그걸 더 부탁하고 다짐하고 싶었던 거야. 만일 식을 올릴 때까지 소식이 없으면 고우타상은 깨끗이 잊을게, 응? 식은 이 달 30일이야. 더 이상 버틸 수가 없었어. 운명이겠거니 생각해야지. 지금 내 꿈은 첫날밤을 치르기 전에 고우타상한테서 소식이 오는 거야. 오직 그 가느다란 희망에 매달려 있어. 정말 부탁해. 꼭 알려 줘!"

수화기를 내려놓고도 한참 동안 가요의 목소리가 귓가에서 떠나지 않았다. 거의 한마디도 하지 못하고 가요의 이야기만 일방적으로 귀에 담으며 오싱은 그녀의 고우타에 대한 사랑이 조금도 변함없다는 사실에 왠지 가슴 아팠다.

언제 돌아오겠다는 약속 한마디 없이 떠난 사람에게 그토록 집착할 수 있을까. 이런저런 생각에 빠져 오싱이 멍하니 서 있을 때 류조의 목소리가 오싱을 깨웠다.

"오싱상, 점심 식사나 같이 하실까요?"

그제야 오싱은 귀에서 맴도는 가요의 목소리를 털어 내고 가볍게 고개를 끄덕여 보였다.

잠시 후, 그들이 도착한 곳은 분위기 좋은 레스토랑이었다.

여전히 오싱은 류조를 앞에 두고는 골똘히 무슨 생각에 잠겨 있었다.

"아까는 차도 대접하지 못하고 혼자 기다리느라 지루했겠습니다. 남자들만 우글거리니 대접도 제대로 못했구요. 또 한창 바쁠 때였군요. 오전 중에는 늘 그렇게 바쁘답니다. 주문받고 주문하고, 배달하고 또 새 물건을 들여오고…… 이제부터는 좀 시간이 납니다. 아까 푸대접한 벌로 점심을 근사하게 대접하지요."

류조는 얼굴에 연신 웃음을 띠며 유난스럽게 너스레를 떨었다. 그러나 오싱은 여전히 자신의 생각에서 빠져나오지 못하고 있었다.

"가요상의 전화가 그렇게 마음에 걸리는 것이었습니까?"

가요라는 이름에 오싱은 그제야 정신이 들었다.

"가가야에서 사위를 들이기로 했대요."

"오, 그렇게 됐군요. 잘됐군요."

오싱은 류조가 왜 그렇게 말하나 싶어 그를 빤히 쳐다보았다.

"그 연인이라는 사람의 얘기는 자주 들어서 아는데, 그렇게 집에서 인연을 끊을 만큼 노동운동에 빠진 남자라면 결혼한다고 해도 불행할 겁니다. 밤낮 잡혀갈까 봐 불안하고 어디 있는지조차 모르는 사람을 기약 없이 기다려야 하고 말이죠. 물론 데릴사위를 맞는 것이지만 시집가기로 한 것은 정말 환영할 만한 일입니다."

우정 365

오싱은 전혀 뜻밖의 태도를 보이는 류조의 속마음을 넌지시 떠보고 싶었다.

"그럴까요. 정말 좋아하는 사람을 두고 다른 사람과 결혼하는 게 괜찮을까요?"

오싱의 말은 스스로에게 묻는 말이기도 했다.

"딴 사람은 몰라도 가요상은 그 편이 훨씬 낫습니다. 온실에서 자란 꽃이 잡초 흉내를 내 봐야 금세 시들지요. 가요상에겐 편하고 안락한 생활이 어울립니다. 결혼하면 그 남자를 잊을 테구요."

장담하듯 말하는 류조의 말에 오싱은 또다시 깊은 생각에 빠졌다. 자신조차도 어떻게 하는 것이 현명한가를 판단할 수 없었다. 그런 자신을 보일 듯 말 듯한 미소로 바라보는 류조의 시선을 오싱은 전혀 깨닫지 못했다.

가요가 결혼하기로 결정했다는 사실은 오싱에게 오랜 시간 동안 충격으로 남아 있었다.

류조와 점심 식사를 어떻게 했는지 모르게 대충 마치고 오싱은 가요의 아파트로 향했다.

문 앞에 이르러 열쇠를 돌리는 순간 오싱은 어떤 낯선 느낌을 받았다. 방문을 열고 들어섰을 때 그런 느낌은 오싱의 피부에 직접 와 닿았다. 오싱은 방 안을 두리번거렸다. 분명 인기척을 느꼈기 때문이었다.

"누구세요?"

그러자 붙박이장 안에서 누군가 불쑥 튀어나왔다. 오싱은 깜짝 놀라 뒤로 주춤 물러섰다. 잠시 후 자신의 눈앞에 나타난 사람을 보고 오싱은 더욱 기겁했다.

그는 수염이 얼굴을 온통 덮을 정도로 텁수룩했고 야윈 모습이었다. 그러나 그 얼굴은 분명 고우타였다.

무슨 말을 하려 했으나 오싱은 한마디도 입 밖으로 내지 못하고 벌어진 입조차 다물 수 없었다.

"오싱상이 아니오?"

고우타도 상당히 놀란 모양이었다.

"누구인지 몰라 숨었던 거요. 아직도 관헌의 눈을 피해야 하는 생활을 하고 있으니까."

오싱은 그 자리에 얼어붙은 듯이 서 있을 뿐이었다.

"그건 그렇고 여기서 오싱상을 만날 줄이야."

오싱 역시 마찬가지였다. 도무지 믿어지지 않는 일이었다. 3년을 기다려온 가요가 결혼을 결심했다고 말한 바로 그날 나타나다니! 오싱은 말이 안 나왔다. 그저 멍하니 고우타의 초라한 모습을 바라볼 뿐이었다.

〈제3부〉로 이어집니다.